Astrid Miglar
Bittersüße Beute

Ein Eisenstraßen-Krimi

Astrid Miglar
Bittersüße Beute

Ein Eisenstraßen-Krimi

www.federfrei.at

Internetseite Astrid Miglar

© Verlag federfrei
Marchtrenk, 2025
Verlag federfrei
Prielstraße 7, 4614 Marchtrenk
office@federfrei.at
www.federfrei.at

Umschlagabbildung:
© DoKuPiX, Adobe Stock
Lektorat:
E. Reisinger
Satz und Layout:
Verlag federfrei
Printed in EU
ISBN 978-3-99074-319-5

Für Christian, dein Rayon, ich weiß:
Tuat ma load, Herr Inspektor …

Das Böse hat die wunderbare Aufgabe,
das Gute in einem hellen Licht darzustellen.
Gäbe es das Böse nicht,
wäre das Gute einfach nur gut und damit langweilig.

Personen der Handlung

Valeria erzählt aus ihrem Leben im Verlauf eines Jahres. Beruf: Autorin; Berufung: Gärtnerin. Zu Beginn der Geschichte ahnt sie nicht, dass sie einen grünen Daumen besitzt. Sie will ein Jahr mit dem Geld, das sie aus der Ablöse der Hälfte einer Eigentumswohnung von ihrem Ex Ryszard erhalten hat, über die Runden kommen. Valeria pflegt eine versteckte Neigung zu Grausamkeiten, die während ihrer Erzählungen aufflackert.

DER Mann/Alexej Wolf: Fliesenleger. Handwerklich begabt.

Katzastrophsky: Schwarz-weiße weibliche Jungkatze

Liandra: Valerias Agentin. Tritt nur telefonisch in Erscheinung.

Nachbarn & Nachbarinnen, die Felicitas zugetan sind: Die Ehepaare Felicitas/Tom sowie Daniela/Anton.

Paul: Gärtner. Ledig. Er ist ihr unmittelbarer Grundstücksnachbar. Hat eine Hündin namens Lilly Augenstern.

Ryszard: Valerias polnischer Ex. Bis zur Trennung leben die beiden in einer gemeinsam angeschafften Eigentumswohnung, die Ryszard behält. Ryszard telefoniert hin und wieder mit Valeria, besonders dann, wenn er sich ausweinen will, was Valeria jedes Mal in ein Gefühlschaos stürzt.

Salzgitter Johann »Big John«: Kachelofensetzer. Bringt Katzastrophsky in Valerias Leben.

Prolog

Tom und ich sitzen in der Badewanne. Ich befinde mich hinter ihm, meine Beine links und rechts von seinem Körper. Ich streichle seinen Rücken, schauspielere ihm Lust vor. Berühre intime Körperstellen, die sich erkennbar darüber freuen. Ich schenke ihm Sekt ein, greife zum Kuchenteller und schiebe ihm ungeschickt ein Stück Rhabarberkuchen in den Mund. Anschließend küsse ich seinen Nacken, danach die Stelle zwischen Hals und Schulter, die unerwartet fest ist. Er fühlt sich sicher, kaut, schluckt, trinkt den Inhalt seines Sektglases in einem Zug aus und verkündet: »Sauer macht lustig.«

Ich kichere, als hätte er den Scherz des Jahrtausends gemacht.

»Ich habe noch Hunger«, sagt Tom und ich weiß nicht, ob er den Kuchen meint oder Lust auf Sex hat. Rasch greife ich nach dem nächsten Kuchenstück und reiche es ihm, während meine andere Hand sich unter seinem Arm durcharbeitet, um seine Brust zu kraulen.

Ich reibe an seinen Brusthaaren herum, was ihm zu behagen scheint. Um Zeit totzuschlagen, gebe ich vor, Sekt zu trinken, vermeide es jedoch, das Glas mit meinen Lippen auch nur zu berühren. Hinter Toms Rücken schütte ich den Alkohol in ein bereitgelegtes Handtuch und stelle das Glas dann auf dem Fliesenrand ab.

Er stöhnt, lehnt sich an mich. Meine Brüste pressen sich an seinen Rücken. Meine Bewegungsfreiheit wird dadurch eingeschränkt. Nur meine rechte Hand liegt gut. Genau dort, wo sie Zugriff auf Toms besonders aufregende Körperteile hat. Es kostet mich nur wenig Überwindung. Eifrig nehme ich sein Glied in die Hand, massiere es und höre sein wohliges Aufseufzen. Mir ist klar, dass ich damit fast nichts falsch machen kann.

Tom verlangt noch ein Stück vom Kuchen.

»Viel ist nicht mehr übrig«, stellt er fest.

»Ich freue mich, dass dir mein Kuchen schmeckt. Iss ihn ruhig auf.«

»Und wie mir das schmeckt«, säuselt er, fasst nach meinem Handgelenk und drückt meine Hand fester auf seinen Schwanz.

Ich arbeite mich weiter vor, kraule seine Hoden. Ich verhalte mich, als formte ich Modelliermasse zwischen meinen Fingern. Um meine Ungeschicklichkeit auszugleichen, drücke ich mich fester an ihn, reibe meine Brust an seinem Rücken. Es wird nicht mehr lange dauern.

Entweder ist Tom bald bewusstlos oder er fällt doch noch über mich her. Letzteres will ich verhindern. Wie lange ich ihn wohl noch hinhalten kann? Sein erstes Kuchenstück hat er vor einer halben Stunde aufgegessen.

Tom stöhnt. Ich bin mir nicht sicher, ob das der Lust geschuldet ist. Oder beginnt die reichlich hinzugegebene Oxalsäure im Kuchen bereits zu wirken? Ich habe kräftig dosiert, schließlich weiß ich nicht, ob das Pulver die unkonventionelle Lagerung gut überstanden hat und ob die Wirkung noch zu einhundert Prozent besteht.

Er räuspert sich. Verlangt nach einem weiteren Glas Sekt. Ich schenke ein. Ein Blubbern steigt auf. Tom leidet unter Blähungen. Wären wir besser bekannt, könnte ich darüber lachen, so jedoch ist mir unangenehm, dass die Badewanne unerwartet zum Whirlpool mutiert. Außerdem bindet das Wasser den fauligen Gestank nicht, der nun seinen Rücken entlang direkt zu meiner Nase aufsteigt.

Ich lasse warmes Wasser in die Wanne, schenke nochmals nach, und füttere ihn mit dem letzten Stück Rhabarberkuchen. Er rülpst.

»Mir ist übel«, jammert er, greift nach der Sektflasche und trinkt direkt daraus, als könnte er seine Übelkeit dadurch beseitigen. Auch im Sekt habe ich Oxalsäure aufgelöst. Unmittelbar nach dem Öffnen der Flasche. Alles zusammen sollte in wenigen Minuten seine Wirkung tun, wenn man den Angaben im Internet trauen kann.

- 1 -

Kannst du dich noch erinnern? So fangen nicht nur Geschichten an. Dieser Satz ist der Beginn eines Liebesbriefes, den ich, aufbewahrt zwischen Buchseiten, adressiert an Ryszard gefunden habe.

Kannst du dich noch erinnern? Die Zeile verschwimmt vor meinen Augen. Ich frage mich, ob ich den sentimentalen Fetzen verbrennen oder aufbewahren soll. Mit Abstand betrachtet sind es nichts als niedergeschriebene Sentimentalitäten.

Kannst du dich noch erinnern?
Es ist schön, unbekümmert zu sein.
In gegenseitigem Verlangen zu versinken.
Haut zu berühren und an Lippen zu hängen.
Zu küssen, bis die Luft wegbleibt.

Ich zerknülle den Brief. Ich hasse Ryszard.

Mein Name ist Valeria mit Betonung auf dem E. Ryszard hat mich einst seinen Freunden gegenüber als unauffällig beschreiben, wohingegen ich finde, dass ich das absolut nicht bin.

Im Gegenteil. Ich meine, dass mein Wesen von überraschender Vielfalt ist. Äußerlichkeiten sind vergänglich. Haare ändern ihre Länge und Farbe, Make-up verwandelt ein Gesicht, Botox lässt es zur Maske werden. Was bleibt, ist das Innerste eines Menschen, das ihn spannend, aufregend, langweilig oder reizvoll wirken lässt. Und doch ist vieles nur Schein.

»Nie wieder werde ich Sex haben. Nie wieder werde ich einen Mann an mich heranlassen. Der Gedanke von Männerhänden auf meinem Körper verursacht mir Ekel. Und überhaupt, mir graust vor Männern ganz allgemein. Pfui Teufel. Nie wieder!«

Imaginär werfe ich alle Männer in eine tiefe Grube, verscharre sie unter einer ordentlichen Schicht Erde und überfahre den aufgeworfenen Haufen auch noch mit einem Panzer.

»Und was ist mit Liebe?« Blitzschnell wirft mir Karoline diesen Brocken an den Kopf.

»Wird überbewertet. Ist nichts als eine Mischung aus verwirrten Hormonen. Ich habe nicht vor, mich jemals wieder zu verlieben«, verkünde ich laut und trotzig und denke an dieses herrliche Hochgefühl der ersten Verliebtheit, das unbezwingbar macht.

»Es gibt keine Garantie auf Unendlichkeit. Liebe ist scheußlich, wenn einer mehr liebt als der andere«, lege ich nach und zerreiße wütend ein Urlaubsfoto, auf dem mich Ryszard fragend anblickt. »Künftig werde ich auf Liebe verzichten«, erkläre ich Karoline und den Fotopapierfetzen, die wie Schnee zu Boden fallen, »meiner seelischen Stabilität und meinem Wohlbefinden zuliebe.«

Lass dir Zeit. Das wird schon wieder. Ist nur eine Phase, funkt die übermütige Gehirnzelle. Ich nehme einen ordentlichen Schluck Rotwein direkt aus der Flasche, zerfetze ein weiteres Foto, darauf ein stolzer Ryszard mit seinem neuen Auto, und hoffe, dass ich die besserwisserische Gehirnzelle endgültig totgesoffen habe.

»Es ist wichtig, Ziele zu definieren«, verkünde ich meiner Cousine Karoline, »daher habe ich beschlossen, vorerst ein Jahr lang keinen Sex zu haben. Ich werde dreihundertfünfundsechzig Tage zölibatär leben.« Stolz richte ich mich auf und halte mich an einer Tasse fest, die mich mit der aufmunternden Aufschrift *Attitude inside & Gin* unterstützt.

»Ginteressant«, antwortet Karoline und blickt zuerst mich, dann mein Glas nachdenklich an.

Im nächsten Atemzug denke ich über meinen herausfordernd hinausposaunten Satz nach. Dreihundertfünfundsechzig Tage. Eine Ewigkeit. Rasch nehme ich einen Schluck aus der Tasse. Der Gin, köstlich verfeinert mit einem Spritzer Tonic, schmeckt wunderbar. Verziert war der Inhalt mit einer Gurkenscheibe, die ich sofort aufgegessen habe. Gemüse ist gesund. Volltrunkene Gurke schmeckt gut.

»Und willst du auch auf Liebe verzichten?«, fragt mich Karoline.

Was Karoline immer mit der Liebe hat, denke ich und zucke mit den Schultern, während die Wahrheit bereits eifrig in meinem Hirn herumgackert. Die Realität hänselt mich. Sie wispert, dass ich ohnehin nicht standfest genug für einen derartigen Beschluss wäre. Und inzwischen zeigt auch der Gin seine Wirkung. Meine Zunge wird schwer. Die Gedanken ebenso.

»Wer sich unter einem Glassturz verbirgt, der lacht nicht, der weint nicht, der lebt nicht«, verkündet Karoline, sieht mich durchdringend an und hinterfragt bestimmt gerade meinen Geisteszustand.

Ich ziehe die Nase hoch, weiß ich doch, dass sie diesen Blick in jahrelangem Studium erworben hat. Eine Einheit bei ihr kostet mindestens 200 Euro. Mich kostet die Sitzung eine Flasche Gin und zwei Packungen Popcorn.

Karoline garniert die Unterredung mit hinterhältig hingeworfenen Sätzen. Sie ist Psychiaterin und praktiziert in Steyr. Fallweise kümmert sie sich auch um meinen seelischen Zustand. Manchmal schimpfe ich sie Psychopatin, was sie augenrollend duldet.

Aber, lassen Sie mich erklären, warum ich seit vierzig Minuten bei Karoline auf der Couch liege, mich betrinke und darauf hoffe, dass ich bei ihr unterschlüpfen kann. Zumindest für eine Weile.

- 4 -

Rückblicke auf den schleichenden Beginn einer Trennung.

Ryszard will Familie. Jetzt und plötzlich. Besser bereits gestern soll die erwünschte Zeugung seines Nachwuchses stattgefunden haben. Jahrelang habe ich ihn davon überzeugen wollen, dass ein Kind eine Bereicherung sein kann. Natürlich auch Einschränkung bedeutet. Wenn man es so sehen will, auch eine Schmälerung der persönlichen Freiheit. Aber zu welchem Preis? Kann man ein Kind nicht als bezauberndes Glück betrachten? Als innige Verbindung zueinander? Als Krönung? Als etwas Göttliches?

»Nein, kann man nicht«, hatte Ryszard meine Argumentation jedes einzelne Mal hartnäckig abgeschmettert. »Erinnere dich an meine polnische Familie. Sie sind laut. Sie sind nicht zu bändigen. Sie vereinnahmen uns zu einem Preis, den zu zahlen wir nicht bereit sind. Das hatten wir doch bereits mehrfach besprochen. Unsere gewählte Lebensform ist anders. Sie ist geprägt durch Unabhängigkeit.«

Immerhin bin ich für ihn eine Lebensform. Dabei ist es Ryszard wichtig, dass er jederzeit die Tür ins Schloss werfen kann, ohne für jemanden Verantwortung zu übernehmen. Zumindest unterstelle ich ihm das. Allerdings halte ich mich mit einem entsprechenden Kommentar zurück. Das ist erbärmlich, ich weiß. Stattdessen zucke ich mit den Schultern, weiß ich doch, dass Diskussionen regelmäßig in Streit ausarten. Also vermeide ich eine Erwiderung zu seinen herzlosen Ansichten.

»Ja, deine Familie kann lästig sein«, stimme ich ihm zu und ergänze eifrig, »aber auch liebevoll. Sie sind das, was das Leben reich macht. Sie sind Familie.«

Er seufzt, kneift die Augen zusammen und stützt seinen Kopf in den Händen ab. »Familie!« Er spuckt mir das eine Wort regelrecht über den Tisch. Vorwurfsvoll, als wäre seine Familie Teil einer mafiösen Gemeinschaft. Schließlich ignoriert er mich demonstrativ und widmet sich intensiv seiner Zeitung.

Alles klar, Ryszard will nicht darüber sprechen, und ich war nie mutig genug, ihm ein Kind einfach unterzujubeln. Jetzt ist es zu spät. Mein Körper kann ihm den beseelt vorgetragenen Wunsch nicht mehr erfüllen. Bittere Galle ätzt sich meine Speiseröhre hoch. Nur schwer unterdrücke ich einen empörten Aufschrei. Einen Schrei, der sich durch meinen Leib kämpft, dafür gemacht, mich zu zerreißen.

Ich möchte Klarheit, doch Ryszard geht einfach ins Bett.

Mir ist übel.

- 5 -

Die Fenster in unserem Altstadtschlafzimmer sind geschlossen. In Steyr ist es schon den ganzen Tag über unangenehm schwül, und auch der Abend hat keine Veränderung gebracht. Ich fühle mich unwohl, kann nicht schlafen und lausche in die Nacht. Der Verkehr am Stadtplatz hat sich schon vor einer Weile beruhigt. Alle, die gesehen werden wollten, haben ihre Paraden erfolgreich beendet, ob mit dem Auto, mit dem Rad oder zu Fuß. Still ist es dennoch nicht, denn gerade sorgt ein Gewitter für Aufruhr.

Das Unwetter wirbelt die nächtliche Luft gehörig durcheinander. Ein besonders heftiger Donnerknall lässt mich erschrocken auffahren. Die Fensterscheiben zittern. Ryszard ist davon völlig unbeeindruckt. Weder die Gewitterstimmung vor den Schlafzimmerfenstern noch die Stimmung im Schlafzimmer, auch nicht der intensiv gegen die Fensterscheiben prasselnde Regen stören seinen Schlaf. Er schnarcht.

Ihm ist die tobende Natur gleichgültig. Mich wiederum nervt sein Schnarchen. Es verschlimmert mein Unbehagen. Ich überlege, ob ich ihm einen Rempler verpassen soll, grinse boshaft in die Finsternis und frage mich, ob ein energisch auf sein Gesicht gedrücktes Kissen nicht die bessere Lösung wäre. Ein Blitz erhellt den nächtlichen Himmel und lenkt mich von bösartigen Vorstellungen ab. Und dann kommen sie. Die Gedanken, die mich jeden Abend heimsuchen, die mir aufdringlich den Schlaf verweigern.

Führen Ryszard und ich noch eine liebevolle Beziehung?

Reicht es, sich in der Öffentlichkeit Schatzi und Liebling zu nennen, dadurch ein Liebesband vorzutäuschen, das keines mehr ist?

Eine erste Träne rollt meine Wange hinunter. Wann haben wir unser Liebesband zerrissen? Wie lange vermisse ich die zärtlichen Gesten der Zuneigung bereits? Ein Lächeln Ryszards würde mir schon genügen.

Ein beiläufiges Kompliment. Nettigkeiten, die den Tag verschönern und das Zusammenleben erleichtern. Klitzekleine Aufmerksamkeiten. Verlange ich zu viel?

Gefühle sollen nicht zur Schau gestellt werden, meint Ryszard, der schon mit kleinen Liebesbezeugungen überfordert ist. Er ist einer, den schon eine unerwartete Umarmung völlig aus der Bahn wirft. Zur Schau gezeigte Zuneigung ist Ryszard ein Dorn im Auge.

Ich taste nach Ryszard. Meine zaghafte Annäherung wehrt er mit einem Grunzen ab und drückt meine Hand weg, die ich behutsam in seine geschummelt habe. Ich ärgere mich. Nicht nur über ihn, vor allem über mich, während der Regen prasselt.

Wieder zackt ein Blitz über den Himmel, doch langsam entfernt sich das Gewitter. Ich starre an die Zimmerdecke und stelle mir vor, im Freien zu liegen. Über mir das Firmament und seine unendliche Anzahl an Sternen.

Aber der Raum wird nur vom künstlichen Stadtplatzlicht erhellt, denn hier ist es niemals stockfinster. In Wahrheit gibt es keinen Blick in die Sterne, und es gibt keine Chance auf Sternschnuppen. Dadurch fällt auch die Erfüllung sehnsüchtiger Wünsche weg, die man den in der Erdatmosphäre verglühenden Meteoriten auftragen könnte. Mein Seufzer wird begleitet von einem leisen Donnergrollen, und ich überlege, ob es das gewesen ist.

Beziehungsende?

Selbstzerstörerisch kaue ich auf meiner Unterlippe herum, bis die zarte Haut einreißt und ich Blut schmecke. Die Gedanken verpuffen in jenem Augenblick, in dem Ryszard lauter als zuvor schnarcht. Ich sollte ihn aus dem Bett werfen. Mir in einem gewalttätigen Akt endlich Befreiung verschaffen. Allein um den Aufprall zu hören und sein Jammern im Anschluss. Danach könnte ich schauspielernd Mitleid über seinen Unfall zu bekunden.

Rasch würge ich meinen Kummer ab und überlege die Anschaffung einer besonderen Teevariante: Ruhe und Harmonie. Davon einige Liter am Tag getrunken, würde mir vielleicht dabei helfen, meinen inneren Frieden wieder herzustellen.

Doch noch etwas quält mich, denn wenige Wochen vor Ryszards erstmals geäußertem Babywunsch entdeckte ich durch Zufall seine Untreue.

Es gab keine Lippenstiftspuren auf seiner Kleidung. Keine Unterwäsche, die ich aus Jackentaschen holte. Keine betörenden Düfte, die auf fremde Weiblichkeit hinwiesen. Kein Verrat in Form von Knutschflecken. Keine Telefonate, die Misstrauen geweckt hätten. Der Hinweis bestand aus einem Stückchen Papier. Unbedacht zurückgeblieben.

Teil eines Belegs, den ich vorm Waschen aus Ryszards Hosentasche fischte. Der nach Betrug stinkende Rest einer Hotelrechnung, die es nicht geben durfte.

Ryszard, das ist Teil seines Business, ist beruflich bedingter Hotelschläfer. Er befindet sich ständig auf Reisen. Dieses kleine Stückchen Papier hätte mich daher nicht aus der Bahn werfen sollen. Zum auf dem Zettel angeführten Zeitpunkt differierten allerdings die mir gegenüber gemachten Angaben zu seinem Aufenthaltsort um etwa zweihundert Kilometer. Das mir Brechreiz verursachende Beweisstück wanderte daher von der Hosentasche in die Küche. Auf den Küchentisch.

Ryszard las gerade in der Zeitung, hob den Kopf und fixierte die verräterische Quittung.

»Ich bin froh«, sagte er und rollte den Rechnungsbeleg zwischen seinen Fingern zu einer Kugel, »dass du es jetzt weißt.«

Nichts wusste ich. Ich hatte doch nur auf eine Entkräftigung meiner Anschuldigung gewartet. Sein Gesichtsausdruck machte den letzten Lichtblick auf einen Irrtum zunichte. Wie gern hätte ich die Zeit zurückgedreht. Das Stückchen seelenlose Prophezeiung nicht gefunden. Mich betrügen lassen. Bis in alle Ewigkeit. Es wäre mir lieber gewesen.

In meiner Ehre gekränkt, hatte ich damals überstürzt die gemeinsame Wohnung verlassen, worauf mir Cousine Karoline Unterkunft gewährte.

»Er tut dir nicht gut«, stellte sie nüchtern fest. »Trenn dich von ihm!«

Es klang logisch aus ihrem Mund. Trotzdem wollte ich es nicht hören. Sie reichte mir kannenweise Tee, während ich um Wein bettelte.

»Es ist nicht Liebe, wenn es weh tut. Liebe ist eine positive Kraft. Sie mehrt dein Glück, aber Kummer und Schmerz zeigen dir immerhin, dass du tief fühlen kannst. Tiefe Gefühle sind kostbar. Du wirst daran wachsen.«

Mir erschien ihr Gerede melodramatisch. Schmalzige Schwafeleien wollte ich nicht hören. Verzweifelt umarmte ich meine Cousine, brachte sie auf diese Weise zum Schweigen und weinte ihre Bluse nass. Später tranken wir endlich Wein.

Noch später bat mich Ryszard telefonisch um eine Aussprache, und ich beschloss, ihm zu verzeihen.

Bestimmt käme zwischen uns alles wieder in Ordnung.

- 7 -

Wir trafen uns an einem regnerischen Tag in seinem Lieblingslokal, im Schwechaterhof. Ryszard bat nicht, er zitierte mich zu einem Meeting auf neutralem Gebiet. Um Unausgesprochenes zu klären. Um sich nicht im Streit zu trennen.

Wichtig war ihm der Ort des Aufeinandertreffens, vor allem aber die Öffentlichkeit, denn in sicherer Umgebung zahlreicher Menschen sollte unsere Zusammenkunft stattfinden. Ryszard wollte sich vor den unangenehmen Auswirkungen einer direkten Konfrontation schützen, indem er darauf hoffte, dass ich mir die Peinlichkeit einer lautstarken Aussprache inmitten

Fremder verkneifen würde. Er schien mir eine deftige Szene zuzutrauen. Ich mir auch.

War es möglich, dass sich Ryszard vor mir ängstigte?

Furcht, finde ich, ist eine gute Basis, wenn man sich sonst nicht mehr riechen kann. Furcht schafft ein Klima, das behutsames Vorgehen verlangt. Ein gegenseitiges Abtasten. Furcht bewirkt, dass Kräfte völlig neu aufgeteilt werden.

Ich schwöre, ich wollte nicht eskalieren. Begnadigung kam allerdings auch nicht in Frage. An Rache war mir gelegen, wobei ich mir nicht die Hände schmutzig machen wollte. Zu eindringlich erinnerte ich mich an frühere, durchaus ähnliche Umstände. Heute würde es mir schon genügen, fielen Ryszards Haare büschelweise aus. Außerdem wünsche ich ihm Abszesse an unangenehmen Stellen sowie den Verlust seiner Libido. Letzteres gefiele mir besonders.

Auch wenn ich dazu nicht in Stimmung war, hatte ich mich dennoch hübsch gemacht und mein rotes Lieblingskleid angezogen. Sogar beim Friseur war ich gewesen, sollte Ryszard ruhig sehen, was ihm entging.

Kaum betrat ich das Wirtshaus, bestätigte mir ein Aufblitzen in seinen Augen, dass mein Auftritt gelungen war. Ich sah appetitlich aus. Die Befriedigung, die mir seine Reaktion verschaffte, war angenehm.

Doch die Situation wendete sich sekundenschnell zum Schlechteren. Selbstverliebt gab Ryzsard mir die Schuld für sein Verhalten. Beredt erklärte er mir, was ich besser hätte machen können. Er forderte flüsternd mehr Weiblichkeit, Untertänigkeit und Selbstaufgabe. Er forderte Familie.

Beinahe erwartete ich, dass er mir ein Papier über den Tisch schieben würde, in dem seine Erklärungen Punkt für Punkt aufgelistet waren. Eine Art Richtlinie. Eine *Deklaration der Ryszard-Rechte*, deren Beglaubigung durch den Restaurantinhaber oder die Kellner erfolgen sollte.

Ryszard war immer noch in einen Monolog vertieft, während ich versuchte, das zwischen uns befindliche Teelicht auszublasen, weil mir die harmonisch inszenierte Kerzenstimmung auf die Nerven ging. Aber auch diese Flamme war die pure Enttäuschung. Ein Led-Licht erzeugte künstliche Leidenschaft. Ich knipste es aus.

Er erklärte sich nicht, entschuldigte sich nicht. Ryszard sagte nur ein einziges Mal das hoffnungsvolle Wort »Wir …«, nur um anzufügen, »… haben einen Fehler gemacht.«

Wir waren also unrettbar verloren.

Ich hätte es mir anders gewünscht, betrachtete seinen Mund und die Lippen, die ich so sehr mochte, seine wunderbar männliche Kinnlinie. Ich bemerkte den dunklen Bartwuchs, der ihm ein forsches Aussehen verlieh und seinen markant vorstehenden Adamsapfel. Ryszard, ein Mann mit spitzen Winkeln, scharfen Graten und zackigem Verstand.

Sein Mund bewegte sich.

Ich hörte nicht zu.

Die Weichheit seiner braunen Augen hatte ich immer geliebt. Nun verströmten sie betrügerische Milde. Er war dabei, mich endgültig aus seinem Leben zu werfen.

In meinen Ohren klang ein ungewöhnlicher Ton. Zuerst ein Singen, wenig später ein gedämpfter Laut, der mich Ryszards Stimme nur noch erahnen ließ. Meine Wattebauschohren schützten mich vor seinen Verwüstungen.

Es war, als wäre ich nicht anwesend. Als betrachtete ich die Szene aus der Sicht einer Fremden. Ich sah, wie sich seine Lippen bewegten. Begriff aus der Art, wie er mit seinen Händen in der Luft herumrührte, dass er noch nicht fertig war mit seinem Vernichtungswerk. Ich fühlte, wie sich meine Schultern hoben, sie zuckten ohne mein bewusstes Zutun. Ryszard ließ seine erklärenden Hände sinken.

Schweigen.

Inzwischen war das Essen serviert worden. Ich hatte keine Ahnung, wann sich Messer und Gabel zwischen meine Finger geschlichen hatten, seit wann ich mich daran festhielt.

»Loslassen!«

Der Befehl kam unerwartet. Eine Mutter am Nebentisch maßregelte ihr Kind. Das Mädchen folgte dem mütterlichen Befehl. Und ich mit ihm. Meine feuchtkalten Finger lösten sich. Ich ließ das Besteck fallen.

Ein Kellner eilte herbei, hob alles vom Boden auf und brachte ein sauberes Messer und eine neue Gabel.

Ich starrte den Aufmerksamen an, konnte nichts mit seiner Höflichkeit anfangen. Kein Mucks kam über meine Lippen. Der Rotwein ruhte still im Glas. Am liebsten hätte ich nach der Weinflasche gegriffen, ihr an der Tischkante den Hals abgeschlagen und Ryszard mit den scharfgezackten Rändern der zerbrochenen Flasche die Halsschlagader durchgetrennt. Aber, so etwas tut man nicht. Vor allem dann nicht, wenn sich rundum Zeugen befinden.

Ich machte mich bereit zum Abgang. Warum noch länger hierbleiben? Dies war kein Essen zweier Menschen, die sich Gutes tun wollten.

Ob ich mich noch an meine letzten Worte unmittelbar vor meinem Abgang erinnern kann? Natürlich. Sie klangen theatralisch: »Du hast meine Seele zerfetzt.«

Meine Anschuldigung kroch über den Tisch. Der Klang meiner Stimme war erbärmlich, auch wenn ich mich verzweifelt darum bemühte, mir meine Hilflosigkeit nicht anmerken zu lassen.

»Bleib ruhig!«, mahnte er mich mit hektischem Rundumblick. Bisher hatten wir keine Aufmerksamkeit erregt. Doch dann entfuhr mir eine Ergänzung. »Ich bin so ruhig wie ein Zombie, der zufrieden an deinem Hirn kaut!«

Der Fußtritt, den ich Ryszard zeitgleich gegen sein rechtes Schienbein verpasste, unterstrich meinen Zombi-Hirn-Erguss, der von einem heraneilenden Kellner mit »Na bravo, World War Ex!« kommentiert wurde.

Schade nur, dass Ryszards Klagelaut im jäh anschwellenden Gemurmel der plötzlich sehr interessiert wirkenden Gäste unterging. Auch der Rotwein in meinem Glas würde nichts an meinem Leid ändern, also vergoss ich die Reste über meinem Ex. Diese kindische Tat versöhnte mich immerhin eine Spottsekunde lang mit meiner aktuellen Lage.

Unmittelbar danach verließ ich das Lokal, nicht ohne zuvor noch einen lauten Schrei auszustoßen.

Die junge Frau, die in jenem Urschrei-Moment an mir vorüberlief, lächelte mich betreten an. Sie wirkte peinlich berührt. Sekunden später, ich hatte mich noch einmal umgewandt, nur um in allerlei entsetzte Augenpaare zu blicken, trat die Schönheit zu Ryszard an den Tisch. Sie reichte ihm eine Serviette. Er rieb sich die rote Flüssigkeit aus dem Gesicht, nahm dann ihre Hände in seine. Die Geste wirkte tröstlich. Ich begriff: die Neue. Die Liebe seines Lebens.

Sollten sie doch ruhig gemeinsam essen. Sollten sie sich den Magen verderben und krepieren.

Noch im Weggehen fluteten mich Scham und Zorn. Gemeinsame Erinnerungen taumelten durch mein Hirn, machten sich breit und stießen mir sauer auf. Die Restauranttür fiel hinter mir ins Schloss. Finsternis schlang sich um mein Gemüt. Ich war allein. Ich hasste Ryszard aus tiefstem Herzen.

- 8 -

Ich erlaubte mir einen Umweg über die Parkfläche am Brucknerplatz. Dort vermutete ich Ryszards Auto.

Die Suche währte kurz, denn tatsächlich stand sein Wagen unter einem der Bäume.

Nur einen Steinwurf entfernt befindet sich die Stadtpfarrkirche. Argwöhnisch sah die Kirchturmspitze meinem Treiben zu. Mein Klappmesser mit der schlanken, scharfgeschliffenen Klinge, Grundausstattung in meiner Handtasche, fand seinen Weg in den rechten Hinterreifen beinahe von selbst. Mühelos zerstach ich den Reifen. Nur beim Herausziehen der Klinge musste ich mich anstrengen. Gerade lang genug, um mich in wütende Raserei hineinzusteigern.

Um mir Erleichterung zu verschaffen, nahm ich mir spontan auch noch den rechten Vorderreifen vor. Ich empfand Lust dabei. Einen Wimpernschlag lang dachte ich darüber nach, den roten Fahrzeuglack mit Kratzern zu signieren, ließ mein Vorhaben jedoch bleiben. Zwei neue Autoreifen waren günstiger als eine Lackierung. Außerdem leistbar, für den Fall einer Kameraüberwachung, die mich meiner Tat überführen konnte.

Nach vollbrachter Handlung fühlte ich mich unbeschwert, tanzte leichtfüßig zu meinem Auto, setzte mich hinters Steuer und gab Gas. Und nur wenige Minuten später suchte ich mir einen Parkplatz in der Nähe des Hauses, das seit diesem Abend kein Zuhause mehr für mich war.

Der Haustürschlüssel lag schwer in meiner Hand. Widerstrebend betrat ich die gemeinsame Wohnung. Alles hier war verseucht. Sollte er das Geschirr, die Bilder, meine Kleidung, den gesamten Lebensmüll doch behalten. Oder alles wegwerfen.

Ein heftiges Gefühl der Beklemmung überkam mich. Ich musste hier raus. An die Frischluft. Atmen und vor dem Gestank einer Wohnung flüchten, den ich vor Wochen noch als Duft beschrieben hätte.

Dann jedoch fiel der Groschen. Ich erkannte frustriert, dass ich ohne gewisse Dinge nicht leben konnte. Dokumente, Kleidung, die externe Festplatte mit den zahlreichen Erinnerungsfotos. Gespeicherte Daten, die ich zum Arbeiten benötige. Hygieneartikel und Kosmetik. Auch Erinnerungsstücke, die ich nicht zurücklassen wollte. Liebenswerte Kleinigkeiten, wie die Bücher und ein altes Radio, das, weil es optisch nicht zur Einrichtung passte, in den hintersten Winkel eines Kastens verbannt worden war.

Ich sammelte meine wichtigsten Habseligkeiten ein, stopfte Kleidung in schwarze Müllsäcke, füllte einen Koffer mit zerbrechlichen, wertvollen und geliebten Stücken. Wie klein mein Leben doch war. Wie wenig davon gehörte tatsächlich mir.

Verblüfft stellte ich fest, wie sehr ich mich Ryszards Geschmack unterworfen hatte. Ein Leben in einer sterilen Wohnung, die noch keimfrei erschien, kaum dass ich die im Flur hängenden Bilder eingepackt hatte. Von einer Straßenkünstlerin gemalt. Hübsche, knallig bunte Vögel. Gimpel, Rotkehlchen, Blaumeise, Kohlmeise und Spatz sollten nicht zurückbleiben. Ich sah mich ein letztes Mal um, zog die Tür hinter mir zu. Den Wohnungsschlüssel ließ ich im Schloss stecken.

Allerdings lag mir daran, ein Zeichen zu setzen. Deswegen hatte ich etliche außerordentliche Dinge mitgenommen. Natürlich war mir klar, dass ich Verbotenes tat. Doch dieses Ritual, das für eine endgültige Verabschiedung nötig war, fand ich wichtig für meinen Seelenzustand.

Nur einen Augenblick zögerte ich, als ich das Feuerzeug ans Papier hielt, doch gleich darauf folgte eine eigenartige Hochstimmung. So musste sich eine Pyromanin fühlen. Mich überkam herrliche Schadenfreude und ein Hauch Erlösung. Innerhalb weniger Augenblicke gingen Teile unseres gemeinsamen Lebens in Feuer auf.

Natürlich war der schmale Innenhof eines Mietshauses für ein Verbrennungsritual der falsche Ort. Allerdings war es bereits nach Mitternacht und nur der sichelförmige Mond war Zeuge meiner Tat. Ich wählte den Platz sorgfältig, betrachtete kritisch die Regenwassertonne aus Metall, deren Inneres staubtrocken war. Es galt Schäden zu verhindern.

Schon warfen Ryszards allerliebste Teile seiner Plattensammlung Blasen. Der Gestank des brennenden Kunststoffs räucherte den Hof. Pure Eifersucht trieb mich an.

Wie oft hatte er liebevoll das glänzende Vinyl betrachtet. Wie schön wäre es gewesen, diese Blicke hätten mich gestreichelt. Auch etliche Andenken der Verehrung fingen Feuer, darunter einer seiner besonderen Schätze: die religiösen Überreste eines Papstbesuches. Das Foto eines polnischen Geistlichen, der fleißig durch die Welt getourt war. Johannes Paul II., und darauf auch abgebildet ein junger Mann. Der selig lächelnde Ryszard.

Ich hingegen grinste spöttisch und überließ das Foto und die Zeitungsandenken reinigendem Fegefeuer. Hinzu kamen weitere Denkmäler der Erinnerung: Liebesgeflüster auf Papier, Eintrittskarten, Banalitäten und Souvenirs, die niemand haben sollte. Vielleicht würde es mir einmal leidtun, dieses Feuer entzündet zu haben.

Ich warf einen Blick hoch zu den Fenstern. Noch war es dunkel dahinter. Bis die ersten Lichter von unerwünschten Zusehern sprachen, wäre alles vernichtet und ich längst auf der Flucht.

Auf dem Weg zu meinem Auto verabschiedete ich mich. Ich trennte mich nicht nur vom frisch renovierten Haus am Steyrer Stadtplatz, das zwei heimelige Kaffeehäuser beherbergt, aber keine Wärme für mich übrighatte. Ich empfahl mich auch dem Wochenmarkt, der stets mit seinen Leckerbissen sowie frischem Obst und Gemüse aufwartete.

Ich schlenderte entlang der mittelalterlichen Hausfassaden, die ich so sehr liebe und gedachte der häufig einfallenden Touristen, aber auch den stillen Sonntagen, die den Stadtplatz regelmäßig in einen tiefen Märchenschlaf hüllen. Ich winkte dem schönen mittelalterlichen Stadtzentrum zu und gestand mir ein, dass ich diese Kleinstadt, die eher einer übergroßen Landgemeinde glich, vermissen würde.

Ich beseufzte in Gedanken das schrille Lachen der Schanigärtenbesucher zu fortgeschrittener Stunde. Ich bedauerte das künftige Fehlen der italienischen Musik, die mich regelmäßig in der Wohnung beschallt hatte. Wie oft hatte mir *Toto Cutugno* erklärt: *Sono un italiano, un italiano vero.* Genauso werde ich *The Kolors* vermissen, die mir klarmachen: *Questa non è Ibiza* und vehement darauf bestehen, *Italodisco* zu spielen.

Mein völlig überfüllter Kleinwagen brachte mich zu Karoline, die mich wieder mit Tee, Trost und Wein versorgte. Schon während dieser Erstversorgung schwankte mein Seelenzustand zwischen verletztem Ehrgefühl und tiefer Traurigkeit, gefolgt von einem unendlich heftigen Gefühl der Hoffnungslosigkeit, das wiederum durch Zorn aufgerüttelt wurde.

Am liebsten hätte ich Geschirr zerschlagen und Möbel aus dem Fenster geworfen. Hätte ich das doch besser mit Ryszards Hausrat und Mobiliar veranstaltet.

- 9 -

Ich habe meine Männer immer gemocht, weil ich bei der Partnerwahl sorgsam vorging. Gehütet habe ich mich vor Kerlen, die großmäulig über ihr Intimleben berichteten oder über ihre Partnerinnen schimpften. Auch vor jenen, denen Diskretion ein Fremdwort war, die es nötig hatten, mit ihren Eroberungen anzugeben oder abwertend über ihre ehemaligen Geliebten sprachen. Am schlimmsten aber sind die, die über Frauen herziehen, die sie nicht erhören wollten. Der Typ *Beleidigte Leberwurst* war mir von jeher unsympathisch.

Ich hütete mich vor Männern, die zu geizig waren, freundliche Worte zu schenken, oder mit Einladungen knauserten. Ich versuchte mich vor denen zu bewahren, die in Eigenliebe versanken, kein Wort des Mitgefühls für andere hatten und sich in ihrer Überheblichkeit suhlten. Im Prinzip blieb kaum ein Kerl übrig, der es mir recht machen konnte.

Obwohl: Immer schon fand ich die stillen Wasser interessant. Jene reizvollen Typen, denen kein Geheimnis zu entlocken war. Nachdenkliche Beobachter. Redescheue, die aus der Reserve gelockt werden mussten. Es waren exakt jene, denen ich ihre Schweigsamkeit irgendwann vorwarf.

Bestimmt war keine meiner Beziehungen ein totaler Fehlgriff. Rückblickend war ich über manche Partnerwahl dennoch verwundert. Vermutlich beruhte dies auf Gegenseitigkeit.

Ich erinnere mich an René, der sich von mir die Brusthaare epilieren ließ. Dessen Schmerzensschreie mich erregten, ihn allerdings noch mehr. Der sich nach kurzen Monaten intensiver Freundschaft verabschiedete und in der Partnerschaft mit einer außerordentlich dominanten Frau seine harmonische Erfüllung fand.

Ich denke an Markus, der Marco genannt werden wollte, sein ohnehin dunkles Haar noch dunkler färbte, um sich den Anschein italienischer Wurzeln zu geben. Marco rief die Worte *Forza Italia!* während seines Höhepunkts, was mich nervte, denn damit war mein Genuss zu Ende. Bald war ich also seine Schreierei leid, und wir wurden einander überdrüssig.

Mir ist Stefan im Gedächtnis, dessen Augen sich verschleierten, wenn er kurz vor einem Orgasmus stand. Er servierte mich zu Gunsten eines gutaussehenden Feuerwehrmannes ab.

Begründung für seine offenbar irrtümliche Beziehung mit mir: »Ich wollte testen, ob ich meine Abneigung Frauen gegenüber ablegen kann.« Er hatte mich also monatelang geprüft, um sich schließlich einzugestehen, dass er Männer jeder Frau vorzog. Warum er gerade mit mir den Versuch wagte, seine Unlust Frauen gegenüber zu überwinden, war mir ein Rätsel. Stefan schwieg dazu vehement.

Ungern entsinne ich mich Siegfrieds. Er schlug mich. Zu Beginn verhalten, sodass es als sadomasochistisches Intermezzo hätte gesehen werden können. Ich gebe zu, anfangs fand ich Gefallen daran, denn die Intensität der Schläge bestimmte durchaus unsere gemeinsame Lust. Bald jedoch wurde die Heftigkeit der Hiebe ausschließlich durch seinen Frust bestimmt.

Frust in der Arbeit. Frust, weil er auf der Fahrt nach Hause von einem Autofahrer überholt worden war, wobei dieser Mensch natürlich nicht ahnen konnte, dass ich später die Rechnung für derartiges Vergehen präsentiert bekäme. Frust, weil er in der Schlange vor einer Kassa anstehen musste. Frust, weil sein Bier zu warm war. Frust, weil sein Essen zu früh, zu spät, zu süß, zu sauer oder mit zu wenig Fleisch auf den Tisch kam.

Siegfrieds Tage waren gezählt, als ihm die Farbe meines Kleides missfiel, worauf er meine Oberschenkel mit einer Reitgerte derart heftig bearbeitete, dass das Rot der Striemen wunderbar zum Blau meines Kleides passte. Sein Kommentar dazu? »Exquisite Komplementärtöne.«

Die Schmerzen, das Nässen der Wunden, das unansehnliche Farbspiel auf meinen Beinen flehte nach schneller Trennung, also erlitt Siegfried einen sinnlichen Unfall. Und das Beste: Niemand weiß, dass Siegfried ein forciertes Unglück geschah. Ausgenommen ich natürlich. Auch wo sein Körper zu finden ist, weiß nur ich, zumindest aber das, was von Siegfried aktuell übrig sein könnte.

Viel wird es nicht mehr sein, liegt er doch schon Jahre in einem verborgenen Felsspalt. In einem Waldstück in Ternberg. In einem Gebiet, das als Höhenfluggelände bekannt ist: das Herndleck. Häufig wird der Berg für Gleitschirmflüge genutzt, und nicht selten findet sich ein Paragleiter in einem Baum wieder und muss gerettet werden.

Es war ungewöhnlich einfach, Siegfried dorthin zu locken. Ich versprach ihm eine reizvolle Wanderung, beginnend an einer

Andachtsstätte, dem Wetterkreuz, das anlässlich der Fertigstellung der neuen Straße errichtet worden war. Zudem stellte ich ihm eine wohldosierte Portion Erotik in Aussicht und gut gekühltes Bier. Das Versprechen auf Sex im Freien war wohl der ausschlaggebende Faktor für Siegfrieds Begeisterung.

Hinzu kamen ein kurzer Rock, ein hautenges Shirt und ein Strick im Rucksack, der Fesselspiele in Aussicht stellte. Später lag der Strick um seinen Hals, da er bei den in Aussicht gestellten Spielen unglücklich verrutscht war und derart intensiv zugezogen wurde, dass die Luftzufuhr …

Nur so viel! Ein Tod durch Ersticken ist wenig elegant, abgesehen vom vorangehenden erotischen Faktor. Immerhin, für Siegfried waren die Sekunden vor seinem Tod besonders aufregend.

Danach begann für mich der beschwerliche Teil, denn es ging um das Verstecken seines Leichnams. Es war schwierig genug gewesen, den Toten in die Felsspalte zu bugsieren, wobei der zum fraglichen Zeitpunkt um Siegfrieds Hals befestigte Strick äußerst hilfreich war.

Die ungewöhnliche Art des Leichentransports hätte auf einen zufälligen Beobachter nur wenig pietätvoll gewirkt, vielleicht sogar grausam. Ich zerrte Siegfried wie eine leblose Puppe über den Waldboden. Sein Kopf wurde dabei ordentlich in Mitleidenschaft gezogen. Ich panierte ihn auf den letzten Metern bis zu seiner Begräbnisstätte mit Blättern und Erde und fügte ihm zusätzlich Schürfwunden zu. Siegfrieds lebloser Körper wurde von mir am Ende dorthin befördert, wo er selbst für Füchse nur schwer erreichbar war.

Keinesfalls durfte irgendwann ein Arm, ein Bein oder Siegfrieds Kopf auftauchen, weil ein Tier seine Überreste gefunden und verschleppt hatte. Seine Totenruhe sollte durch die Abgeschiedenheit des liebevoll ausgewählten Platzes gewährleistet bleiben.

Aufregend war es, Siegfried bei der Polizeiinspektion in Garsten als abgängig anzuzeigen, wo er mir doch in Wahrheit keine einzige Sekunde abging.

Ob ich jemals dazu verleitet war, Siegfrieds Grab zu besuchen? Natürlich, doch ich fand es dumm, den Ort des Geschehens aufzusuchen. Keinesfalls wollte ich zu jenen Tätern gehören, die sich durch eine Rückkehr an den Tatort entlarvten, sich auf diese Weise der Exekutive auslieferten.

Trotz allem quälen mich seit Kurzem Sorgen, denn es gibt Bestrebungen, den Wald zu durchforsten. Der neue Besitzer hegt andere Ansichten zum Umgang mit Holz. Der alte Besitzer war in dieser Hinsicht bequem und verlässlich gewesen. Ihm war es darum gegangen, den Wald in Ruhe zu lassen. Den zugewachsenen Güterweg, den Siegfried und ich damals benutzt hatten, gibt es längst nicht mehr.

Inzwischen ähnelt der Waldweg einer Autobahn. Baumaschinen nagten sich in Richtung Siegfrieds letzter Ruhestätte vor. Gut, dass ich das Seil damals mitgenommen und verbrannt habe.

Sollten seine Überreste dummerweise gefunden werden, darf um seine skelettierten Halswirbel keinesfalls ein Strick liegen. Dies würde seinem Tod umgehend eine merkwürdige Note verleihen.

- 10 -

Mich verfolgen Erinnerungen.

»Deine Trauer ist peinlich«, meinte eine meiner Freundinnen, »reiß dich doch bitte zusammen.«

Ich habe sie aus der Leitung geschmissen und danach mit Schimpfworten bedacht. »Heuchlerin, Schönwetterfreundin, du kannst mir gestohlen bleiben.«

Da ist dieser Abgrund, der dunkel ist, dessen Düsternis sich verlockend nach mir ausstreckt. Der Schatten will mich ködern. Es ist, als befände ich mich knapp an der Kante, meine Zehen ragen längst ins Nichts. Wenn ich an Ryszard denke, verstärkt sich dieses Gefühl. Unweigerlich erinnere ich mich an Gespräche, die wir führten. Über alles und nichts. Über Wahrscheinlichkeiten, Gefühle, Glück, den Wind, die perfekte Farbe für ein Auto und menschliche Abgründe.

Es gäbe in Wahrheit so viele unterschiedliche Arten von Abgründen, wie es Menschen gibt, sagte er. Jeder Abgrund ist anders, und Abgründe sind voller Gewalt und Missbrauch. Liebe, sagte er einmal, Liebe ist nicht abgründig. Ich erinnere mich an diesen wunderbaren Satz: »Was wir aneinander haben, kann nicht abgründig sein.«

Während ich mich in den Oktober weine, nähert sich der Weinvorrat von Karoline seinem Ende. Meine Cousine sorgt sich um mich, und ich sorge mich um den Inhalt meiner Träume, die mir nahelegen, es sei für die Menschheit das Beste, Ryszard zu kastrieren. Ich bin ohnehin der Meinung, dass es in jedem gut sortieren Haushalt ein scharfes Messer geben sollte.

- 11 -

Letzter Oktobertag: Was ich mir vom heutigen Tag wünsche?

Durchblick, wenn möglich zu einhundert Prozent. Ein Aha-Erlebnis. Einen Luftballon. Nur einen. Den einen dafür aufgeblasen. Farbe egal. Ich wünsche mir Hände auf meinem Hintern. Gerne auch eiskalt.

Was mir der heutige Tag tatsächlich gibt?

Ryszard und ich haben eine Lösung gefunden. Über einen gemeinsamen Freund, der mutig genug war, sich beratend zwischen uns zu stellen. Kein Wunder, er ist Anwalt. Ein berüchtigter Scheidungsexperte sogar. Dabei waren Ryszard und ich nicht einmal verheiratet.

»Scheiden tut nicht weh«, merkt unser Scheidungsexperte gönnerhaft an, worauf ich beschließe, dass er, sobald unser Fall abgewickelt ist, nicht mehr zu meinen Freunden gehören wird.

»Es gilt den Vermögensstand gerecht aufzuteilen, wobei die gerechte Aufteilung in diesem Fall nicht vom Wohlwollen eines der Partner abhängig ist, denn die Summe, um die es geht, lässt sich durch Belege eindeutig nachweisen«, verkündet der Unparteiische. Er referiert nüchtern über die gemeinsam erworbene Eigentumswohnung.

»Unbestritten«, ergänzt der juristische Schiedsrichter, »ist Ryszard dazu angehalten, dir deinen Teil an der Eigentumswohnung betraglich abzugelten.«

Ein Ersatz meiner Leistung stünde mir zu. Kein Wort wird darüber verloren, ob ich die Wohnung gerne behalten hätte. Das entspricht zwar ohnehin nicht meinem Wunsch, denn schon jetzt erschlagen mich die Erinnerungen daran. Ich hätte es trotzdem für angemessen gehalten, gefragt zu werden.

- 12 -

Ich leide unter novembergrauen Stimmungsschwankungen, und meine Cousine grämt sich solidarisch mit mir. Allerdings bemerke ich auch ihren Überdruss.

Karoline will mich loswerden. Nicht, dass sie mir das unter die Nase reibt, dazu ist sie ein zu freundlicher Mensch. Meine Stimmungsschwankungen wirken ansteckend, bringen längst Karolines eigene Beziehung in Gefahr.

Es wird Zeit, aktiv zu werden. Daher nehme ich Hilfe in Anspruch.

Die Immobilienmaklerin, die ich mit der Suche nach meiner künftigen Unterkunft betraue, frohlockt verhalten, als ich ihr meinen finanziellen Spielraum nenne. Ich spreche über eine Summe, die erst auf meinem Konto landen wird, wenn die Eigentumsverhältnisse geklärt, die Verträge unterschrieben und die Toten beerdigt sind. So hat es jedenfalls unser forscher Scheidungsexperte formuliert.

Ich weiß noch, dass ich bei der Erwähnung der Toten eifrig zustimmte, was Ryszard erkennbar anwiderte, was mir wiederum völlig gleichgültig war, denn wir sind keine Freunde mehr.

»Das Geld«, erklärte unser Scheidungsfachmann vor wenigen Tagen, »liegt auf einem Treuhandkonto. Wenn du hier und jetzt unterschreibst und Ryszard hier und jetzt gegenzeichnet, dann wird alles in die Wege geleitet, um euch voneinander zu befreien.«

»Alles?«, fragte ich, zog eine Augenbraue hoch und wartete. Unser Anwalt betrachtete mich mit eigenartigem Blick. Mit Befriedigung sah ich, dass ihm der Atem stockte, während meine Hand zum Hals wanderte, wo mein Zeigefinger einen Querstrich über die Kehle beschrieb. Dabei lächelte ich freundlich.

Schließlich las ich den Vertrag in Ruhe durch und fand nichts in diesen wenigen Zeilen, das mich in Verwirrung gestürzt hätte.

In runden Schlaufen setzte ich meine Unterschrift auf das Papier. Bitter kommentierte ich: »Wie gut muss schon Maria von Ebner Eschenbach informiert gewesen sein, als sie meinte, kein Toter ist so gut begraben wie eine erloschene Leidenschaft.«

»Ich veranlasse die Überweisung noch heute.« Der Anwalt sprach nicht mit mir, sondern mit meiner Unterschrift.

Ryszard beugte sich zu ihm hin, flüsterte ihm etwas ins Ohr, worauf unser leutseliger Helfer plötzlich verwirrt wirkte. Seine Mimik sagte: Mach dir das mit deiner Ex selbst aus! Dann jedoch seufzte er, räusperte sich und wandte sich an mich.

»Ryszard will wissen, ob du deine Vasensammlung nicht doch haben möchtest?«

Er meinte damit die Bleikristalldinger, die Ryszard stolz in einer Vitrine im Wohnzimmer ausstellt. Sie funkeln und glänzen und müssen ständig abgestaubt werden. Ich fand sie immer schon hässlich, habe diese Ungetüme aber Ryszard zuliebe gesammelt. Jeder blöde Flohmarkt war uns recht genug gewesen, um die unoriginelle Sammlung zu erweitern. Ob sie ihm oder seiner neuen Flamme inzwischen doch nicht mehr gefallen?

Ich lächelte, krümmte meinen Zeigefinger und flüsterte »Komm her!«, worauf sich der Jurist widerwillig zu mir beugte. Ich schnaubte ihm ins Ohr. Feuchtwarm. Unangenehm. Genüsslich. Deutlich hörbar, als wäre Ryszard nicht anwesend. »Ryszard kann die Scheißdinger als Urinale verwenden.« Mit meiner Aussage verursachte ich ein simultanes, zweiköpfiges Zusammenzucken. »Soll Ryszard damit machen, was er möchte. Mir können die Staubfänger gestohlen bleiben.«

Ryszards Gesichtsausdruck wirkte nachdenklich. War es möglich, dass er tatsächlich darüber nachdachte, meinen Urinalvorschlag in Erwägung zu ziehen?

- 13 -

Auf der Suche nach Hilfe.

Während ich immer noch auf meinen Habseligkeiten sitze und Karolines Gästezimmer belagere, kaue ich auf meinem Leben herum, spucke es aus, betrachte den Schlamassel, will ihn wegspülen, doch das Zeug ist zäh. Ich werde zur muffigen Mumie, vollgestopft mit bitteren Gefühlen, und suhle mich wehleidig in erdrückender Schwere.

So muss sich der Beginn einer Depression anfühlen. Abwechselnd kommen Tränen, dann Wutausbrüche. Die wiederum füttern Neidgefühle und Hass. Hoffnungsschimmer, die mich an hellen Tagen aus meiner Trauer befreien wollen, werden zerdrückt von mentalen Erschöpfungszuständen.

In einem Augenblick der Verwirrung bereue ich tatsächlich, die Kristallvasen zurückgelassen zu haben. Zumindest zum Zerschmettern wären sie gut gewesen. In lichten Augenblicken empfinde ich einen Anflug von Heilung. Eine gnädige Aussicht. Doch die tröstenden Tage sind in der Minderzahl.

»Mach eine Schreibtherapie«, schlägt mir Karoline vor.

»Mach eine Schreibtherapie«, seufze ich und gebe ihr insgeheim recht. Es hat mir immer schon geholfen, Wunden niederzuschreiben. Auf diese Weise über meine Sorgen Buch zu führen, aber auch über meine Glücksgefühle.

»Schreib doch über etwas Schönes, über Dinge, die dir Freude bereiten.«

Also stürze ich mich mit falschem Übermut in Fröhlichkeit. Vielleicht lässt sich mein Gemüt betrügen. Ich notiere:

Was mir gefallen würde?
Mir würde gefallen, wären meine Lippen so rot,
dass sie nie Lippenstift bräuchten.
Mir gefiele, könnte ich einen Tag verträumen
oder einfach die Wolken betrachten.
Ich möchte Schönes sehen: Das Gefieder eines Schwans und pyramidenartige Erdhaufen, aufgeworfen von einem Maulwurf.
Wo ist das bunte Blatt, das mit letzter Kraft an seinem Ast baumelt, sanft im Wind hin und her geschaukelt wird und schließlich zu Boden fällt?

Und währenddessen warte ich …
… auf Haare, die von selbst trocken werden.
… auf Kaffee, der abkühlen soll, bevor ich davon trinke.
… auf etwas, von dem ich weiß, dass es nie eintreffen wird.

... auf ein nettes Wort.
... auf mein Hirn, das noch aufwachen muss, weil es müde ist vom Den-
ken an dich.
... auf mein Hirn, das nicht glauben kann, dass nichts zu erwarten ist.
Keine Nachricht von dir.

Zum Ende meiner Notizen überkommt mich Zorn. Der Notizblock fliegt in eine Zimmerecke, knallt an die Wand und fällt
zu Boden. Was können Buch und Wand dafür, dass ich mich wie
eine Idiotin verhalte?

- 14 -

Aufheiterung bringt die Nachricht der Immobilienmaklerin.
Sie meint, dass mir und meinem Budget nur der Weg aufs Land
bliebe. Ich ergebe mich dieser Idee und füge hinzu, dass die
Wohnobjekte meiner Wahl, wenn möglich, in der Gemeinde
meiner Kindheit, in Ternberg, zu finden sein sollten.

Die Marktgemeinde Ternberg und seine Umlandorte Tratten-
bach und Dürnbach befinden sich nur wenige Kilometer von
meinem bisherigen Wohnmittelpunkt entfernt. Kaum verlässt
man das leicht hügelige Steyr, trifft man in Ternberg auf die ersten Berge des oberösterreichischen Ennstals. Früher gab es zahlreiche Messerschmiede hier. Geblieben ist das Trattenbacher Fei-
tel. Eines dieser in vielen Farben erhältlichen Zauckerl habe ich
immer in meiner Handtasche. Man weiß nie, wozu es nützlich ist.

Wenig später teilt mir meine Maklerin frohgemut mit, sie hätte
zumindest drei Objekte zur Auswahl. Eines attraktiver als das
andere.

»Bringen wir es hinter uns«, lautet mein Besichtigungsmantra,
worauf sie mich in ihren Wagen stopft, um mir ihre Vorschläge
zu präsentieren.

Zwei der drei Objekte scheiden sofort aus. Das eine befindet sich direkt an einer stark befahrenen Straße, belauert von mehrgeschossigen Häusern, deren Bewohner nur darauf warten, dass jemand einzieht, den sie stalken können. Ich sehe es vor mir: Sobald abends das Licht im Haus angeht, ist dies das Signal, um zum Fernglas zu greifen. Es heißt die Aktivitäten anderer zu überwachen. Die Option *Belauertes Haus* scheidet also prompt aus.

Das zweite Haus ist hübsch. Zumindest von außen. Kaum betrete ich es, rieche ich das Verhängnis. Es stinkt nach Moder und Fäulnis. Im Dachgeschoss, das verrät mir mein Geruchsinn und dazu brauche ich keinen einzigen Holzbalken anzufassen, frisst sich Hausschwamm durchs Gebälk. Er lauert im Dachstuhl und in der Decke. Zudem vermute ich, dass mein Misstrauen hinsichtlich instabiler Statik des Gebäudes mehr als begründet ist.

»Dafür ist es ein Schnäppchen«, meint meine Maklerin.

»Dafür ist es lebensgefährlich«, erwidere ich. »Das Dach weist zahlreiche Beschädigungen auf, gehört erneuert. Die Dachrinnen hängen nicht mehr besonders an ihrem Dach. Etliche Fallrohre haben sich aus ihren Halterungen gelöst und machen ihrem Namen Ehre, indem sie am Boden, knapp an der Hauswand, zum Liegen gekommen sind oder gerade noch halbherzig und äußerst unwillig am Dach hängen. Zumindest zwei Fallrohre leiten Regenwasser über einen Kellerschacht direkt in den Keller ein. Ich finde, dass ich um mein Geld Besseres bekommen sollte«, erkläre ich humorlos und frage mich, ob es Zeit und Aufwand wert sind, auch noch das dritte Objekt zu besuchen.

Insgeheim hoffe ich, dass sich die Maklerin das Beste für den Schluss aufgehoben hat. Ein lautes Schnauben unterstreicht meine Zweifel. Ihr kritischer Blick streift mich. Beschwichtigend hält sie mir weitere Unterlagen hin.

»Klitzekleines Einfamilienhaus. Traumlage«, zitiert sie aus ihrem Werbefolder. »Mit nettem Garten und viel Platz im Keller, um sich dort einen Fitnessraum, eine Bastelwerkstatt oder eine Sauna einzurichten.«

»Dem entnehme ich, dass es aktuell keine dieser Annehmlichkeiten im Keller gibt«, werfe ich ein.

»Im besten Fall ist der Keller sauber und leer. Dach und Fenster sind jedenfalls ziemlich neu«, ergänzt sie meine Kritik und zeigt auf die zahlreichen Farbbilder.

Die Fotos bestätigen ein neues Dach, den Zustand der Fenster kann ich nicht beurteilen, einfach, weil die entsprechenden Aufnahmen nichts hergeben. Die Fassade sieht schlimm aus.

»Ich betrete das Haus nicht, bevor ich nicht die Wahrheit serviert bekomme«, flüstere ich drohend, worauf mir die Maklerin widerstandslos ihre Mappe in die Hand drückt. Die gesamte Liegenschaft, lese ich in der Beschreibung, befindet sich in verunreinigtem Zustand. Dies wäre bei der Preisgestaltung bereits berücksichtigt worden. Bonus: Zentralheizung, nicht älter als zwanzig Jahre. Das Haus ist zur Gänze unterkellert, Außen- und Innenwände sind aus Ziegel. Der Garten ist in gutem Zustand, verkündet die letzte Seite.

»Immerhin«, seufze ich und kratze meinen spärlich vorhandenen Mut zusammen, der nach dem heutigen Besichtigungstag beinahe pulverisiert wurde. Gemeinsam machen wir uns auf den Weg. Wenig später betreten wir das auserwählte Haus. Die Adresse finde ich aufmunternd: Sonnenstraße.

»Auch für die umliegenden Siedlungsstraßen wurden einzelne Planeten des Sonnensystems bemüht«, erklärt mir meine Maklerin lächelnd, und ich sehe es bereits vor mir, wie ich Fremden Auskunft nach dem Weg erteile und die am Ende nur behalten haben, dass es irgendein Gestirn ist, das sie suchen.

Und dann bleibt mir schlagartig die Luft weg, denn es stinkt im gesamten Haus derart, dass einem nichts anderes übrigbleibt, als das Atmen einzustellen.

»Ist hier jemand gestorben?«

Sie nickt und flüstert: »Sollen wir gehen?«

Ich schüttle den Kopf.

»Liegt die Leiche noch irgendwo herum?«, frage ich und kann mir, so übel die Situation auch gerade ist, ein fieses Lächeln nicht verkneifen.

»Jetzt nicht mehr«, sagt sie ernst, »aber der Fußboden im Wohnzimmer musste entfernt werden. Der Estrich darunter war in Ordnung«, fügt sie rasch hinzu. Ihre Stimme klingt hoffnungsvoll, als ob das Haus durch einen intakten Estrich wertvoller werden würde. Sie rettet sich zurück in ihre Verkaufssicherheit.

»Zumindest das haben die Erben noch veranlasst, bevor sie kapituliert und das Haus zum Verkauf freigegeben haben.«

Ich presse mir den Ärmel meines Mantels vor die Nase und unterbinde damit einen Übelkeitsanfall. Müll, der die Räume dominiert, versuche ich zu übersehen.

Erfreut nehme ich die schöne Fensterfront in den Garten wahr, während ich mich vorsichtig durch den Raum wühle. Jeder Schritt will überlegt gesetzt werden. Der Fußboden wurde tatsächlich entfernt, doch rundum liegt genug Dreck. Es sieht aus, als wäre der gesamte Abfall einfach in den Raum gekippt worden. Ekelhaft.

Und dann bin ich plötzlich entzückt. Keinen Steinwurf entfernt steht ein Mann. Er schneidet im nachbarlichen Garten an einem Baum herum. Ein Prachtexemplar. Der Baum. Aber auch der Typ. Ich finde sofort Gefallen an dem Kerl.

»Einer, der anpacken kann«, entfährt es mir lächelnd, wofür ich mich augenblicklich schäme.

»Eventuell Ihr zukünftiger Nachbar«, wirft die Maklerin heimtückisch ein. Ihre Stimme klingt siegessicher. Einen flüchtigen Augenblick lang vermute ich, dass sie den Mann absichtlich zum Baumschnitt in den nachbarlichen Garten bestellt hat. Als Showeinlage für potenzielle Käuferinnen.

»Woher wollen Sie wissen, dass er nicht nur der Gärtner ist, der sich um die Anlage kümmert?«

»Korrekter Einwand«, bestätigt sie meine Frage und entkräftet diese sofort, wobei ihre Stimme frohlockend klingt.

»Ich habe mich kürzlich mit dem Mann unterhalten. Er ist tatsächlich Ihr Nachbar.« Sie betont *Ihr Nachbar* auf eine Weise, als würde ich bereits hier wohnen.

Ich starre ungeniert in seinen Garten. Er sieht herrlich aus. Und ich meine nicht den Garten. Nein, es ist der Mann, der mir gefällt. Die Aussicht ist tatsächlich hervorragend.

»Dank sei dem dekorativen Kerl, der konzentriert Baumschnitt betreibt«, flüstere ich. Vergessen sind meine Schwüre zur Enthaltsamkeit. Innerlich rufe ich mich zur Ordnung und erkläre dann mit fester Stimme: »Der Garten ist schön!«

Weniger als eine Stunde später setze ich meine Unterschrift unter den Kaufvertrag. Ich will dieses Haus kaufen. Und ein Fernglas.

- 15 -

Anfang Dezember.

Mein Eigentum liegt am Rande von Ternberg in einer Siedlungsstraße. Es ist ein kleines Haus ohne Balkon. Der hätte sich vermutlich nicht mehr an die Fassade kleben lassen, ohne den Erbauer in den finanziellen Ruin zu stürzen. Vielleicht wäre das Haus auch umgekippt unter der Belastung eines Vorbaus.

Architektonisch wirkt es wie ein Hexenhaus. Es duckt sich in die Landschaft, wirkt heimelig, aber auch ein bisschen unheimlich. Ich bin umzingelt von Grün. Vor mir liegen Berge und Gräben. In meinem Rücken liegen Gipfel.

Der kleinere Schweinsberg, der schon etwas höhere Brandkogel und unter anderem geht es hinauf zum Herndleck, auf dem ich einst einen Liebhaber endgültig verstaut habe. Ob es eine gute Idee war, in Tatortnähe ein Haus zu kaufen?

Das erste Mal seit Langem bin ich froh, Autobesitzerin zu sein. Zwar befindet sich Steyr nur einen Katzensprung entfernt und auch sonst bin ich umgeben von guter Infrastruktur, dennoch gilt es Distanzen zu überwinden. Insgesamt finde ich jedoch, dass wir, das Haus und ich, zueinander passen, auch wenn es mich wie eine junge Liebe mit widersprüchlichen Gefühlen versorgt.

Zugegeben, ich habe mir alles einfacher vorgestellt. Ausräumen. Parkettböden abschleifen. Parkett neu versiegeln. Frische Wandfarbe. Fertig.

Ganz so einfach ist das nicht. Im Obergeschoss hat dieses Denken, so erklärt mir der Bodenleger, durchaus seine Berechtigung. Aber im Büro im Erdgeschoss muss der Estrich neu gemacht werden. Der ist mürbe. Er bricht und bröckelt bei jedem Schritt. Die Nassräume sind nicht schlecht, abgesehen von den hässlichen Fliesen und einer unappetitlichen sanitären Situation.

»Die Verrohrung könnte besser sein«, verkündet mein Installationssanitäter und erzählt mir Schauergeschichten von Efeuwurzeln, die sich ihren Weg über Abwasserrohre ins Haus suchen, diese verstopfen, indem sie mit ihren elendslangen Wurzeln nach Wasser schnappen und dadurch alles zuwuchern.

Meine Anmerkung, dass unmittelbar ums Haus kein Efeu zu finden sei, ignoriert er gut gelaunt. Am Schluss jedoch, nach genauer Prüfung, ist er einigermaßen zufrieden mit der Situation und verkündet, dass er mir die neuen Toiletten und die von mir gewünschte Badewanne zügig liefern werde.

Die Küche ist ein optischer Albtraum, doch der Tischler versteht es, mich zu motivieren. Er ist zuversichtlich, dass sich aus dem Bestand noch Ordentliches machen lässt. Geschäftig vermisst und fotografiert er und verspricht mir zum Abschluss einen Plan und einen Preis. Außerdem lächelt er charmant und meint, dass ich mich nicht vorfürchten solle, was die Sanierung der Küche anbelange, sondern mich einfach darauf freuen. Seine Zuversicht hebt meine Stimmung.

Die Elektroinstallationen seien nicht mehr die jüngsten und stellenweise unvernünftig ausgeführt. Es bedürfe mancherorts einer Nachbesserung, verkündet der Elektriker und blickt mich dabei derart grimmig an, dass sich mein Magen und der Darm zeitgleich gegen ihn verschwören. Während der Tage, in denen neue Kabel eingezogen werden, verfolgt mich heftiger Durchfall.

Erwähnenswert ist der Keller meines Palastes. Vor allem dessen reichlich vorhandenes Innenleben, das mich quält und bereits überaus intensiv beschäftigt hat. Dessen Zustand wäre auf jeden Fall einen Fernsehbeitrag wert gewesen, hätte es ein Fernsehteam geschafft, den Bereich ungehindert zu betreten.

Mehr noch als die Müllablagerungen in den anderen Geschossen ist der Keller eine einzige Katastrophe. Einzelne Räume sind beinahe bis unter die Decke angefüllt mit Relikten aus ferner und naher Vergangenheit. Ryszard würde entsetzt den Kopf schütteln.

Seine Eigentumswohnung, die sich auf zwei Etagen ausbreitet, ist flächenmäßig zu meinem Haus etwa wie das Verhältnis des Staatsgebiets von Deutschland zu Österreich. Seine (meine ist es nicht mehr) Putzfrau dagegen würde sich über die geringe Anzahl meiner Quadratmeter freuen.

»So ein kleines Haus ist schnell durchgewischt«, würde Anita verkünden und mit Energie durch meine Burg wirbeln.

Die Quadratmeteranzahl im Erdgeschoss meines Reiches liegt im zweistelligen Bereich. Ausgemessene und nachgerechnete dreiundsiebzig sind es. Wohnküche für Flöhe, Essbereich für schlanke Menschen, Büro, WC und ein räumlich getrennter Wirtschaftsraum. Ein Flur, auf dem sich zwei Menschen begegnen können. Wichtig ist, dass sich die beiden mögen, denn die

Begegnung wird eng ablaufen. Obergeschoss: siebenundvierzig Quadratmeter. Ein Bad, Luxus auf acht Quadratmetern. Zwei winzige Zimmer. Den um einen Hauch größeren Raum werde ich zu meinem Schlafzimmer umgestalten.

- 16 -

Mitte Dezember.

Ich wünsche mir Schnee, der die Landschaft mit seiner weißen Decke einhüllt. Der alles Unschöne, alles Verrottende, alles, was ich nicht sehen will, unter sich beerdigt. Ich wünsche mir Ausdauer, Ehrgeiz und Kraft. Ich wünsche mir Gin, auf jeden Fall ohne Tonic, damit meine Arbeit erträglicher wird. Ich wünsche mir einen Sklaven. Bewerbungen werden begeistert entgegengenommen. Und phasenweise wünschte ich mir, dass ich gezögert hätte, bevor ich beschloss, dieses Haus zu kaufen.

Doch trotz aller Zweifel freue ich mich über meine Erwerbung. Es ist ein hervorragendes Ablenkungsmanöver im Hinblick auf meine instabile Gefühlswelt. Genauso wie der Nachbar ein Haus weiter, den ich als zu meinem Besitz dazugehörig betrachte. Mein Verhalten wurde bestärkt durch die Immobilienmaklerin, die mir den Kerl schmackhaft machte.

Er ist das schöne Dekorationsobjekt, die besondere Zugabe, meinte sie hinterhältig. Groß, dunkelhaarig, kräftig gebaut, ein echter Mann mit ein bisschen Bauchansatz, der darauf hinweist, dass er sich auf Genuss versteht. Nicht makellos, was ohnehin vermessen wäre, denn auch ich bin davon weit entfernt, aber überaus herrlich zum Ansehen. Er erzeugt reizvolle Fantasien in finsteren Winkeln meines Gehirns.

Doch noch ist die Begierde einseitig. Ich himmle ihn schamlos an. Aus der Ferne, weil mir der Mut zur direkten Konfrontation fehlt. Ich starre nicht mit meinem Fernglas in seine Fenster. Zumindest nicht besonders häufig. In Gedanken dagegen sind wir bereits ein Paar. Es sind wilde Fantasien, nur Spinnereien, die mir guttun und niemanden verletzen.

Ich gestehe, es täte mir wohl, von ihm wahrgenommen zu werden. Realistisch betrachtet, bestehen dazu weder Anlass noch Hoffnung. Uns trennen Welten, denn er verlässt frühmorgens sein Haus, während ich Langschläferin bin.

Warum ich weiß, dass er frühmorgens sein Haus verlässt? Die Lichtkegel der Scheinwerfer seines Autos wecken mich gegen halb fünf Uhr, denn fallweise übernachte ich in meinem vermüllten Haus. Grundsätzlich habe ich mich in einem nahen Gasthof eingemietet, der Annehmlichkeiten bietet, die ich hier nicht habe: Sauberkeit und warmes Wasser.

An manchen Abenden, wenn die Erschöpfung ihren Tribut fordert, bin ich zu kaputt, um mich noch ins Auto zu setzen, und bleibe daher in meinem Haus in der Sonnenstraße. Dann werde ich am darauffolgenden Morgen von meinem Nachbarn geweckt. Leider nicht persönlich, sondern nur durch Motorengeräusche und Scheinwerferlicht, wenn er den Wagen im Rückwärtsgang aus seiner Einfahrt fährt. In exakt jenem Augenblick, in dem er das Fahrzeug auf die Siedlungsstraße lenkt, streift das Licht seiner Frontleuchten mein schmutziges Schlafzimmerfenster. Momente später ist das verräterische Licht fort. In seinem Universum komme ich nicht vor.

Ich muss seine Aufmerksamkeit gewinnen.

- 17 -

Ein Neubeginn?

Er ist Gärtner. Paul heißt er. Zumindest dies habe ich durch geschickt eingefädelte Gespräche von meinen Nachbarinnen Daniela und Felicitas in Erfahrung gebracht. Ihr Mitleid, was die karge Optik meines Gartens betrifft, lässt sie jegliche Zurückhaltung verlieren. Wir plaudern, stehen auf meiner Terrasse, betrachten die Tristesse meines Gartens und seufzen im Kollektiv.

Beide Frauen raten mir, unbedingt Paul um Hilfe zu bitten, denn das einzig Schöne, das derzeit an schattiger Stelle in meinem Garten wachse, sei dieser wunderbar gelbe Winterjasmin. Und der gehöre auf alle Fälle aufgebunden. So, wie er auf meinem Rasen dahinwuchere, sei das schöne Gewächs kein wertvoller Winterblüher, sondern zum Untergang verdammt. Die Farbe des Rasens ist der Jahreszeit geschuldet: grünbraun vermoost.

Daniela blinzelt betrübt in die Kargheit meiner Anlage. Ihre Augenbrauen bilden eine missbilligende Linie. Es wirkt, als besäße sie eine Monobraue. Außerdem fältelt sich ihre Stirn in eine beachtliche Anzahl von Längs- und Querfalten. In einigen Jahren wird sie über ihre zahlreichen Stirnfalten verärgert sein.

Schließlich entspannt sich Daniela, sie schüttelt den Kopf und bestätigt Felicitas' Erstaussage: »Die hinreißend bezaubernde Seele deines Jasminum nudiflorum«, lässt sie ihr Pflanzenwissen angeberisch heraushängen, »sollte unbedingt unterstützt werden, um besser zur Geltung zu kommen. Sicher kann dir Paul dabei helfen.« Während ihres Impulsvortrags blieb ihr Blick an meiner Frisur hängen. »Wenn alles verblüht ist, gibt es nichts mehr, was in deinem Garten reizvoll wäre«, fügt sie hinzu, und betrachtet kritisch meine Beine, die in einer an den Knien ausgebeulten Jogginghose, in verfilzten Wollsocken und abgeschnittenen Gummistiefeln stecken.

Ich kenne diesen Blick. Alles an dir hat bessere Zeiten gesehen, sagt er. Ich nicke zustimmend.

Daniela betrachtet den unförmigen, an vielen Stellen beschädigten Sweater, den ich deshalb trage, weil mein Haus einer Mülldeponie gleicht, die nur durch ebensolche Kleidung gewürdigt werden kann. Die Ärmel des Pullovers sind wunderbar lang und verbergen meine abgearbeiteten Hände. Vom Zustand meiner Fingernägel mag ich nicht sprechen. Ich ignoriere Danielas Blicke.

Felicitas hingegen grinst bei meinem Anblick, stemmt ihre Arme in die Seiten und lästert: »Du und dein Haus, ihr passt optisch perfekt zueinander. Ein eingeschworenes Team seid ihr. Mit euch kann es nur noch aufwärts gehen.«

Gut ist, dass ich Humor zu meinen herausragenden Charaktereigenschaften zähle. Ich verurteile keine der Frauen dafür, dass sie mich eigenartig finden. Immerhin liefern sie mir verbale Hilfestellung zur mageren gärtnerischen Gesamtsituation. Andere Menschen hätten längst ihr Heil im schnellen Abgang gesucht.

Felicitas räuspert sich und bittet mutig darum, meine Toilette benutzen zu dürfen. Sie weiß nicht, dass dieser Wunsch einer ist, den sie sich nicht erfüllen will. Auch dann nicht, wenn ihre Blase kurz vor dem Platzen steht. Felicitas' Verlangen nach einem Toilettenbesuch überhöre ich daher. Wegen meiner Unhöflichkeit kassiere ich hochgezogenen Augenbrauen und eine hohe Anzahl an Stirnrunzeln. Dieses Verhalten fordert mich nun doch zu einer Begründung auf. Weibliche Not, wenn es darum geht, sich zu erleichtern, ist echte Not.

»Es tut mir leid«, verkünde ich verschämt, »aber Toilette kann man zum Zustand des WCs in meinem Haus nicht sagen. Es gleicht mehr«, an dieser Stelle zögere ich, weil ich das Wort grauenhaft finde, aber die Bedeutung des Gesagten unterstreichen will, »einer Fäkalgrube, die ihr nicht einmal ansatzweise besuchen wollt.«

Ich erkenne Mitleid in ihrem Blick. Beide nicken im Gleichklang.

»Danke für euer Verständnis und Hals- und Beinbruch!«, füge ich todernst hinzu.

Felicitas und Daniela tun mir gut. Sie reißen mich aus schwermütigen Gedanken und bringen mich zum Lachen. Sie wissen nicht, dass ihre Auskünfte auf fruchtbaren Boden gefallen sind. Mein gutaussehender Nachbar hat keine Ahnung, mit wem er es bald zu tun bekommt. Hingebungsvoll werde ich mich der Gartenarbeit widmen, ihm dabei unweigerlich über den Weg laufen, ihn in Gespräche verwickeln und um Hilfe bitten. Er wird sich unsterblich in mich verlieben. Ein simpler, aber realistischer Plan. Eine Unzahl an Liebesromanen beschreibt genau diese Vorgehenswiese. Es funktioniert immer.

Ich wische den schwermütigeren Anteil meiner Gedanken zur Seite. Außerdem nagt schlechtes Gewissen an mir. Auf meiner Unterlippe herumkauend, denke ich an meinen viele Wochen zuvor gefällten Schwur. Ich erinnere mich an den übertriebenen Eid zu den zahllosen liebesfreien Tagen. Insgeheim frage ich mich, wie es wäre, mir einen Übergangspartner zu gönnen. Als Tröster für Leib und Seele.

Stunden später, während ich mich mit üblicher Schmutzarbeit beschäftige, wühlen diese Gedanken immer noch in meinem Kopf herum. Weil ich keine Ruhe finde, setze ich mich hin und schreibe meine Wünsche auf. Das Geschriebene verziere ich mit Schnörkel und Kritzeleien.

Was ich mir wünsche, weil ein passender Tag dafür ist?
Glasscheiben in allen Farben,
damit Licht, das an deinen traurigen Tagen durch die Scheiben fällt, fröhlich für mich leuchtet.
Vielfältig.

Regentropfen, Wind, den Geruch von Erde, Sonnenstrahlen,
die Farben des Waldes, Wasser, Eiskristalle, die großzügige Üppigkeit der Natur.
Vielerlei.

Fleißige Hände, einen regen Geist, ein weiches Herz
und Glück in meinen Taten, aber auch das Wissen, wann geruht und die
Hände in den Schoß gelegt werden dürfen.
Viel leicht. Vielleicht.

Offene Augen für Schönes und Widersprüchliches und einen Ausgleich
durch Verstand und Raffinesse.
Vielschichtig.

Ich lache, lebe, leide,
ärgere mich und lasse Verbitterung dennoch nicht zu.
Sie macht unnötig hart. Das braucht es nicht.
Vielmehr braucht es Liebe. Viel mehr.

- 18 -

Weihnachten.
Der gute Rat meiner Cousine, mich an mich selbst zu gewöhnen, mich nicht vorschnell in Abhängigkeit eines anderen zu begeben, tröstet mich nicht. Dennoch gewöhne ich mich an mich als Einzelgängerin.

»Du musst lernen, dir selbst zu genügen«, verkündet Karoline am Telefon und legt dann rasch auf. Mein hämisches »Blablabla!« verpufft ungehört.

Ich bin endlich aus dem Gasthof aus- und in mein Haus eingezogen. Es ist halbwegs bewohnbar, vor allem aber praktischer. Jeden Tag fülle ich mit Tätigkeiten an, die verhindern sollen, dass verbiesterte Stimmung in mir aufkommt. Außerdem verdränge ich auf diese Weise, dass bald Weihnachten ist, denn mich ekelt vor geselliger Weihnachtszeit. Ich will nicht an Geschenke denken, nicht an Keksduft, nicht an Zimt, Orangen,

Glühweingewürz oder an Punschfreuden, nicht an einen hübsch geschmückten Christbaum, nicht an Kerzenlicht, an schnulzige Weihnachtslieder und an holde Glückseligkeit. An Letzteres schon gar nicht.

Trotzdem lassen sich diese Gedanken nicht zur Seite schieben. Beinahe kann ich den Duft von Lebkuchen riechen. Als Ersatzhandlung befeuere ich regelmäßig den Kachelofen im Wohnzimmer. Vermutlich werde ich demnächst an einer Kohlenmonoxidvergiftung sterben, denn das alte Ding sieht nicht besonders vertrauenswürdig aus. Der Qualm aus dem Ofen lenkt mich jedenfalls erfolgreich vom Lebkuchenduft ab. Die Option auf Kohlenmonoxid wird zum Tröster.

Ich mach's kurz: Ich sterbe nicht. Ich erlebe das einsamste Weihnachtsfest ever. Auch mein liebstes Weihnachtslied, in beinahe unerträglich wiederkehrender Schleife gespielt, kann mich nicht trösten.

Wieder und wieder werde ich besungen, was beinahe gruselig ist. Shchedryk heißt das Lied, das ich von Ryszards Familie her kenne. Seine Großmutter, eine Ukrainerin, erklärte mir einst den Inhalt. Es erzählt die Geschichte einer Schwalbe, die zum Jahresende in ein Haus fliegt, um den Menschen dort ein gutes Jahr zu verkünden und sie daran zu erinnern, auf ihre Tiere zu achten, denn diese bedeuten Wohlstand, sorgen für Glück im Haushalt und eine schöne Frau.

Verstohlen tropfen meine Tränen. Nicht in Erinnerung an Ryszard, sondern wegen seiner Großmutter, einer abgearbeiteten, kriegsgebeutelten, aber unbeugsamen Frau. An ihr sollte ich mir ein Beispiel nehmen. Alle meine Schwächen tilgen, meine Stärken verbessern.

Mit diesen guten Vorsätzen im Kopf, erlaube ich mir in Gedanken an die Oma eine Schwäche. Ich wärme Punsch im Heißwasserkocher auf und tauche harten Lebkuchen in das promilleheftige Getränk, in der Hoffnung auf Vergessen. Im selben

Augenblick zweifle ich an der Wirksamkeit meiner Idee, mich auf diese Weise von der Vergangenheit zu befreien, bin aber beseelt davon. Wenig später liege ich betrunken am Boden und fixiere die Zimmerdecke. Ein zweifelnder Seitenblick bescheinigt mir einen Teilerfolg. Der Müll wird zu einer schemenhaften Masse und beleidigt meine Augen und mein Gemüt nur noch verschwommen.

Auf ähnliche Weise erlebe ich den Altjahrstag. Ich gleite ins neue Jahr, indem ich mir einfach genug Alkohol gönne. Bereits lange vor Mitternacht bin ich hinüber. Auf diese Weise erspare ich mir nicht nur den Gestank und Krawall des Feuerwerks, auch das neue Jahr darf ohne mich anfangen.

Ich muss nicht bei Besinnung sein, wenn alles wieder von vorne beginnt.

- 19 -

Jänner.
Der erste Tag im neuen Jahr nervt mich mit heftigen Kopfschmerzen. Ich gönne mir eine Schmerztablette und hoffe auf baldige Wirkung, wissend, dass ich niemandem dafür die Schuld geben kann. Vorsätze wären jetzt nicht schlecht, finde ich außerdem, damit ich zumindest welche habe, die ich konsequent brechen kann.

Und schon hocke ich auf einer umgedrehten Bierkiste, für die ich vermutlich noch Pfand zurückfordern könnte, und schreibe:

- *Ich werde nicht an einer Kohlenmonoxidvergiftung sterben. Vermutlich werde ich überhaupt nie sterben. Absichtlich, um andere zu ärgern.*
- *Baum pflanzen, Haus sanieren, Kind zeugen. Das mit der Kindszeugung wird extrem spannend.*
- *Nett zu meinem Ex sein!* (An dieser Stelle lache ich.)

- *Ich werde zu jedem Anlass auf Freunde und deren Gesundheit trinken sowie energisch auf jede Kleinigkeit anstoßen. Ich werde zur Queen der Trinksprüche. Voller Körpereinsatz!*
- *Ich fahre künftig mit dem Rad zur Arbeit, obwohl ich Bedenken habe, dass mein Vorsatz unfallfrei ablaufen wird, wenn ich aus meinem zukünftigen Schlafzimmer im Obergeschoss direkt ins Büro im Erdgeschoss fahre. Ich korrigiere daher: Ich gehe zu Fuß zur Arbeit.*
- *Sei wie eine Schwalbe. Trage Gutes ins neue Jahr.*

Die Liste meiner Vorsätze klebe ich an die Haustür. Außen. Darunter schreibe ich die ermutigenden Worte: *Bitte um Ergänzungen!*

Die ersten Tage des neuen Jahres hinterlassen keinen freundlichen Eindruck. Zu meiner Aufstellung hinzugefügt wurde tatsächlich ein frecher Zusatz: *Sex hilft gegen Frust.*

Vermutlich war es der Briefträger.

»Schlaumeier!«, flüstere ich und entferne den Zettel.

- 20 -

Am Dreikönigstag wird stürmisch an meiner Eingangstür geläutet. Neugierig öffne ich. Ein Mann steht vor mir. Er trägt eine Krone und singt, anstelle von *Halleluja, die Heilig'n Drei Kini san do*, Herbert Grönemeyers Lied *Alkohol*. Anstatt Weihrauch, Gold und Myrrhe hält der König eine Flasche Sekt in der Hand.

Daniela lauert hinter Anton, ihrem Ehemann, dem verkleideten Ersatzkönig. Beide grinsen mich an.

Blitzschnell nimmt Daniela eine erste Analyse meiner Seelenlage vor, stürmt meine Burg und hält Sektgläser kampfbereit hoch. Mit den Gläsern hat sie richtig vermutet. Dekadentes, wie diese schlanken, äußerst zerbrechlich wirkenden Sektflöten, finden sich nicht in meinem schlecht sortierten Haushalt.

Wenig später lungern wir auf den unbequemen Resten einer Einrichtung herum. Umgedrehte Bierkisten, dem Keller entrissen, bereichern mein Wohnzimmer, das keines ist.

»Damit«, erklärt Anton mit kritischem Blick, »gewinnst du keinen Designerpreis, und wertvolle Stücke befinden sich auch eher nicht unter deinem Mobiliar.«

Dass ich mir im Alleingang bereits einen Teil der Einrichtung vom Hals geschafft habe, weiß er. Der große Container in meiner Einfahrt, der bald ein erstes Mal von einem Entsorgungsunternehmen entleert wird, ist nicht zu übersehen. Anerkennung aus Antons Richtung täte mir daher gut. Diese bleibt jedoch aus. Was hatte ich erwartet?

Daniela rempelt ihren Mann grob an. Der tut, als wäre nichts gewesen. Sein Blick gleitet durchs Zimmer, hin zu einem großen Bild an der Wand, dessen Farben zwar blass sind, die Zeichnung jedoch noch erkennbar ist.

»Ikonenmalerei auf Holz«, murmelt er und runzelt die Stirn. Dann hebt Anton sein Glas und verkündet, dass er noch nie ein derart hässliches Jesuskind gesehen hätte, wie jenes auf dem Bild. Sein kritischer Blick intensiviert sich. »Dennoch, das hässliche Kind könnte von Wert sein«, meint er schließlich, steht auf und nimmt das Gemälde von der Wand, nur um schwer zu seufzen.

»Aufgeklebtes Papier auf Holz«, füge ich grinsend hinzu und verkünde, dass ich es demnächst zum Anfeuern meines Kachelofens verwenden werde.

»Zweckgebundene Verwendung«, nickt Daniela.

Wir stoßen an.

Antons Mut ist ungebrochen. Er durchschreitet mein Wohnzimmer, schiebt herumliegende Papierfetzen gnadenlos mit den Fußspitzen zur Seite und bewundert den staubigen Estrich. Schließlich wirft er einen Blick in den winterkahlen Garten und bricht unerwartet in Freudenschreie aus. Mein Gedanke, dass er etwas von unschätzbarem Wert gefunden hat, bestätigt sich nur zum Teil. Während ich an wertvolle Kronjuwelen denke, zeigt er mit seinem inzwischen leeren Sektglas in Richtung eines flammend roten Strauches, der auch bereits meine Aufmerksamkeit erregt hat.

Im hinteren Gartenbereich, an der langen Grenzmauer, steht etwas, dessen Optik breit ausladend und sparrig ist. Daniela lächelt und zwinkert mir zu. Rasch befüllt sie unsere Gläser bis knapp unter den Rand. Grinsend flüstert sie »Wart ab!« und setzt sich auf eine bedrohlich instabil wirkende Pflanzentreppe, die nur eine schlanke Frau wie sie tragen kann. Unter mir würde das Teil zusammenbrechen, was vielleicht nicht die schlechteste Vorgehensweise wäre, weil ich es dann nicht mehr auseinandernehmen müsste. Morgen wird mein randvoller Sperrmüllcontainer gegen einen leeren ausgetauscht. Alles, was in Kleinteile zerlegt ist, braucht weniger Platz.

»Ein Lichtblick in deinem Garten«, seufzt Anton und fügt »Grandios!« hinzu.

Was daran grandios sein soll, kann ich nur vermuten. Die Farbe wird es sein, die Anton in Ekstase versetzt. Er strahlt, dreht sich endlich um und flüstert, als würde der Strauch seine Farbe verlieren, wenn er ihn hören könnte: »Zaubernuss. Hamamelis.«

Ich unterdrücke ein Gähnen. Offenbar passt mein Gesichtsausdruck nicht zu Antons andächtigem Erguss. Danielas Mundwinkel zucken, sie blickt in ihr Glas, danach auf meinen ungewöhnlich kargen Wohnzimmerboden. Rasch ergänze ich Antons Erklärung mit einem ehrfurchtsvollen: »Wahnsinn!« Das passt.

Offenbar habe ich alles richtig gemacht. Daniela grinst weiterhin entschlossen ihr Glas an. Anton will mich offenbar beeindrucken. Er setzt sich auf ein dickes Telefonbuch, dessen Ausgabedatum bestätigt, dass es vor fünfundzwanzig Jahren brandneu war.

»Lodernd heiße Flammen an grauer Mauer«, beginnt Anton seinen Vortrag. Es klingt, als würde er eine Menüfolge anpreisen. Seine Begeisterung wirkt allerdings ansteckend. Ich lenke meinen Blick auf den Strauch, der mir zwar aufgefallen ist, dessen Schönheit ich aber bisher keiner genaueren Betrachtung unterzogen hatte. Zu grau waren die vergangenen Tage, zu sehr bin ich damit beschäftigt, Ordnung ins Haus zu bringen.

Anton lenkt mich von meinen Gedanken ab, indem er mich »beachtenswert« nennt und »wunderschön«. Erst als ich mich wieder ganz seinem Vortrag widme, merke ich, dass er nicht mich meint, sondern die »wunderschöne, kraftvolle Sinnlichkeit« meiner Zaubernuss lobt. Verhalten fügt Anton hinzu, dass sie einzigartig ist, auffällig und unglaublich vitalisierend, weil ihre Blüten zu einer Jahreszeit erscheinen, die sich vor allem durch Kargheit auszeichnet.

Daniela strahlt ihren Mann an. Seine Rede scheint mehr ihr als meinem Strauch zu gelten. Antons Ansprache endet mit: »Der schönste Körper wirkt leblos, wenn er nicht Energie und Begeisterung in sich trägt.«

Der reichlich konsumierte Sekt zeigt Wirkung, denn nicht nur ich, auch Daniela wird bei Antons Worten sentimental. Verstohlen reiben wir uns Tränen der Rührung aus den Augen. Ich freue mich aufrichtig über die augenscheinliche Verliebtheit der beiden, freue mich über die ungewöhnliche Erklärung zu meinem Strauch da draußen, und beschließe spontan – ein erster echter Neujahrsvorsatz –, meinen Blick für das Wertvolle in meinem Garten zu stärken. Immerhin besitze ich mit der Zaubernuss und dem Winterjasmin zwei Gewächse, die meinen Garten bereichern, ohne dass ich dafür Aufwand betreiben musste.

Wenig später verlassen mich meine Gäste. Zuvor nehmen sie mir noch das Versprechen ab, dass ich den Sekt in spätestens einer Stunde ausgeschlürft haben muss, weil es schade um das gute Zeugs wäre. Ich gelobe Willigkeit, ziehe meinen warmen

Wintermantel an und steige in mein Paar Billiggummistiefel, das vor allem durch Risse glänzt. Mit der Sektflasche in der Hand durchwandere ich meinen Garten und stelle mich endlich der Zaubernuss vor. Verspreche ihr, dass ich sie ehren, schätzen und lieben werde. Feierlich verbeuge ich mich mehrfach vor dem orangerot blühenden Strauch, kichere und hoffe, dass mir niemand zusieht.

Ich bewundere die besondere Form der Blüten und spreche von ihrem schönen Körper, der sinnlich ist und kraftvoll. Leise rülpse ich nach vollbrachter Liebeserklärung und entschuldige mich dann für mein unangebrachtes Verhalten. Ich bin zufrieden und müde, was am Sekt liegt, den ich der Einfachheit halber direkt aus der Flasche trinke, wobei ich darauf achte, nicht zu schnell zu trinken, damit mir die Flüssigkeit nicht aus den Nasenlöchern sprudelt. Ich verabschiede mich von meiner Zaubernuss mit einer äußerst würdevollen Verbeugung. Bevor ich zum Haus zurückgehe, weil mir inzwischen kalt ist, bremst mich herzhaftes Gelächter.

»Ich habe ja schon gehört, dass es hilfreich sein soll, mit Pflanzen zu sprechen. Auch ich mach das hin und wieder. Meistens jedoch schimpfe ich mit dem Grünzeug, damit es ehrfurchtshalber vernünftig wächst und mich und meine Kundschaft nicht enttäuscht. Aber eine Liebeserklärung an eine Zaubernuss ist selbst mir neu.«

Stoisch drehe ich mich in Richtung des Sprechers. Schnelle Bewegungen sind mir nicht mehr möglich, meine Motorik lässt bereits zu wünschen übrig. Ich verbeuge mich, hebe meine Flasche Sekt hoch und erkläre allen Ernstes in die fortschreitende Dämmerung hinein, dass ich für ein Vorsprechen übe. »Ich will mich für den Romeo in Romeo und Julia bewerben.«

Die Staude, die sich auf diese ungewöhnliche Weise mit mir unterhalten hat, teilt sich plötzlich, und der attraktive Gärtner blickt mir direkt in die Augen. Er sieht amüsiert aus. Ich dagegen vermute, dass ich bescheuert aussehe. Dafür bin ich umso lockerer, wenn es darum geht, Frechheiten zu verteilen.

»Oh, holde Julia«, hauche ich, »lass dein Haar herunter. Ich möchte dir eine Dauerwelle verpassen, dass dir Hören und Sehen vergeht.«

Er teilt den Strauch weiter, zwängt sich durch und bezwingt elegant den Höhenunterschied von etwa einem Meter. Schließlich reicht er mir dir Hand zum Gruß und stellt sich vor: »Paul, nicht Julia!«

Ich nicke.

»Weiß ich doch!«, sage ich, weil ich blöd genug bin und den Mund nicht halten kann.

Sein Stirnrunzeln zeigt mir, dass nun ich an der Reihe bin. Mir ist nicht klar, was er von mir erwartet. Soll ich ihm ein Glas Sekt anbieten? Ich werfe einen zweifelnden Blick auf die Flasche, deren Inhalt nur noch aus wenigen Schlückchen besteht. Oder will er etwa, dass ich ihn zur Begrüßung küsse. Auf die Wangen. Oder auf den Mund. Ich grinse, schwanke unsicher, worauf er mir die Hand an die Seite legt, um mich zu stabilisieren. Das ist angenehm. Sollte ich etwa noch ein bisschen taumeln?

»In Ordnung«, sage ich, will mich schon auf die Zehenspitzen stellen und zur Tat schreiten, als mich, eine Sekunde bevor ich mich elend blamiere, sein »In Ordnung ist ein wirklich ungewöhnlicher Vorname« völlig aus dem Konzept bringt.

Mein Resthirn reagiert. Wie ich heiße, will er wissen. Alles klar. Das kann ich.

»Valeria mit Betonung auf dem E«, sage ich viel zu laut und halte ihm die Sektflasche hin. »Bringst du mich nach Hause?«

Danach muss mich die Müdigkeit völlig überwältigt haben. Als ich irgendwann aufwache, kann ich nur vermuten, dass ich nicht allein hierher zurückgewankt bin. Meine Gummistiefel befinden sich nicht mehr an meinen Füßen. Und sonst? Ich liege angezogen im Bett. Zugedeckt mit meinem Schlafsack. Prophylaktisch schäme ich mich für mein Verhalten, wenn ich auch sicher bin, dass ich mir keinesfalls unmoralisches Benehmen vorwerfen kann.

»Wunderbar, das ist ein guter Anfang«, flüstere ich der Zimmerdecke mit rauer Stimme zu. »Ganz bestimmt stellt man sich so und nicht anders dem lieben Nachbarn vor.«

- 21 -

Februardepression.
Ich betrachte meine Hände. Kurze Fingernägel. Dreckränder unter den Nägeln, die sich kaum entfernen lassen. Wenn sie endlich sauber sind, sind sie auch schon wieder schmutzig. Verletzungen. Wunden. Risse. Kratzer. Schorf. Meine Hände sind ein Spiegelbild meiner Seele.

Eine bittere Erkenntnis.

Gleichzeitig fühle ich mich wie eine verwegene Mischung aus Hausbesitzerin und Hausbesetzerin. Aber auch unangenehmer Beigeschmack macht sich bemerkbar, drängt sich in mein Denken, denn wie ein Zuhause fühlt sich mein Rundherum nicht an. Noch ist meine Zuflucht eine Art Absichtserklärung. Etwas, das einmal etwas werden soll. Jedenfalls fühle ich mich nicht, als würde ich hierhergehören. Das Haus und ich, wir fremdeln wie ein Kleinkind, das nur bekannte Gesichter anlacht, Fremde jedoch mit Tränen begrüßt. Aber immerhin: mein Sanierungsfall ist inzwischen bewohnbar.

Vieles ist bereits geschehen: Ich verdanke den Arbeiten am Haus intensive körperliche Erschöpfung, damit einhergehend tiefen Schlaf. Bei Tätigkeiten, die kontemplativen Charakter haben, fließen meine Gedanken allerdings automatisch in Richtung Ryszard, der sich – wie ich von meiner Cousine weiß, die ihn zufällig getroffen hat – eine Polin angelacht hat, weil seine polnischen Eltern eine Schwiegertochter wollen, die harmonisch ins Familiengefüge passt. Die jung genug ist, sie zu mehrfachen Großeltern zu machen, weil sie doch endlich Enkelkinder auf ihren Knien schaukeln wollen.

Ich falle zurück in alte Muster, beklage, dass ich keine Ahnung hatte, dass die Arbeit am neuen Familiengefüge bereits vonstattenging, bis zu jenem Tag im September, den ich künftig aus meinem Kalender streichen würde.

Meine Psychiater-Cousine sagt nichts. Sie hört mir zu. Vielleicht hat sie auch das Handy zur Seite gelegt

»Wir beide«, erkläre ich Karoline, die durch ein gelegentliches Grunzen ihre Anwesenheit bezeugt, »sind gute Lage mit Ausblick auf interne Probleme. Die sanitären Einrichtungen sind in miserablem Zustand. Bei Betrachtung der Fliesen riskiert man bewusstseinsverändernde Zustände, worüber ich froh wäre, denn eine Portion euphorische Verzückung würde mir guttun.«

Irgendwann bemerke ich, dass mein Akku längst kapituliert hat und ich mit einem energielosen Handy rede. Ich lade es auf und setze mich hin, um mein Budget durchzugehen.

Aktuell ist meine Finanzkrise eine eher mentale Krise. Dank der flotten Überweisung meines Anteils an der Steyrer Ex-Wohnung leide ich nicht unter Geldmangel. Allerdings mag ich es zu kalkulieren. Es fördert das Verdrängen meiner persönlichen Situation. Ich beschränke mich auf Konkretes, tippe Zahlenreihen und Ziffernfolgen in den Taschenrechner. Liste meine Wünsche auf und stelle fest, dass es besser ist, Parkettboden und Wandfarbe zu kaufen als eine neue Wohnzimmercouch. Ich weiß, dass ein Fernseher unwichtig ist, aber ein Laptop angeschafft werden muss, den ich dringend zum Schreiben benötige. Die Zeiten, in denen ich Ryszards Notebook nutzen konnte, sind vorüber. Ich hätte das Gerät entführen sollen.

Für einen Laptop verwerfe ich auch die Gedanken an die neue Frühjahrsmode. Ist ohnehin erst Februar. Viel zu früh im Jahr, um sich Vorstellungen über den Frühling und die dazu passende Kleidung zu machen. Schlussendlich schiebe ich den Kauf eines Laptops jedoch zugunsten von Fliesen auf, die das Badezimmer aufhellen werden.

Die Berechnung zur aufgeschobenen Ausgabe für den Laptop, im Verhältnis zur Summe der anzuschaffenden Fliesen, stimmt zwar nicht bis ins letzte Detail, aber alles, was mir ein Wohnen angenehmer macht, ist willkommen. Außerdem ist mir die Anschaffung einer Badewanne, die groß genug ist, um ins Meer hinauszuschwimmen, wichtiger als hundert Textseiten, die noch nicht erdacht sind.

Anstelle zu schreiben, träume ich mir also mein Haus zurecht, denn alle Annehmlichkeiten des Wohnens habe ich bei meiner einstigen Liebe zurückgelassen.

»In einigen Wochen wird alles besser sein«, flüstere ich mir aufmunternd zu und gehe ins Bad, um mich für die Nacht schön zu machen. Bekräftigend nicke ich mir im ramponierten Spiegelschrank zu und erschrecke über das Gesicht, das mir aus dem Spiegel ein verkrampftes Lächeln schenkt. Das bin ich. Ich sehe abgekämpft und müde aus. Abgenutzt wie ein alter Haushaltsschwamm. Noch einmal bemühe ich mich zu lächeln, was mir zur Grimasse wird. Ich spreche mir Mut zu, und gebe dem Spiegel Schuld an meinem Erscheinungsbild.

Mit einem Ruck reiße ich den Schrank von der Wand und lege ihn auf den Boden. Es ist Zeit, sich von dem Ding zu trennen.

Stolz denke ich an die zwei Müll-Großcontainer, die ich im Alleingang befüllt habe. Mein Rücken bestätigt, dass es mindestens fünfzig Tonnen gewesen sein müssen. Die Entsorgungsfirma sprach von acht Tonnen und stellte die Rechnung entsprechend aus.

Ich trage Zahnpasta auf die Bürste auf. Putzend denke ich an Anton und Daniela, die mir in den letzten Tagen beim finalen

Entrümpeln geholfen haben. Der Februar-Container wird der letzte Container sein. Nun ist das Haus leergeräumt.

Währenddessen arbeiten die Handwerker bereits an der Renovierung. Zumindest die inneren Werte meines Hauses haben sich die letzten Wochen deutlich verbessert, wenn auch Äußerlichkeiten noch zu wünschen übriglassen. Dach und Dachstuhl sind in Ordnung, die Fenster erst wenige Jahre alt. Die Fassade hat eine Erneuerung nötig. Ein zarter Anbau, der garagenähnlichen Charakter besitzt, wurde zum Holzlager. Mein Auto darf noch nicht in die Garage einziehen.

Ich seufze und betrachte den am Boden liegenden Spiegelschrank. Es gibt Anschaffungen, die keinen Aufschub dulden. Ich denke an die Badewanne im Obergeschoss und die schönen, teuren Fliesen, die ich ausgewählt habe, weil ich nicht in einigen Jahren bereuen will, die günstigen anstelle der hübschen genommen zu haben. Ich denke schon eine Weile nicht mehr an meine neue, alte Küche, weil sich tatsächlich eine Lösung gefunden hat, die an Charme kaum zu übertreffen ist. Herd, Kühl- und Gefrierkombination werden ersetzt. Ich habe mich gegen Geschirrspüler und Kaffeevollautomaten, dafür für einen neuen Boden und neue Küchenfronten entschieden, die auf die unerwartet wertigen Holzkorpusse montiert werden.

Die Küchenwände sind frisch ausgemalt. Rapsgelb. Anstelle eines Fliesenspiegels habe ich die freundliche Wandfarbe mit mattem Bootslack überzogen. Künftig kann die Wand im Nass- und Spritzbereich hinter der Spüle und dem Herd abgewischt werden, ohne dass die Feuchtigkeit in die Mauern kriecht. Die Optik ist modern. Das hebt meine Stimmung, und dass mein Kaffee als Filterkaffee in eine Kanne tröpfelt, anstelle aus einem Vollautomaten zu sprudeln, ist eine Verschrobenheit. Jede Diva braucht ihre Besonderheiten.

Beim Gedanken daran, eine Diva zu sein, lache ich laut auf. Ich bin weit davon entfernt, müsste dringend zum Friseur und jede Maniküre würde vor Verzweiflung bei der Betrachtung meiner Nägel zu weinen beginnen. Außerdem bedingt es doch, dass eine Diva erfolgreich ist und angebetet wird. Mich betet niemand an.

Die regelmäßigen Telefonate mit meiner Agentin Liandra sind zweifellos die Highlights meiner anstrengend verlaufenden Tage.

Liandra. Sie quält mich und weiß genau, wie sie das anstellen muss. Unsere Gespräche laufen nach gewissen Regeln ab. Tatsächlich kann ich ihre hoffnungsvoll wiedergegebenen Worte inzwischen auswendig vor mir hersagen. Ohne Souffleuse.

»Dabei ist es so einfach«, meinte sie zuletzt salopp, »schreib doch einfach einen Bestseller. Du weißt doch gut, wie Geldverdienen geht. Du bist begabt. Du bist talentiert. Das kannst du doch.«

Liandra ruft mich zu unmöglichen Zeiten an, immerhin aber nie nach Mitternacht. Sie lächelt hörbar ins Telefon, plaudert und legt schließlich auf, weil sie weiß, dass sie mich gepeinigt zurücklässt. Sie pocht auf eine Fortsetzung meines ersten Romans. Ich möchte ihr sagen, dass ich damals glücklich war, und dass Hormone begeistert meine Schreibarbeit steuerten.

Zwar schreibe ich nicht, bin aber immerhin Hausbesitzerin. Prompt fällt mir mein Vorgänger ein. Dass der Besitzer des hochherrschaftlichen Anwesens im Wohnzimmer verstorben ist, versuche ich zu ignorieren.

Der arme Mann hatte einen Schlaganfall. Oder war es doch ein Herzinfarkt? Egal, tot ist tot!

Felicitas berichtete mir jedenfalls, dass der Vorbesitzer schon eine Weile allein lebte. Seine Frau war vor ihm gestorben. Weil er sich von der Außenwelt abgeschirmt hatte, war er nicht sofort vermisst worden. Tom, Felicitas' Mann, war es schließlich gewesen, der Nachschau gehalten hatte. Zu diesem Zeitpunkt, im August des vergangenen Jahres, war der Mann schon einige

Tage tot. Die sommerliche Hitze und die Fliegen, die ihre Eier auf dem Toten abgelegt hatten, sorgten dafür, dass Tom beim Anblick des Leichnams, den er durch die großen Terrassentüren zwischen seinem Müll liegen sah, übel wurde.

»Tom war froh darüber, dass die Fenster geschlossen waren, denn das, was er gesehen hat, bestand hauptsächlich aus einem Madenteppich. Sogar die Bestatter waren grün im Gesicht, als sie aus dem Haus kamen. Sie haben jedenfalls nicht sonderlich entspannt ausgesehen«, hatte Felicitas anschaulich über den Fall berichtet und ihre Finger dabei auf eine Art bewegt, die das Krabbeln von Maden imitieren sollten. Mitleid mit ihrem Mann und den Bestattern war ihr offensichtlich fremd.

Eine Weile begleiteten mich Albträume. Nächtliche Geräusche, die mich zuvor nicht sonderlich beeindruckt hatten, sind mir nun ein Gräuel.

- 22 -

Vor zwei Wochen wurde der Parkettboden in meinem künftigen Büro herausgerissen, um dort den Estrich zu erneuern. Heute sind die Tischler im Haus, um den Feuchtigkeitsgrad des Estrichs zu bestimmen und darüber zu entscheiden, ob der neue Lärchenboden im Büro schon gelegt werden darf.

Der von ihnen mitgebrachte Industriesauger wird in seinen Betriebspausen umgehend von mir konfisziert. Das Ding, wahnsinnig laut, aber von mitreißender Gewalt, sorgt dafür, dass der Staub vergangener Jahrtausende nicht nur im Vorraum, sondern auch aus Essbereich und Wohnzimmer entfernt wird. Unser Mittagessen wird von mir in Pizzaschachteln angeliefert. Zwei Tage später kennen wir nicht nur die verschiedenen Schärfegrade unterschiedlich belegter Teigfladen, auch der Parkettboden im Büro ist bereit zur Begehung.

»Quadratisch, praktisch«, schmunzelt einer der Männer und befördert mit Hilfe eines Helfers ein letztes Brett an seinen Platz, während ein anderer bereits die Sesselleisten montiert.

Etwas Ungewöhnliches ist mir während abschließender Arbeiten an meiner Küche in die Hände gefallen. Ein schlankes, blaues Apothekenfläschchen, das sich in einer Lade befand. Offenbar hatte ich deren Inhalt nur nachlässig ausgeräumt. Das Glasfläschchen ist nicht größer als jene Behälter, in denen Globuli abgefüllt werden. Die Aufschrift am Papieretikett ist schlecht lesbar. In einem Anflug von heftiger Skepsis beschließe ich, das Fläschchen nicht zu öffnen. Mich hält der fragmentarisch erkennbare Skelettschädel ab. Ich verwahre das Fläschchen in meiner Handtasche. Eingewickelt in einem Stück Papiertaschentuch, in einer Blechdose, die für Sicherheit gegen Glasbruch sorgen soll.

»Vergiss nicht«, schärfe ich mir halblaut ein, damit sich der Gedanke auch wirklich in meinem Gehirn festsetzen kann, »in Erfahrung zu bringen, was es ist.«

- 23 -

Der Garten war von den Vorbesitzern penibel zu Tode gepflegt worden. Kein Gänseblümchen durfte seinen Kopf über den Rasen erheben, der aus diesem Grund rasant kurzgehalten wurde. Kein Günsel durfte wildes Unwesen treiben. Klee hatte keine Chance. Löwenzähne wurden ausgestochen, kaum dass es erste Verdachtsmomente eines Aufkommens gab.

So furchtbar das Hausinnere ausgesehen hatte, so gründlich war der Garten verwaltet worden. Im Nachhinein ergab dies einen eigenartigen Blick auf Persönlichkeiten, die ich nie kennengelernt hatte.

»Mehr als einmal hat man versucht, die beiden alten Leutchen dazu zu bewegen, dem Garten freundliches Leben einzuhauchen. Sogar der Obmann des Siedlervereins hat seine Hilfe angeboten. War aber sinnlos, wie du sehen kannst«, fügt Daniela ihrem Bericht hinzu und blättert in einem Buch über Kräuterspiralen.

Felicitas, Daniela und ich sitzen auf meinen neuen Sesseln an meinem neuen, sehr ungewöhnlich aussehenden Esstisch und beratschlagen. Ursprünglich eine Tür aus Kastanienholz, hätte sie beinahe ihr Ende im Entsorgungscontainer gefunden, wenn Anton nicht rechtzeitig sein Veto eingelegt hätte. Kaum dass er die alte Tür sah, wurde sie auch schon beschlagnahmt. Er murmelte: »Beine, beizen und Besonderheit.«

Eine Woche später erschien Anton freudestrahlend zum Kaffeetrinken. Zeitgleich mit Anton kam mein neuer Esstisch ins Haus, denn mein handwerklich begabter Nachbar hatte Tischbeine besorgt und die Tür tatsächlich zum Tisch umfunktioniert. Damals weinte ich vor Rührung.

»Ist es wahr«, holt mich Felicitas aus meinen Gedanken, »dass du beim Kauf des Hauses Stein und Bein geschworen hast, dich im Sinne der Vorbesitzer für weiterführende Gartenperfektion einzusetzen?« Sie sieht mich zweifelnd an.

Ich schenke Wein ein, denke eine Millisekunde über ihre Frage nach und antworte schmunzelnd: »Ich vergaß diesen Vorsatz den Erben gegenüber, kaum dass die Unterschriften unter den Vertrag gesetzt waren. Ihr solltet wissen, ich bin faul. Ich interessiere mich nicht für Unkraut. Unkraut interessiert sich auch nicht sonderlich für mich, jedoch wird sich rasch unter den Kräutern herumsprechen, dass in diesem Garten ein gewisser Wildwuchs toleriert wird.«

»In diesem Garten?« Daniela zieht eine stilvoll gezupfte Augenbraue hoch. »Ist es nicht dein Garten? Warum so distanziert?«

Ich greife nach den Weingläsern, reiche sie den Damen. Wir lassen die Gläser klingen und stoßen auf unsere Fröhlichkeit an.

»Mein Garten. Richtig, es ist mein Garten. Auf meinen Garten!«

Der Klang der Gläser meißelt meine Aussage fest. Ich werfe einen Blick aus dem Fenster. Aktuell ruht mein Gartenreich unter einer dünnen Schneeschicht und muss erst aus seinem Dornröschenschlaf geweckt werden.

»Schneerosen und Haselnuss«, erklärt Felicitas. Dabei sieht sie mich eindringlich an. Inzwischen bin ich daran gewöhnt, dass die beiden Nachbarinnen Blüten, Gräser, Sträucher und Stauden in meinem Garten sehen wollen und mir auf ihre Weise Tipps geben.

»Schneerosen und Haselnuss«, wiederhole ich also willig.

»Ich liebe Schneerosen. Sie sind Zeichen der Hoffnung. Sie graben sich unverdrossen durch den Schnee, als würden sie ihm befehlen, rund um ihre Blütenköpfe aufzutauen. Kältetrotzend sind sie die unbestrittenen Königinnen des Winters, außerdem blühen sie bis weit in den Juni hinein. Zudem willst du doch Eichkätzchen in deinen Garten locken.«

Danielas Argument ist einleuchtend, auch wenn der gedankliche Sprung von den Schneerosen zu den Haselnüssen ein verwegener ist.

Auf meiner Pflanzeneinkaufsliste wird also ein Haselnussstrauch notiert. Meine Liste, die tatsächlich ein Buch ist, das jederzeit griffbereit auf meinem neuen Tisch liegt, wo es nur darauf wartet, befüllt zu werden.

Daniela nickt zufrieden.

»Nüsse sind ein Aphrodisiakum und steigern die Potenz«, wirft Felicitas ein, worauf ich in schallendes Gelächter ausbreche und eifrig Wein nachschenke.

»Und wem bitte soll ich das Aphrodisiakum ins Müsli mischen?«, frage ich nach.

Vielleicht sollte ich die Haselnuss nahe an Pauls Grundstück setzen? Diesen Gedanken behalte ich für mich. Vielleicht sollte ich dafür sorgen, dass ich genug Haselnüsse ernte, um damit Nussstrudel und Nussschnaps in rauen Mengen herzustellen? Vielleicht sollte Nachbar Paul als Testperson angeworben werden? Vielleicht sollte ich weniger Rotwein trinken!

Um die Frauen vom Pflanzenthema abzulenken und mich von Paul, suche ich nach Musik, durchstöbere die Playlist meines Handys. *Kiss* darf für uns singen. *I was made for loving you* veranlasst uns zu einer Karaoke-Darbietung, die es in sich hat. Wir tanzen im hell erleuchteten Wohnzimmer herum und geben sicher ein interessantes Sittenbild ab.

Wenige Zeit später begeben wir uns bewaffnet mit Holzspreissln, die ich aus dem Korb für Anzündholz genommen habe, ins Freie. Gemeinsam stecken wir die Außengrenze eines ersten Gartenbeets ab. Kichernd werden Pläne geschmiedet und wieder verworfen.

Später kippe ich in mein schäbiges Bett, wühle mich in den Schlafsack und schließe die Augen. Schöne Gedanken begleiten mich. Felicitas und Daniela haben mich wissen lassen, dass ich nie verlassen bin. Ich mag meine Nachbarinnen. Sie bereichern mein Leben.

- 24 -

Märzwind und Märzwünsche.

Fette Regentropfen prasseln gegen Fensterscheiben. Das Geräusch weckt mich. Ich empfinde es als angenehm, weil es beruhigende Wirkung auf mich ausübt und sich dadurch zufriedene Trägheit einstellt. Wohlig seufzend wühle ich mich in meine Tuchent und döse weiter. Ich genieße die Wärme im neuen Bett. Vor wenigen Tagen hatte der Tischler das Bett geliefert.

Es riecht nach Wald. Die hölzerne Oberfläche fühlt sich gut an. Beinahe samtig weich. Wäre ich übermütig, würde ich für jeden Liebhaber eine Fingernagelkerbe in das Fichtenholz drücken. Dazu fehlt mir allerdings der Anlass, denn dieses Bett wurde noch von keinem Liebhaber eingeweiht.

Ich strecke mich und gähne laut. Im Haus ist es einigermaßen warm, während sich das Wetter auf der anderen Fensterseite unwirtlich zeigt. Der Himmel ist grau. Falsch!

Der Himmel ist in Wahrheit nicht zu sehen, denn er besteht aus einer dichten Wolkenmasse. Nur schemenhaft ist die Landschaft erkennbar. Ich bleibe liegen, bis ich Geräusche höre, die mich neugierig aus dem Bett und ans Fenster locken. Mit bloßen Füßen tapse ich über kühlen Holzboden. Zitternd, weil ich mir nicht Zeit genommen habe, etwas Warmes über mein Nachthemd zu ziehen, stehe ich am Fenster und spioniere verstohlen mit dem Fernglas ins nachbarliche Revier.

Dort werkt Paul. Er lädt etwas ins Auto. Er fährt einen hässlich verbeulten Pritschenwagen. Das Fahrzeug ist berufsbedingt praktisch. Mein neugieriger Fernglasblick gleitet in Zeitlupe über seine Karre. Zahlreiche Dellen und Lackschäden widersprechen den Fahrkünsten seines Halters. Ich beobachte Paul, wie er zwischen den Regentropfen hin- und herrennt. Aufmerksam studiere ich seine Bewegungen, die völlig natürlich wirken. Säcke mit Rindenmulch sind es, die er auf die Ladefläche seines Wagens befördert, schließlich eine Plane darüber zieht und im Anschluss seinen Weg in den grauen Morgen startet. Ich sehe ihm nach, wie er aus der Einfahrt fährt. Sekunden später starre ich in eine Nebenwand, die sich hinter ihm geschlossen hat.

Ginge es nach mir, hätte er ruhig noch eine Weile herumlaufen können. Seine Bewegungen sind kräftig. Er ist ein wunderbar anregendes Studienobjekt. Die Arbeit im Freien hat ihn geformt, geprägt und wird ihn vorzeitig altern lassen, denn auf Sonnencreme legt er offenbar kaum wert. Bereits anlässlich unserer ersten Begegnung sind mir die Falten im Gesicht, rund um seine Augen und zwischen Nase und Mundwinkel, aufgefallen. Sie sind ausgeprägter, als sie es sein müssten. Auch seine Hände sind abgearbeitet. Handcremen sind ihm sicherlich ein Fremdwort. Die Arbeit eines Gärtners mag schön sein, aber sie ist auch unerfreulich, vor allem, wenn das Wetter auf empfindliche Haut trifft. Hitze. Feuchtigkeit. Kälte. Ein Arbeitsleben, das sich körperlich widerspiegelt.

Schon will ich mein Fernglas wieder an seinen Platz zurückstellen, zögere jedoch und lasse mich von meiner Neugier verführen.

Ich bin eher der Typ *Unbemerkte Verehrerin*. Die Voyeurin in mir will aber genauer hinsehen. Wie von selbst gleitet mein Fernglas daher weiter. Ich werfe einen neugierigen Blick in Pauls Wohnzimmer. Meistens sind die Vorhänge vor seinen Fenstern zugezogen. Doch heute darf ich mich ungeniert umsehen. Nichts bremst meine Taktlosigkeiten.

Ein großer Flachbildschirm dominiert den Raum mit seiner dunklen Fläche. Ebenso eine riesige Wohnzimmerlandschaft. Sie ist aus Leder oder sieht zumindest danach aus. Die Möbel sind wuchtig, der Raum groß. Das, was bei mir aussehen würde, als hätte ich keinen Blick für Dimensionen, passt in diesen Raum, denn er verträgt Größe. Die restliche Einrichtung wirkt karg und nur wenig heimelig. Beinahe steril. Die Wände sind weiß. Keine Bilder, keine Pflanzen. Ungewöhnlich für einen Gärtner, auch ungemütlich. Wohlige Stimmung kommt beim Betrachten nicht auf, eher der Gedanke an nüchternen, pflegeleichten Designerstil.

Ich stelle mir vor, wie ich in Pauls Wohnzimmer sitze. Wie meine warme Haut auf seinen kalten Ledermöbeln kleben bleibt. Wie ich mich verzweifelt nach einer Decke umsehe, um dieses komische Gefühl auf meiner Haut loszuwerden, das erst nachlässt, wenn sich Haut und Ledercouch aneinander gewöhnt, sich auf eine gemeinsame Wärme eingestellt haben. Ich stelle mir vor, wie ich ein Glas Rotwein gereicht bekomme. Ich stelle mir vor, wie Paul und ich auf der Ledercouch Sex haben. Welche Geräusche Haut auf Leder wohl verursacht? Ob wir dabei knarren und quietschen, weil sich unsere Körper über die Lederoberfläche schieben? Keuchen wir und stöhnen vor Lust? Oder rutschen wir in unserem Schweiß herum?

Beinahe kann ich fühlen, wie seine Hände über meinen Rücken streichen, wie er meinen Hintern anfasst, wie er mich auf sich schiebt, wie wir uns bewegen, wie er meine Brüste streichelt, an meinen Brustwarzen saugt, mich küsst. Hitze durchströmt meinen Körper. Es fühlt sich für mich an, als wären wir bereits in Ekstase vereint. Mein Herz klopft heftig. Mein Blick gleitet noch einmal zurück in Pauls Wohnzimmers.

Schon will ich mich abwenden, da irritiert mich eine Kleinigkeit, die ich zuvor nicht bemerkt hatte. Lichtschein dringt aus dem Raum ins Freie. Schwach sehe ich einen sich bewegenden Schatten. Bis ich mein Fernglas wieder ausgerichtet habe, ist der Spuk vorüber. Nichts mehr zu sehen. Es ist wieder dunkel im Haus. Eine Gedankenratte nagt an mir. Unwillig schiebe ich die Vorstellung einer Frau an seiner Seite weg. Meine Wahrnehmung macht mich unglücklich.

Frierend ziehe ich mich an. Mein Aussehen würde Felicitas zum Kommentar Gammellook verführen. Ich jedoch finde mein Aussehen für einen Freitagmorgen absolut Mainstream. An mir hängt eine Jeans, deren Stoff derart weich ist, dass er an verschiedenen Stellen Mut zur Lücke zeigt, sowie ein Shirt, das nur noch als fadenscheinig bezeichnet werden kann. Verfilzte Socken aus Wolle wärmen meine Füße. Relikte aus dem Besitz meines Ex', die schonungslos gewaschen wurden und eingegangen sind, sodass sie nun an meine Füße passen. Genauso wie die jagdgrüne Fleecejacke, die ich nur trage, weil sie warm ist und nicht pink. Ich bin keine liebreizende Erscheinung.

Flott putze ich die Zähne, wasche mich und bin bereit für eine Tasse tiefschwarzen Filterkaffees, der meine Lebensgeister in Schwung bringen soll. Während der Kaffee in die Kanne tropft, denke ich an Paul. Ich stelle mir alle möglichen und unmöglichen Vergnügungen mit ihm vor. Wenig später fülle ich meine Kaffeetasse und lasse mich vom Sammelsurium auf meinem Esszimmertisch ablenken. Neben einem Teehäferl türmen sich Berge von Büchern.

Ich schlage das zuoberst am Küchentisch liegende Buch auf, blättere und finde einen Zettel. Sekunden später blinzle ich mir Tränen der Rührung weg.

Was soll ich dir wünschen?
Schönwetter. Aber auch Regen, wenn nötig.
Wind im Rücken und Sonne im Gesicht. Manchmal auch umgekehrt, um nicht zu vergessen, wie es ist, sich gegen Widrigkeiten zu stemmen.
Hunger und Durst brauchst du nicht fürchten. Keiner von uns braucht das. Uns geht es gut. Unser Hunger ist anders.
Ich wünsche dir Ziele, die du erreichen kannst.
Glück in genau den Portionen, die du brauchst.
Nicht zu viel davon, denn zu viel Glück lässt das Gefühl für Freude verloren gehen.
Und Überraschungen.

Hat Anton das Blatt extra für mich da hineingesteckt? Oder waren diese Wünsche für seine Liebste gedacht? Ich will glauben, dass Anton daran liegt, mich aufzumuntern. Still freue ich mich über seine Zeilen.

25

»Weide«, sagt Anton und zeigt auf eine Seite im Buch. Er klopft mit dem Finger auf das Bild. Eindringlich sieht er mich an. Mir ist klar, er will erreichen, dass ich mir Name und Bild merke und beides künftig miteinander in Einklang bringe, was bei einer Weide keine Schwierigkeit darstellt. Trotzdem betrachte ich das Bild und unwillkürlich auch Antons Hände. Sie sind interessant. Es sind Hände, die anpacken können. Das hat Anton schon vielfach bewiesen. Sie sehen aber auch aus, als würden sie in leidenschaftlichen Situationen gut zupacken können. Ich seufze. Anton nickt, weil er meine Gedanken nicht kennt und mein Seufzen wohl für den Ausdruck gartenorientierter Fantasien hält.

»Du brauchst Weidenkätzchen in deinem Garten. Es gibt nichts Schöneres, als diese flauschig-flaumigen Pelzdinger, die sich gegen Ende Februar, spätestens Anfang März entwickeln und dir Freude machen werden.«

Amüsiert stelle ich fest, dass ich gegen Antons fröhliche Argumentation nicht ankomme.

»Ja, ich will flauschig-flaumige Pelzdinger in meinem Garten. Unbedingt!«

Anton nickt zustimmend. Wäre ich ein Hund, hätte er mir wohl in diesem Augenblick lobend über den Kopf gestreichelt.

Was ich nicht in meinem Garten haben will, sagt mir Anton auch. Gift. Mit »Pfui« kommentiert Anton jegliche Giftverwendung. Es hätte dieses Pfui ohnehin nicht gebraucht, denn ich weiß wohl, dass in meinem Garten zu viel Gift verwendet wurde. In der Wäschetrommel einer der beiden alten Waschmaschinen hatte ich Lackdosen gefunden.

Die andere wiederum war voll mit Packungen, Dosen und Flaschen. Pestizide, Fungizide, Insektizide. Darauf abgedruckt symbolische Darstellungen abgestorbener Bäume und toter Fische. Skelettschädel zierten die Verpackungen. Gift hat in meinem Garten nichts zu suchen.

»Pfui!«, wiederhole ich also resolut.

Währenddessen referiert Anton weiter über die Vorzüge der Weide. Über den Inhaltsstoff Salicin, der in Weidenrinde vorkommt und vom menschlichen Körper in Salicylsäure umgewandelt wird.

»Natürliches Aspirin, schmerzstillend, nahezu unbedenklich, trotzdem nicht damit übertreiben, denn zu viel ist Gift«, sagt er und blättert weiter.

Ich nicke. Bei der Erwähnung der nicht unbedenklichen Bedenklichkeit finden meine Gedanken eine neue Ausrichtung. Gift, im englischsprachigen Raum die Bezeichnung für eine Gabe, ein Geschenk. Hierzulande steht Gift für Leid und Tod, wobei auch der Tod ein Geschenk sein kann.

»Mitgift!«, entkommt mir, ich lache hell auf. »Mit Gift!«

Anton sieht mich perplex an. Mein Gelächter und der Inhalt seines Vortrags passen nicht zueinander. Er wirft mir einen kritischen Blick zu und runzelt die Stirn. Ich passe meine Mimik rasch seinem Thema an, während sich meine Gedanken wieder in die zuvor eingeschlagene Richtung verabschieden: Gift.

Bei der Entsorgung der giftigen Gaben aus meinem Kellerraum war mir ein Behälter unter vielen heiklen anderen besonders ins Auge gestochen. Oxalsäure. Meine Recherche ergab, dass Imker Oxalsäure zur Desinfektion im Bienenstock einsetzen. Gegen die Varroa. Milbenbehandlung. Eine Aufschrift auf dem Kanister warnte vor ätzender Wirkung. Besonders Augen und Haut seien zu schützen. Säurefeste Handschuhe, eine spezielle Maske und Schutzbrille seien Pflicht. Das Gebinde verblieb im Haus.

Warum ich diesen Behälter aufbewahrt habe? Demnächst werde ich mich unter den örtlichen Imkern umhören, ob das Mittel noch verwendet werden darf. Vielleicht findet es einen neuen Besitzer. Sollte dies nicht der Fall sein, kann ich es immer noch entsorgen.

Nach Antons Vortrag zum Reizthema Giftverwendung im Garten schleppt er mich ins Freie. Er zeigt mir eine Stelle. »Genau hier kannst du deine Weide pflanzen«, verkündet er, verschränkt die Arme und wartet auf meine Zustimmung.

Ich nicke gehorsam.

Später, Anton hat sich verabschiedet, schnappe ich mir ein Stück Anzündholz aus dem Holzkorb, notiere darauf mit wasserfestem Stift *Weide* und schlendere in den Garten. Beherzt ramme ich das Holzstück in den weichen Boden und versuche mir vorzustellen, wie der ausgewachsene Baum im Verhältnis zu Haus und Grundstück aussehen, wie er an heißen Sommertagen Schatten spenden wird.

»Was machst du?«

Pauls Stimme lässt mein Herz höherschlagen.

»Und sag jetzt nicht, dass du die Rolle des Romeos nicht bekommen hast und noch einmal üben musst, indem du den nichtvorhandenen Balkon deines Hauses anjammerst.«

Ich grinse die Thujen an, versuche das Grün zu durchdringen und bilde mir schließlich ein, dahinter seine Augen zu sehen.

»Die haben mich für die Rolle der Amme vorgesehen. Die muss nämlich in dem Stück nur bis drei zählen können. Dafür scheine ich geeignet.«

Sein »Aha!« kommt verhalten zurück. Er weiß offenbar nicht, ob er über meinen Satz lachen darf oder nicht.

»Gärtner?«, rufe ich daher in seine Richtung und warte nicht auf seine Reaktion. »Was hältst du davon, wenn ich hier eine Weide setze?«

Endlich wird Paul sichtbar. Er biegt auf bekannte Weise die Thujen zur Seite und springt in meinen Garten.

»Wird ein wenig groß werden«, meint er, »Weiden sind wahre Energiebündel, wenn es um Wachstum geht.«

Ich nicke. Mir ist klar, dass ich hier keine Trauerweide unterbringen kann, dafür ist mein Garten zu schmächtig. Außerdem hat mir Anton ohnehin schon eine kleinwüchsige Weidenart versprochen, aber das muss ich Paul nicht auf die Nase binden. Soll er mich doch belehren können. Er sieht sich um und schüttelt den Kopf, bevor er loslegt.

»Weiden sind Symbol der Liebe, der Vitalität und außerdem kann man aus ihren Ruten einen Flugbesen binden.«

»Gut, dann werde ich in einigen Jahren Kurse geben. Flugbesenbinden für Anfängerinnen. Wenn du nett bist, darfst du daran teilnehmen, obwohl ich vermute, dass das eher eine Frauensache wird.«

Er runzelt die Stirn, sagt aber nichts. Ich bin nicht verlegen, wenn es um Worte geht. Jetzt habe ich allerdings das Gefühl, das mich Small Talk nicht weiterbringen wird. Ob er auf anspruchsvolle Unterhaltung steht? Soll ich die Tagespolitik erwähnen oder über den Klimawandel plaudern?

»Gibt es Weiden, die in meinen Garten passen?«, frage ich stattdessen, obwohl ich die Lösung bereits kenne. Er nickt.

»Lockenweide«, sagt er ernst, »wird nicht groß. Die kannst du auch in einem kleinen Garten gut im Zaum halten.«

Ich hänge an seinen Lippen. Sie sind schön geschwungen.

»Ihre schmalen Blätter sind im Herbst nicht lästig, und im Winter nehmen die jungen Zweige eine auffällig rote Farbe an. Höher als sechs, sieben Meter wird der Baum kaum. Passt perfekt in deinen Garten.«

Sein Kurzvortrag endet an dieser Stelle abrupt. Wenn ich mich jetzt bedanke, ist das Gespräch vermutlich gelaufen. Also deute ich in Richtung Haus und frage, ob er sich nicht wenige Minuten Zeit für mich und meine Gartenwünsche nehmen will. Ein lahmer Versuch ihn zu ködern, aber immerhin ein Versuch.

»Anton, der Nachbar von gegenüber, hat mir eine Menge Gartenbücher geborgt. Willst du dir die vielleicht ansehen?«

Im selben Augenblick entkommt mir ein Lachen. Ich höre mich an, wie eine verzweifelte Philatelistin, die einen Kerl in ihre Gewalt bringen will und die obligatorisch-altmodische Briefmarkensammlung vorschiebt.

»Hast du auch eine Briefmarkensammlung?«, fragt er prompt, worauf ich verlegen zu Boden blicke und ein leises »Ja, warum weißt du das?« hauche.

Mein Grinsen wird nur noch von seinem übertroffen.

»Ein paar Minuten meiner Zeit kann ich dir gönnen«, erhört er mich gnädig und schlendert hinter mir her. Ich bemühe mich, unauffällig mit dem Hintern zu wackeln. Üblicherweise habe ich keine Probleme beim Gehen. Heute allerdings fällt es mir schwer, eine normale Gangart einzuschlagen, habe ich doch das Gefühl, dass mir Paul auf den Hintern starrt. Könnte auch Einbildung sein, meldet sich eine Stimme in meinem Kopf. Ist sicher keine Einbildung, funkt eine andere Stimme dazwischen. Ich räuspere mich, und verdränge die Verlegenheit, denn gerade hat sich meine Hose kurzentschlossen einen Fauxpas geleistet und ist an jener Stelle gerissen, die normalerweise von einer rückwärtigen Tasche verziert wird. Dort, wo die Gesäßtasche aufgesetzt ist, klafft nun ein Riss. Spürbar. Der kalte Märzwind lässt mich meine Blöße deutlich fühlen. Ich bedecke die nackte Stelle mit meiner Hand, zerre mit der anderen an meiner Fleecejacke herum und geniere mich. Paul schließt zu mir auf. Er verhält sich neutral und tut, als ob er nichts bemerkt hätte.

Im Haus binde ich mir die Fleecejacke einfach um die Mitte, worauf meine Taille unförmig wirkt. Sowohl der Hautblitzer am Po als auch die nicht vorhandene Körpermitte sind eher mäßig gute Optionen für Anmachversuche, obwohl vermutlich die kleinformatig freigelegte Haut noch die bessere Verführungsvariante ist.

Kurze Zeit später tropft Kaffee durch den Filter in die Kanne. Das angenehme Aroma frisch gemahlener Bohnen und Pauls eigene Duftnote schleichen sich in meine Nase. Davon angetan, atme ich tief ein, nehme Erde wahr, etwas Gartengrün und Schweiß.

Dahinter lauert ein Hauch von Benzin, vermutlich von einzelnen Tropfen, die bei der Befüllung einer Motorsäge oder einem anderen Gartengerät auf die Kleidung geraten sind. Das würde auch die schmierölartigen Flecken auf einem seiner Hosenbeine erklären. Außerdem bilde ich mir ein, den Geruch von Sonne in seiner Kleidung wahrzunehmen, sowie einen Hauch von Trockenheit. Ob er Gräser geschnitten hat? Darunter liegt Modriges, etwas Moosiges, das mich an Regen und Feuchtigkeit erinnert und daran, dass es um diese Jahreszeit im Haus immer noch wärmer ist als im Freien.

Ich atme Pauls Ausdünstungen ein und fühle mich wohl. So gut riecht ein Mann. Ich frage mich, ob ich den Geruch eines anderen Mannes ebenso reizvoll finden würde. Natürlich nicht, rüge ich mich und nehme mir Anton als Beispiel. Würde ich nicht auch Anton reizvoll finden, wenn ich Lust auf einen Mann empfände? Anton ist attraktiv, doch das hier ist Lust. Ich habe Lust auf Paul. Basta!

Mein Gärtner schlendert gelassen im Wohnzimmer herum. Er begutachtet die Bücherstapel, betrachtet den einen oder anderen Wälzer, hockt sich hin, blättert darin und wirkt interessiert. Schließlich findet er mein Notizbuch, in dem ich wilde Mengen an Pflanzen notiert habe. Er sieht sich die Einträge an, lächelt und zwinkert mir zu.

»Du hast viel vor«, meint er schließlich und greift nach der Kaffeetasse, die ich ihm reiche.

»Wenn ich dich nett bitte, hilfst du mir dann im Garten?«

Hoffnungsvoll blicke ich ihn an und warte sekundenlang auf seine Antwort. Er schweigt. Die Stille ist mir peinlich, also plaudere ich los. »Du sollst meinen Wunsch nicht missverstehen, denn ich will dich nicht mit Beschlag belegen, aber vielleicht kannst du mir Tipps geben, damit ich nicht völlig falsch beginne?«

Ich pflücke das Notizbuch aus seiner Hand, damit er in Ruhe Kaffee trinken kann, und merke, dass ich seine persönliche Distanzzone verletzt habe, denn er rückt von mir ab. Eine Mischung aus Verlegenheit, Anspannung und einer kleinen Dosis Ärger überkommt mich. Gleichzeitig fühle ich mich zurückgewiesen, dabei habe ich ihm keinen Anlass geboten, mein Verhalten schief aufzufassen. Ich bin ihm nicht auf die Haut gerückt. Ich habe mich nur ein bisschen zu weit vorgewagt, ohne mich aufdrängen zu wollen. War das schon zu viel riskiert? Ich ahne, was gleich passieren wird. Er wird mir einen Korb geben. Sein Zögern dauert bereits zu lange. Keine Spontanantwort kommt auf meine Frage. Wenn er nur wüsste, wie schwer es mir fällt, überhaupt um einen Gefallen zu bitten.

»Ich habe noch eine Verabredung heute. Ich muss mich auf den Weg machen. Aber irgendwann, ich verspreche es, werde ich mir deine Briefmarkensammlung ansehen. Danke für den Kaffee.«

Nach dieser Abfuhr sieht Paul mich treuherzig an, lächelt und ist fluchtartig dahin. Er hat keinen Schluck getrunken. Sauer schütte ich den Inhalt seines Häferls in den Ausguss und einen appetitlichen Schluck Cognac in meinen Kaffee. Der erste Schluck brennt nicht nur im Hals und in der Nase, sondern auch in meinen Augen.

»Dezente Überdosierung«, flüstere ich und denke über das ungünstig verlaufene Gespräch nach.

»Irgendwann …«, hat er gesagt. So lang muss ich mich eben gedulden. »Irgendwann«, seufze ich, »wird alles gut.«

Ich kippe den Cognac-Kaffee in einem Zug hinunter.

26

Inzwischen habe ich etwa zweihundert Tage ohne Sex zugebracht. Ich weiß nicht mehr, wie Sex geht, weiß nicht mehr, wie sich Sex anfühlt, und ich lüge, denn Sex ist wie Radfahren. Beides vergisst und verlernt man nicht. Jedenfalls suche ich nach einem Ventil für meinen Frust. Ich greife zu meinem Notizblock und schreibe Wünsche nieder. Sie sind bescheiden.

In Schönschrift male ich zuerst die Überschrift: *Was ich mir heute wünsche.* Die Zeile darunter würze ich in Miniaturschrift mit Zweifel und klammere sie entsprechend ein: *(Und was davon in Erfüllung gehen wird.)*

Meine Füllfeder kratzt. Eigentlich sollte der nächste Satz positive Stimmung aufkommen lassen. Doch anstelle von Aufmunterungen fallen mir nur Aber und Frust ein. Angesäuert füge ich eine dritte Zeile hinzu: *Was ich mir wünsche und nicht bekommen werde!* Ein Seufzer begleitet meine Füllfederkratzerei. Ein Seufzer, so tief, dass ich mich regelrecht selbst bemitleide. Und schon steht da der erste Wunsch:

Ein Stück Schokoladentorte, in der Art einer Sacher-Torte, noch viel saftiger und anstelle von Rum-Aroma mit echtem Rum getränkt.

Das fühlt sich realistisch an. Eine zarte Welle der Zufriedenheit erwischt mich, und ich schreibe weiter in hübscher Schönschrift. Dabei klemme ich meine Zunge zwischen die Zähne. Auf diese Weise verleihe ich meinen Bemühungen Nachdruck.

Meine Sehnsucht wünscht sich Sonne. Der Wetterbericht verkündet Regen. Ich wünsche mir Urlaub. Das Meer soll in meinen Ohren rauschen, meine Zehen möchte ich in Sand graben. Sollte das mit dem Meer nicht möglich sein, dann hätte ich gern einen kleinen Pool. Das wäre ein feiner Ersatz.

Inzwischen betrachte ich mein Geschreibsel jedoch wieder kritischer. Meine Stimmung will sich nicht aufheitern lassen. Grantig reiße ich den Zettel aus dem Block und zerknülle ihn.

Aber, um mir wenigstens das Meeresrauschen zu erfüllen, hole ich mir das leere Gehäuse einer Meeresschnecke, die mich seit Jahren begleitet. Sie war ein Geschenk von Karoline. Seit Langem gehört sie zu jenen Gegenständen, von denen ich mich nicht trennen kann. Ein Tritonshorn.

Sie liegt auf dem Nachttisch im Schlafzimmer. Ich halte das Gehäuse an mein linkes Ohr und höre das Meer rauschen. Immerhin bekomme ich auf diese Weise einen zarten Eindruck von Meer vermittelt.

Der Blick aus dem Fenster, hinaus in den trüben Tag, wickelt meinen Körper in Nebel. Ich schließe die Augen, lausche dem Meeresrauschen und gehe einen Strand entlang. Wohlig seufzend öffne ich meine Augen wieder, teile den Nebel und sehe Paul, wie er sich streckt, um seine Vogelfütterung zu befüllen. Fest presse ich das Schneckengehäuse an mein Ohr.

»Würdest du doch nur mir gehören?«, höre ich ein Flüstern aus dem Inneren der Schnecke.

Aber niemand gehört jemandem, funkt mein Gehirn. Ich ignoriere diesen nüchternen Gedanken, und reibe an meiner Schnecke, als wäre sie eine Wunderlampe. Unbeeindruckt von jeglicher Wirklichkeit spreche ich mit tiefer Stimme beschwörend einen Zauberspruch: »Gehörtest du mir, würde ich dich in tiefrote Bettwäsche betten. Dich mit meinen vielen Farben betören. Dich einwickeln. Nicht nur mit Worten. Unter vollem Körpereinsatz. Mit Armen. Mit Beinen. Wild. Ungestüm. Unbeherrscht. In meinen Haaren sollst du dich verfangen, wie in einem Netz. Meine Ohren sollen Leidenschaft hören. Meine Nase dich riechen. Meine Fingerkuppen jeden Zentimeter deiner Haut erforschen. Ich werde jeden vermeintlichen Makel trösten, jede Unebenheit ausgleichen. Gehörtest du mir, würde ich jede deiner Regungen beobachten, dich verwöhnen, verführen, dich betören, dich heilen, mit allem, was mir zur Verfügung steht.«

Das Tritonshorn schweigt dazu. Es weiß wohl, dass kein Mensch einem anderen gehören soll. Oder vielleicht ist meine Zauberschnecke doch nur ein leeres Gehäuse?

- 27 -

Felicitas sagt, sie wisse nicht mehr, wie sich Liebe anfühlt.

»Liebe ist schön«, sage ich, und kann nicht glauben, dass der Satz von mir kommt. Es hört sich jedenfalls falsch an.

»Auch wenn sie weh tut?« Felicitas' leidender Blick ist mir unerträglich.

»Liebe, die es gut mit uns meint, schmerzt nicht«, ergänze ich. Daran glaube ich zwar selbst nicht, allerdings liegt mir daran, Felicitas aufzumuntern. »Weißt du, um die Welt und ihre Lebewesen wäre es wunderbar bestellt, würden wir unsere Liebe reichlich und selbstlos schenken.«

»Ein bisserl etwas geht immer«, sagt Felicitas. Sie versucht mit aller Kraft positiv zu denken, und doch kann ich die Schmerzen nachempfinden, die ihr Tom großzügig schenkt, weil es ihm gleichgültig ist, ob die zu Hause gebliebene Felicitas einsam ist. Ich finde, es ist Zeit, sich zu beklagen. Früher gab es Klageweiber. Warum sollten wir nicht eine uralte Tradition aufleben lassen? Wir leiden also gemeinsam. Und gehen dabei wirklich nicht still vor. Wir beklagen uns, während wir Kaffee und Esterhazy-Schnitten genießen. Wir beklagen uns über Männer, über die Schlechtigkeit der Welt, über unnötige Quälereien unsere Körperformen betreffend, bevor Felicitas zum Lieblingsthema zurückkehrt. Sie beklagt sich lauthals über Tom, ihren Ehemann, der Weltenbummler ist. Nicht im herkömmlichen Sinn, als Weltreisender mit Luxusproblemen hinsichtlich Wahl seiner Reiseländer, sondern streng beruflich. Er hat Maschinenbau studiert, sich umentschieden und dem Bauwesen zugewandt.

»Ingenieur für Bauwesen«, erklärt mir Felicitas, und ihre Stimme klingt gleichzeitig stolz und traurig. »Er ist selten daheim. Darunter leide ich, bin aber auch selbst schuld daran, denn ich wollte nicht mit ihm kommen. Tom baut hauptsächlich Staudämme und Brücken. Manchmal haust er aber auch eine Ewigkeit in einem Tunnel. Außerdem befindet er sich ständig in Ländern, deren Nennung mir Durchfall verursacht.« Felicitas seufzt. »Aber in zwei Wochen kommt er nach Hause. Dann bleibt er etwa drei Wochen und dann.« Felicitas zuckt mit den Schultern und schweigt.

Tom bleibt meist nur kurz im Land, dann verschwindet er wieder, hat mir Daniela erzählt. Felicitas ist seit Jahren weniger Ehefrau als vielmehr Geliebte, die sehnsüchtig auf ein Lebenszeichen ihres Liebhabers wartet. Die Lebenszeichen kommen selten.

»Tom ist immer im Stress. Hetzt von einem Bauvorhaben zum nächsten. Das Gute daran ist«, meint Felicitas mit sarkastischem Unterton in der Stimme, »dass wir selten streiten. Dazu haben wir kaum Gelegenheit.«

Ein Teil seines Gehalts wird regelmäßig ihrem Konto gutgebucht. Sie bestreitet damit die Kosten für ein Haus, das Tom nie haben wollte.

Er hatte es Felicitas zuliebe gebaut. Schon damals, erzählte mir Daniela, war vor allem Felicitas für das Bauvorhaben zuständig. Tom war ständig im Ausland.

»Sein Gehalt trifft öfter ein als ich im Jahr Sex habe«, murmelt Felicitas verbittert.

Sie hat keine Beschäftigung, die sie ablenkt. Aus Gewohnheit, und weil Tom immer noch Mitglied in vielen Vereinen ist, ist auch Felicitas gern gesehenes Assistenzmitglied.

Sie bäckt Kuchen, hilft bei Veranstaltungen, ist zur Hand und doch nicht ausgelastet. Sie arbeitet für die Pfarrgemeinde, ist Mitglied im Siedlerverein, engagiert sich beim Roten Kreuz und übt mit Volksschülern das Lesen und mit einer Freundin Tennis. Soziale Kontakte sind reichlich vorhanden, dennoch ist sie unglücklich.

»Leg dir einen Liebhaber zu«, rate ich ihr gedankenlos, worauf sie mich entrüstet ansieht.

»Gerade du, die du betrogen wurdest, solltest wissen, wie sich das anfühlt. Selbst wenn Tom keine Ahnung von seinem Kontrahenten hätte, würde ich mich zu Tode schämen.«

Mit ihrem Konter hat sie mir einen Stich ins Herz versetzt. Zu Recht. Hätte sie einen Liebhaber gewollt, hätte sie längst einen. Felicitas ist hübsch. Kaum ein Mann würde sie abweisen. Sie ist offenherzig, ist gesegnet mit einer charmanten Ausstrahlung, ist nicht besitzergreifend und eine fabelhafte Diskussionspartnerin. Felicitas strahlt Wärme aus. Etwas, das vielen Menschen abgeht. Auch mir.

Demnächst werde ich jedenfalls Tom kennenlernen. Ich bin gespannt auf den Mann, den Felicitas auf Distanz liebt.

- 28 -

Das Geräusch einer Autobatterie, die einfach nicht anspringen will, arbeitet sich penetrant in meinen Gehörgang vor. Ich stoße einen unwilligen Schrei aus. Das ist jetzt tatsächlich der unpassendste Moment für eine Unterbrechung, denn ich will noch weiterdösen.

»Das nervt«, klage ich dem Kopfpolster meine Not.

Die Antwort kommt prompt. Dem leidenden Geräusch der Batterie folgen unbeherrschte Wutschreie eines Nachbarn, der nicht glauben will, dass sein Auto streikt. Gerade noch habe ich von Paul geträumt, und es war ein schöner Traum. Grausam herausgerissen aus meinem wunderbaren Gefühl, hat sich meine ebenso wunderbare Erregungskurve über eine Klippe gestürzt, und Paul und sein fantastischer Körper haben sich in Luft aufgelöst.

Wenig später, ich sitze gerade beim Frühstück, hämmert jemand an die Haustür. Ein Mann steht draußen, beruft sich auf Anton und verkündet, dass er der Fliesenleger wäre. Er will mein Badezimmer ansehen. Den Wunsch kann ich ihm erfüllen.

»In zehn Tagen bin ich fertig«, erklärt er mir wenig später kurz angebunden und legt zu meiner Überraschung sofort los.

Während ich Gartentipps lese und Wichtiges notiere, wird mein Bad im Obergeschoss also neu verfliest.

Vorher müssen allerdings die alten Fliesen entfernt werden, was naturgemäß nicht geräuschlos vor sich geht. Mir dröhnt der Schädel.

Anton bezeichnete den Handwerker als verlässlich. Er wäre kein Mann vieler Worte, was ich inzwischen bestätigen kann. Der Typ ist mittelgroß, drahtig und brünett. Seine blauen Augen mustern mich durchdringend, was mir unangenehm ist.

»Wie heißt du?«, frage ich ihn und biete ihm eine Tasse Kaffee an, dazu ein knuspriges Croissant, das ich nur schweren Herzens hergebe, weil es mein letztes ist.

»Rate mal«, kommt es zurück, was ich mit einem augenverdrehenden Seufzer quittiere.

Schließlich setze ich ein freundliches Lächeln auf, denn immerhin gilt es in diesem Haus einiges an Fläche zu bearbeiten. Ich will ihn nicht schon zu Beginn unserer Arbeitsbeziehung mit einer blöden Antwort (»Rate mal ist aber ein komischer Name!«) ungünstig stimmen.

»Alles, nur hoffentlich nicht Richard oder ein ähnlicher Name in einer der vielen Sprachen, in denen er verständlich ist: Richie, Rick, Ricco, Dick oder so«, leiere ich herunter und kichere, was die Situation noch lächerlicher erscheinen lässt, als sie es ohnedies ist.

Ein schwaches »Oje!« ist seine einzige Reaktion, dann stopft er sich das Croissant in den Mund, trägt Kleber auf, nimmt eine Fliese zur Hand und legt sie auf.

Oje, denke ich mir ebenfalls und beschließe, ihn *Der Mann* zu nennen. Wie ich ihn rufen werde, wenn es irgendwann sein muss, weiß ich noch nicht. Es gibt jedoch auch an den darauffolgenden Tagen keinen Anlass ihn anzusprechen. Er ist verlässlicher als der hartnäckigste Feind, arbeitet dahin und braucht mich nicht.

»Nächste oder übernächste Woche«, teilt er mir anlässlich einer meiner Belagerungen mit, »werde ich mir deinen Wirtschaftsraum vornehmen, dann die Toilette im Erdgeschoss und danach den Keller.« Und dann lächelte er. Das erste Mal, seitdem er hier arbeitet.

Verblüfft über den Ausdruck, der ihn um so viel zugänglicher erscheinen lässt, erstarre ich zuerst verwundert und lächle dann automatisch zurück.

Zu spät. Schon widmet er seinen Blick wieder den Fliesen. Achtsam betrachtet er den Musterverlauf der einzelnen Kacheln und dreht sie andächtig in die richtige Position.

»Ende kommender Woche steht die Badewanne an ihrem Platz. Toilette und Waschtisch werden aufgehängt und können in Betrieb genommen werden«, fügt er hinzu und legt neuerlich eine Kachel an ihren Bestimmungsort.

Ich nicke wohlwollend. Der Mann ist ein Alleskönner. Nach einem letzten zustimmenden Grunzen lasse ich ihn in Ruhe weiterarbeiten, denn Facharbeiter sind empfindliche Gemüter, und nichts liegt mir ferner, als mich als Kontrollfreak aufzuspielen.

Kreativer Müßiggang.

Ich bereite Tee zu, setze mich auf drei Lagen schön gemusterte Fleckerlteppiche, die ich in einem Karton gefunden und für aufbewahrungswürdig erachtet habe.

Hausfrau oder Hausherr hatten eine erkennbare Vorliebe für die Farben Blau und Creme, genauso wie für Zackenmuster und Streifen. Gewaschen präsentieren sich die handgemachten Teppiche als verwendbar. Immerhin etwas, das nicht entsorgt werden musste.

Vor mir liegt ein großes Blatt Papier. Ich bemühe mich, die Außengrenzen meines Grundstücks annähernd der Realität darzustellen. Der schwarze Stift kratzt übers Papier. Ich schließe die Augen, stelle mir vor, wie ich durch den Garten gehe, finde die Wirklichkeit langweilig, weil kaum etwas wachsen durfte auf diesen paar hundert Quadratmetern. Außer Rasen. Rasen gibt es genug.

Ich öffne die Augen, blicke hinaus in die Finsternis, denn Vorhänge sind Zukunftsmusik. Die Doppelglastür, in der ich mein Spiegelbild sehe, führt auf die Veranda. Die Terrasse will ich auf jeden Fall vergrößern. Meine Freunde sollen reichlich Platz haben. Ich habe eine Vision von Menschen, die lachend mit einem Glas in der Hand im Freien stehen und sich mit mir über den Sommer freuen.

Mein Stift kratzt weiter. Ich fantasiere mir Blumen in meinen Garten. Vergiss-mein-nicht heben ihre blauen Köpfe mit den blütenmittig gelben Sternen und ich höre, wie sie sich über die unterschiedlichen Arten des Abschiednehmens unterhalten. Sich zuflüstern, dass es häufig viel zu schnell geht mit dem Vergessen-Werden und es ihnen leidtut, dass sie nicht Erinnere-dich-mein heißen. Ich stelle mir vor, wie der weiß-schwarze Stamm einer Birke wirken wird. Daneben pflanze ich eine Haselnuss, auf der sich Eichkätzchen vergnügen. Vielleicht habe ich Platz für einen Apfelbaum, der später Misteln tragen wird, weil ihn Vögel als Lieblingsschlafplatz auswählen.

Bäume werden an der Grundstücksgrenze Wache halten, sie werden das Böse abwehren. Efeu klettert die hohe Mauer empor, die bisher erfolgreich verhindert hat, dass ich den Nachbarn auf der anderen Seite meines Grundstücks kennenlernen konnte.

Die knallpinken Blüten einer an der Mauer stehenden Rose werden vom Efeugrün perfekt in Szene gesetzt. In Nachbars Garten steht tatsächlich ein riesiger Nussbaum, dessen Äste weit über die Grenzmauer ragen. Dieser Anblick gefällt mir. In meiner Fantasie pflanze ich Farne und Traubenhyazinthen. Gänseblümchen werden sich im Rasen ausbreiten und Veilchensamen von Ameisen verschleppt. Ihre lilablauen Köpfe werden als frische Farbtupfer an unerwarteten Stellen in der Wiese oder in Mauerspalten auftauchen.

Ich werde zwischen Gräsern mit unerwarteten Pflanzenentdeckungen aufwarten, werde Maiglöckchen erlauben zu wuchern. Maiglöckchen, unangenehm giftig und in der Pflanzensymbolik der Demut zugeschrieben, werden sie sich absolut nicht demütig verhalten und sich üppig ausbreiten, bis irgendein Hindernis sie in ihre Schranken weist. Im Schatten meiner Gehölze werde ich unterschiedliche Farbtupfer von Leberblümchen erspähen. Thymian und Lavendel werden meinen Garten in einen Duftrausch versetzen.

Mein Tee ist längst kalt, meine Beine ebenso. Doch ich bin zufrieden mit meinen blühenden Ideen.

»Du bist mein Augenstern«, sagt er und lacht. Ich höre seine Stimme deutlich durch das gekippte Schlafzimmerfenster. Sie klingt sanft, als wolle er sich einschmeicheln. Der angenehme Klang hat mich geweckt. Dabei gilt die Liebkosung bestimmt nicht mir. Ich spüre einen Anflug von Eifersucht. Mein Herz pocht. Rasch gleite ich aus dem Bett. Der Wecker verkündet halb fünf Uhr. Morgengrauen. Eine Autotür schließt sich, eine zweite wird zugeschlagen. Zu spät. Der Blick auf den Augenstern wird mir verwehrt. Paul fährt los.

Zwei Stunden später ist der Blick aus dem Fenster lichter, der Tag jedoch nebelverhangen. Ich friere. Kein Wunder. Die alte Stückgutheizung hält ihre Heizleistung nicht für die Dauer der gesamten Nacht durch. Kühle Luft, die durch das halboffene Schlafzimmerfenster streicht, trägt auch nicht dazu bei, dass mir warm wird.

Eine dicke Decke, die ich anstelle einer Schlafzimmertür am Türrahmen befestigt habe, sorgt immerhin dafür, dass das Stiegenhaus nur kalt ist und nicht eiskalt. Das Feuer im Heizkessel ist vor Stunden ausgegangen. Die Heizkörper sind nur noch lauwarm. Ich kann mir nicht vorstellen, wie die beiden alten Leute diese Heizung betrieben haben.

Zwar wirkt der Ofen unverwüstlich und die Zentralheizung blubbert freundlich vor sich hin, zumindest solange ich Holz nachlege, aber es ist mühsam, nachts aufzustehen, den Schlaf zu unterbrechen, wenn es im Bett warm und gemütlich ist, im Zimmer dagegen erfrischend kühl. Es bedeutet reichlich Gänsehaut, nur um die nötigen Holzscheite nachzulegen. Zitternd schlüpfe ich in bequeme Kleidung. In jene Kleidung, die schmutzig werden darf. Arbeit wartet auf mich.

Schriftlich bejammere ich mein Leben in meinen Morgensei-ten, während ich heißen Tee trinke, in den ich am liebsten meine Zehen stecken möchte. Die Überschrift lautet: *Was mir der Tag bis sieben Uhr morgens beschert hat?*

Kann bitte jemand endlich den Ofen im Keller davon überzeugen, dass er sich sein Holz selbst in den feurigen Rachen stopfen soll? Die Holzschlep-perei ist mühsam.

Warum kommt der Mann genau dann ins Haus, wenn ich auf der Toilette sitze?

Und warum muss ich mir täglich die Haare waschen, während andere Frauen morgens aufwachen und aussehen, als wären sie einem Bollywood-Film entsprungen?

Natürlich weiß ich, was auf meinem Kopf los ist. Jede Menge Haarwirbel streiten sich um ihren Platz. Hinzu kommen wider-spenstige Naturwellen. Deswegen stehen meine Haare frühmor-gens in alle Richtungen ab. Dagegen hilft nur eine Haarwäsche, sonst sehe ich den gesamten Tag über aus, als hätte ein bio-logisch-chemischer Angriff auf meinem Haupt stattgefunden.

Ich rufe mich zur Ordnung. Noch sind meine Morgenseiten nicht befüllt. Ich gebe mir eine Chance auf eine gewisse Struk-tur in meinem geistigen Chaos. Meine Schreibhand ist unent-spannt. Sie krampft. Ich schüttle meine Hand locker aus und setze neu an.

Ich mag Regentropfen und das Geräusch, das sie verursachen, wenn sie auf Glasscheiben prallen.

Ich mag Ostwind. Er verspricht, dass schlechtes Wetter noch ein wenig warten muss.

Ich mag den Geruch eines Apfels nach dem ersten Bissen.

Ich mag deinen Geruch.

Ich finde deinen trockenen Übermut herrlich.

Ich halte dich für selbstbewusst. Manchmal einen Hauch zu viel, dann wirkst du arrogant.

Mir gefällt dein Staunen. Es bewirkt, dass ich dir gehören möchte.

Verblüfft starre ich auf die Offenbarungen, die ich meinen Seiten anvertraut habe. Mein Kopf schüttelt mich. Mit zusammengekniffenen Augen bekunde ich mir gegenüber Misstrauen. Ich habe mir einen Menschen zurechtgeschrieben, den ich nicht kenne. Ich bin naiv.

Immerhin, einer meiner Wünsche wird mir im Laufe des Tages erfüllt. Ich erfahre, wer Pauls Augenstern ist. Die Neugier trieb mich beinahe in den Wahnsinn, doch mein Fernglas leistete mir gute Dienste.

Paul ist Hundebesitzer. Der Vierbeiner ist ein hübscher Mischling. Haarig, kniehoch, schwarz-weiß und treu wedelnd klebt das Tier an seiner Seite. Ein Weibchen mit einem hübschen Namen. Lilly. Sie sprüht vor Lebenslust, besonders wenn er sie lockt. Wie ein kleiner Geißbock hüpft sie um Paul herum.

Mein Fliesenleger hat sich vor zehn Minuten an die Arbeit gemacht. Reichlich Kaffee und ein Frühstückstablett mit Käse- und Wurstbroten sollen ihn bei Laune halten. Als ich ihm seine Brote reiche, sieht er mich mit einem Kopfschütteln an und nickt in Richtung des neuen Handtuchwärmers, der ebenso fröhlich blubbert wie all die anderen Heizkörper im Haus.

»Ich brauche einen Topf und einen alten Fetzen«, befiehlt er und weist mich an, kaum dass ich die gewünschten Sachen gebracht habe, ihm auf den Fersen zu bleiben.

Ich hefte mich an ihn, wie eine Wanze an ihren Wirt. Willig gehe ich ihm zur Hand, bin kurz unaufmerksam, werde prompt ertappt und mit »Hierher!« zur Ordnung gerufen. Eifrig halte ich den Topf unter das Entlüftungsventil, das er mit einem Schraubendreher öffnet.

»Thermostat auf höchste Stufe. Luft entweicht«, erklärt er mir, »Heizungswasser tritt aus. Ventil liebevoll schließen. Fertig.«

Ich nicke, merke mir den Ablauf und laufe von Heizkörper zu Heizkörper. Ich drehe, lasse tröpfeln und wische. Nach einer halben Stunde ist es ruhig im Haus. Nichts blubbert mehr.

Mein Herumgerenne sorgt immerhin dafür, dass mir warm wird. Doch die Körperwärme wird nicht lang anhalten, wenn ich den Ofen im Keller nicht regelmäßig bestücke. Es gilt Holz aus dem Anbau zu holen. Während ich also Scheiter in den Keller schleppe und schwitze, arbeitet der Fliesenleger. Nur einmal telefoniert er. Seine Stimme klingt mühsam beherrscht. Ich höre, wie er sagt: »Können wir das am Abend klären?« und »Lass uns nicht am Telefon darüber sprechen!«, was dramatisch klingt. Diese Sätze stinken nach Streit.

Es wird Mittag. Ich bereite Grammelknödel mit Sauerkraut und Erdäpfel zu.

»Normalerweise«, meint der Mann, »gibt es immer eine Schütte, die es Hausbesitzern erleichtert, das Holz in den Keller zu bekommen.«

Während er den Satz über den Tisch befördert, wirft er einen Blick auf sein Smartphone. Ich starre ihn an. Der letzte Bissen Grammelknödel verschwindet in seinem Mund.

»Magst du deinen nicht mehr?« Er grinst hinterhältig, sticht meinen Knödel an und befördert ihn auf seinen Teller.

»Eine Schütte?«

Er isst den Knödel in aller Ruhe. Kaut. Nickt. Endlich lässt er sich zu einer hoffnungsvollen Antwort herab. Er, der Fliesenleger, der langsam zum Hausmeister avanciert, der in einer olivfarbenen Bundesheerhose und einem ziemlich schäbigen, hellblau-verwaschenen Shirt vor mir sitzt.

Er stützt seinen Kopf auf einer Hand ab, die Gabel pendelt zwischen seinen Fingern hin und her. Der Mann, ohne den ich für die einfachsten Erledigungen ein Geschwader an Profis herbeirufen müsste, lässt sich zu einer folgenschweren, beinahe ausufernden Rede hinreißen.

»Wir sehen nach!«, sagt er, steht auf und verlässt mich in Richtung Keller.

Aufgeregt folge ich ihm. Die Stufen in den Keller sind ausgetreten. Alter Beton, der dort glatt und abgetreten ist, wo Füße viele Jahre hindurch aufgesetzt wurden. Trittsiegel. Ich freue mich über die weiße Wandfarbe im Bereich des Kellerabgangs. Weißer Anstrich hat die vormals schmutziggrauen Wände bereits deutlich verschönert. Alles wirkt freundlicher, auch ein bisschen größer und höher als zuvor. Bisher habe ich nur die Wände des Abgangs ausgemalt, damit ich nicht in düsteres Grau laufe. Die Wirkung von Weiß vermittelt mir den Eindruck von Sauberkeit. Weiß vertreibt außerdem meine unbegründete Angst vor Kellerräumen, in denen sich weder Ungeheuer noch Einbrecher befinden. Bestimmt jedenfalls dann nicht, wenn ich gemeinsam mit dem Mann den Keller betrete. Schon bevor wir in den Heizraum gelangen, kann ich die Heizleistung des Ofens hören. Er heizt auf Teufel komm raus.

»Er zieht«, wie der Rauchfangkehrermeister anlässlich seiner Kontrolle vor einigen Tagen bestätigte. »Zumindest dieser Ofen wird dich nicht umbringen«, fügte er hinzu, wenn ich auch ein Verbot auferlegt bekam, was ein Beheizen des Kachelofens im Wohnzimmer betrifft.

»Bevor der nicht neu gesetzt ist, darf er nicht befeuert werden. Der Kamin ist in Ordnung«, meinte der Meister weiters, »aber die Schamottsteine des Kachelofens sind desolat.«

Erhalten oder abreißen? Aktuell tendiere ich dazu, den Kachelofen zu behalten, ihn neu aufsetzen zu lassen. Er ist eine Notlösung für jene Tage, die zu warm sind, um den großen Ofen anzuheizen, die aber zu kalt sind, um sich ohne Wärmequelle wohlzufühlen.

Mein Fliesenleger räuspert sich, sieht sich im Heizraum um. Der Stückgutofen steht in einer dunklen Ecke. Das Heizungsrohr führt in den Kamin, der Boden vor dem Ofen ist mit Holzstaub und Rindenresten übersät, die ich eigentlich wegkehren wollte. Schon aus sicherheitstechnischen Gründen. Die Holzkiste ist gut befüllt. Die nächsten zwei, vielleicht drei Tage brauche ich kein Holz aus der Garage holen.

Der nächste Raum, durch eine Sicherheitstür vom Heizraum getrennt, ist leer. Das ehemalige Lager für Waschmaschinen, alte Sitzkissen, Gläser aller Größen und Farben gibt es nicht mehr. Die Glühbirne, die es nicht schafft, den Raum auszuleuchten, ist noch aus der Zeit, als es Glühbirnen mit Glühfaden gab. Schon während der ersten Säuberung des Raumes war das Licht meiner Stirnlampe hilfreicher als das fahle Licht der müden Birne. Und es geschieht, was geschehen muss. Als der Mann den Lichtschalter betätigt, kündigt die Birne den Dienst auf.

»Taschenlampe«, fordert er bestimmt.

Ich laufe um das gewünschte Utensil. Minuten später weiß ich, dass ich tatsächlich eine Schütte besitze, was mir Tränen in die Augen treibt und mich spontan dazu veranlasst, meinen Fliesenleger zu umarmen, was ihm erkennbar peinlich ist. Ich merke es daran, dass sein Körper steif wird, als ich ihn vor Freude in die Arme schließe. Ich bin ihm unangemessen nahegekommen, entschuldige mich und freue mich trotzdem still über die Neuigkeit.

Verborgen hinter einer etwa türgroßen Abdeckung aus Spanplatte, die im Laufe der Jahre ebenso grau wurde, wie es die Wand ist, befindet sich ein Fenster. Dieses Fenster verbirgt einen dunklen Schacht, der abgeschrägt in den Keller führt. Eine Schütte. Warum mir der Schacht von außen nie aufgefallen ist, kann ich mir nicht erklären, meine aber, dass eine Hausbank darauf steht.

Die durfte stehen bleiben, weil sie noch stabil genug ist. Sie bot mir keinen Anlass, meiner Entsorgungswut zum Opfer zu fallen. Unmittelbar unter der Hausbank liegt eine fahlgelbe Schalungstafel, die dazu dient, die Bank zu stabilisieren. Diese Schalungstafel ist wohl der Grund, weswegen mir Schütte und

Lichtschacht entgangen sind. Das Fenster, das den Schacht vom Kellerraum trennt, muss wohl seit Langem ohne Glas auskommen, und eben dieser Glasmangel wurde durch eine Spanplatte behoben. Der Fensterflügel besitzt keinen Griff, obwohl das Fenster irgendwann ein verschließbares war. Eine unscheinbare Ringschraube in der Wand und ein Stückchen Draht sorgen für die Fixierung des Spanplattenfensters an der Wand.

Grandios einfache Verschlusstechnik. Keineswegs einbruchsicher, aber beinahe unsichtbar. Ist mir tatsächlich nicht aufgefallen. Mein Fliesenleger entfernt die mürbe Spanplatte. Er reißt sie mühelos aus ihrem Rahmen, worauf ihm das Material teilweise sogar zwischen den Fingern zerbröselt.

»Das lässt sich reparieren«, versichert er mir und nickt dazu.

Ich weiß, dass ich ihm keinen Auftrag erteilen brauche. Er hat sich soeben angetragen. Mein dankbarer Gesichtsausdruck, beleuchtet durch das kalte Licht der Taschenlampe, trifft auf seinen Seufzer. Ich finde, dass es nun Zeit ist, auf diese Besonderheit in meinem Haushalt anzustoßen. Eine Besonderheit, die mir das Leben, vor allem aber das Heizen deutlich erleichtern wird. Meine neue, alte Schütte. Ein Anlass zur Freude.

Der Mann und ich setzen uns auf die Hausbank, unter der sich das wertvolle Geschenk bisher verborgen hielt. Wir betrachten die Schalungstafel unter unseren Füßen und prosten einander mit einem Gläschen Zirbenschnaps zu. Der Marmorkuchen, auf dem wir herumkauen, ist trocken, schmeckt aber unbeschreiblich herrlich. Vor allem mir. Beim nächsten Bissen nehme ich mir vor, den Keller einigermaßen staubfrei zu bekommen, und die noch grauen Wände mit hellem Anstrich zu versehen. Während ich die restlichen Bröserl des Kuchens von meinem Teller picke, muss ich mich zurückhalten, um nicht sofort mit Kübeln voll weißer Farbe, meinem prächtigen Deckenpinsel und der Malerwalze loszulegen.

Abends ist mir langweilig. Der Mann ist längst außer Haus, klärt vermutlich das Drama im eigenen Haushalt. Ich habe aufgeräumt, den Müll in die Garage verfrachtet und mich wieder einmal vor meinen Gartenplan gesetzt. Meine Begeisterung hält sich in Grenzen. Ich brauche eine Pause. Mir ist nach Frischluft, also ziehe ich mich an und beschließe, einen späten Spaziergang zu unternehmen. Meine Taschenlampe begleitet mich.

Bei Daniela und Anton brennt Licht. Ebenso bei Felicitas. Tom sollte heute nach Hause gekommen sein. Unterschiedlich große Laternen, geschmückt mit Kerzen, die wohlig flackerndes Licht verbreiten, stehen in Felicitas Wohnzimmerfenstern. Auffällig viele. Dies deutet auf bewusst provozierte, romantische Stimmung hin.

Ich schlage die andere Richtung ein, sehe noch einmal zurück zu meinem Haus. In meinem Flur brennt Licht. Ebenso im ersten Stock. Die Stromrechnung, weil ich die beiden Leuchten absichtlich brennen lasse, wird mich nicht ärmer machen. Es wirkt wohnlich und ich mag es, in ein beleuchtetes Haus zurückzukehren. Wüsste ich es nicht besser, könnte ich glauben, jemand warte zu Hause auf mich.

Am Ende der Siedlung wende ich mich nach links und bummle weiter. Ein Grundstück, ein Haus um das andere reihen sich aneinander. Ich werfe neugierige Blicke in die Fenster. Menschen lachen, kochen und essen.

Inzwischen bin ich dort angekommen, wo es kein Weiterkommen gibt, und stelle fest: Paul ist daheim. In seinem Flur brennt Licht. Die Straße endet unmittelbar an seinem Grundstück in einer Sackgasse. Ich könnte jetzt umdrehen und den Weg zurückgehen. Oder, und danach steht mir der Sinn, ich könnte mich um Pauls Haus herumschleichen. Ich werde den direkten Weg um sein Haus nehmen, seinen Garten durchqueren, womöglich interessante Einblicke gewinnen, und mich anschließend zu den allseits bekannten Thujen durchkämpfen und das tun, was auch Paul schon gemacht hat: mich durch die Thujen zwängen und auf mein Grundstück hinunterspringen. Warum nicht? Ein bisschen Abenteuer schadet nicht.

Ich erobere Schritt für Schritt Territorium, das nicht meines ist, vorsichtig darauf bedacht, nicht über Ungesehenes zu stolpern und dadurch ungewollt Lärm zu verursachen. Das Allerletzte, was mir passieren soll, ist, von Paul bei meinem illegalen Tun erwischt zu werden. Peinlicher ginge es kaum.

Ich umschleiche die rückwärtige Hausseite, arbeite mich Richtung Hauseck vor und werfe einen vorsichtigen Blick um die Ecke. Die Vorhänge in seinem Wohnzimmer sind nicht zugezogen. Ich stelle zufrieden fest, dass Lilly Augenstern eine schlechte Wächterin ist. Die Hündin schläft den Schlaf der gut Gefütterten. Das Licht der Wohnzimmerbeleuchtung wirft ein akkurates Viereck auf das Rasenstück vor dem Fenster.

Langsam arbeite ich mich in Richtung eines großen, immergrünen Strauchs vor, hinter dem ich mich hervorragend verbergen kann. Ein bisschen schäme ich mich für mein Verhalten. Voyeurismus ist keine Tugend. Allerdings habe ich nie damit angegeben, ein besonders tugendhafter Mensch zu sein. Nur ein kleiner Teil des Strauchs wird vom Wohnzimmerlicht angeschienen, was mich rasch handeln lässt.

Ich husche mit eingezogenem Kopf hinter den Strauch und bin versucht zu lachen, denn ich verhalte mich wie ein Kleinkind, das hofft, von niemandem gesehen zu werden, wenn es rechtzeitig die Augen schließt. Der Rhododendron, wie ich mit inzwischen professionellem Kennerblick feststelle, nimmt mich in seiner grünen Umarmung auf. Mein Versteck ist gut gewählt. Ich bleibe verborgen vor gierigen Blicken, wobei diese Feststellung, im Zusammenhang mit meiner eigenen Neugier, geradezu pervers ist.

Gespannt und mit gebotener Vorsicht blicke ich in den hell erleuchteten Raum. Eine Frau ist im Zimmer. Es gelingt mir nicht, die aufkeimende Eifersucht zu unterdrücken. Ich versuche einen kühlen Kopf zu bewahren. Im optimistischsten Fall ist die Frau eine Verwandte und damit kein Problem. Im ungünstigsten Fall ist sie keine Verwandte, sondern Pauls sehr gute Bekannte, und wird damit zur unüberwindlichen Konkurrenz, denn sie sieht umwerfend aus. Leider.

Groß. Einschüchternd schlank. Beeindruckend blond. Langes Haar, in das man hineingreifen und Strähnen bewundernd durch die Finger gleiten lassen möchte. Ich bilde mir sogar ein, den Geruch ihres Shampoos zu riechen. Orangen. Ihr Gesicht ist niedlich herzförmig. Es ermutigt dazu, die Hände an ihre Wangen zu legen. Schmachtende Blicke wirft sie ihm zu. Sie hat wunderschöne Lippen, die nur dazu erschaffen wurden, um ausgiebig geküsst zu werden.

Es ist ein intensives Gespräch, das geführt wird. Sie spricht mit den Händen. Paul hört ihr zu, reicht ihr ein Glas Wasser. Sie setzt sich. Sekunden später springt sie auf, wirkt verzweifelt. Er zieht sie zurück auf die Couch, nimmt sie in seine Arme. Das, was ich sehe, tut mir weh.

So, wie er sie in seine Arme zieht, verhält man sich nicht gegenüber Schwestern, Cousinen oder wem auch immer aus der weiblichen Verwandtschaft. Er streichelt ihren Rücken. Sie drängt sich an ihn. Er drückt sie an sich, sagt etwas. Sie hebt ihren Blick, lässt sich trösten. Mit einem Kuss, dessen Intensität keinesfalls für Verwandtschaft spricht.

Mein Herz schmerzt. Ich bin frustriert. Warum länger zusehen, wie Paul eine andere Frau umarmt? Innerhalb weniger Atemzüge steigert sich meine Enttäuschung zu Zorn. Ich ärgere mich über meine blöde Idee, in fremde Fenster zu starren.

»Idiotin!«, zische ich gerade so laut, dass ich es hören kann, und meine damit nur mich.

Plötzlich hebt Lilly ihren Kopf und ihre Ohren richten sich aufmerksam auf.

Rasch, und um nicht auch noch von der Hündin gestellt zu werden, tauche ich frustriert hinter dem Strauch weg, suche mir einen Weg durch die Thujen. Die Stauden zerkratzen mich. Der aufdringliche Gestank der Thujen begleitet mich auf meiner hektischen Flucht. Ich höre, wie sich Pauls Terrassentür knarrend öffnet. Die Hündin bellt aufgeregt hinter mir her. Ihr Gekläffe wirkt erbost, was mich nicht wundert.

Zu spät. Ich bin längst weg.

- 31 -

Der Tag beginnt freundlich. Längst habe ich dem Mann einen Haustürschlüssel überlassen. Er darf ungehindert mein Haus betreten. In Wahrheit hoffe ich auf eine rasche Erledigung der Sanierungsmaßnahmen. Außerdem kann ich ohnehin keinen Rückzieher mehr machen, denn das hieße, ihm gemeinsam mit meinem Schlüssel auch mein Vertrauen zu entziehen.

Nur am Sonntag, wurde zwischen uns vereinbart, möge Ruhe herrschen, außer er möchte gezwungen werden, mit mir zu frühstücken. Unfrisiert, wie ich Sonntagvormittag üblicherweise am Frühstückstisch herumlümmle, verspreche ich ihm, bin ich kein besonders appetitlicher Anblick. Das genügt. Er runzelt die Stirn, blickt mich an und sieht dann rasch in die andere Richtung. Offenbar bin ich auch jetzt kein besonders appetitlicher Anblick, denn er macht sich kommentarlos in Richtung Obergeschoss auf, während ich den von Anton geborgten Industriesauger in den Keller schleppe, mir eine Staubmaske umbinde, eine Schutzbrille aufsetze und damit beginne, den Staub der letzten tausend Jahre von Decke und Wänden zu kehren.

Der Besen ist bald voll mit Spinnweben, die ich regelmäßig aus den Borsten entferne. Plötzlich fällt mir Ryszard ein. Er hasst Spinnen.

Es nervt mich, dass ich beim geringsten Anlass sentimental werde und zu weinen beginne. Auch dieses Mal steigen mir Tränen in die Augen. Und als ob das noch nicht genug wäre, drängt sich auch Paul in meine Gedanken.

Paul, der nicht wissen kann, dass er mir gefällt, der mir deswegen Kummer bereitet, der sich eine kühle Blonde anlacht, die sich trostsuchend in seinen Armen windet. Ich könnte Trost ebenso gut vertragen.

Während ich eine fette Spinne von der Wand kehre, laufen die Tränen. Im nächsten Atemzug, der mir ein Husten abnötigt, ärgere ich mich über mich.

Ich bin ein Einfaltspinsel. Völlig verhuscht und verträumt, laufe ich einem Wunschpartner hinterher, der nicht weiß, dass ich ihn als Partner auserwählt habe.

Energischer als nötig bürste ich die Wände sauber, auch wenn ich meine Umgebung nur noch verschwommen wahrnehme. Zusätzlich beschlägt meine Schutzbrille, sodass meine Sicht gleich null ist. Ich nieße, entferne den Mundschutz, was ein Fehler ist, auch wenn das offene Kellerfenster verzweifelt versucht, Frischluft in den Kellerraum zu lassen.

Zur Bestätigung meines Fehlers niese ich etliche Male beherzt, nehme schließlich frustriert die Brille ab und setze mich auf den Industriestaubsauger, der dafür nicht geschaffen ist, aber günstig steht.

Ein Zipfel vom T-Shirt muss zur Gesichtsreinigung herhalten. Immer noch spuken Ryszard und Paul in meinem Kopf herum. Wieder lösen sich Tränen. Inzwischen heule ich nicht mehr lautlos, sondern schluchze den leeren Kellerraum an.

Genervt frage ich mich zum wiederholten Male, was ich hätte besser machen können. Oder anders. Was habe ich unterlassen, um unserer Beziehung Stabilität zu geben? Hätte ich zu einem gewissen Zeitpunkt noch etwas ändern können? Eine Frage um die andere jagt durch mein Gehirn. Bis ich schließlich Schritte auf der Kellertreppe höre, mir rasch mit dem staubigen Ärmel meines Shirts übers Gesicht fahre, was den Juckreiz nur noch verstärkt. Flott den Mundschutz übergezogen, die Brille wieder aufgesetzt und weitergebürstet.

»Das Badezimmer ist fertig«, verkündet der Mann in meinem Rücken. Ich huste, nehme die Brille ab, drehe mich um, während ich verzweifelt Tränen und Staub wegzublinzeln versuche und sage: »Danke!«

Er übergibt mir einen Zettel. Die darauf notierte Zahl orientiert sich tatsächlich an der mündlichen Abmachung zu den ursprünglich vereinbarten Kosten.

»Nächste Woche kann ich nicht kommen. Aber zu Beginn der übernächsten Woche möchte ich mit dem Wirtschaftsraum und deiner Toilette im Erdgeschoss beginnen.« Er pausiert, sieht mich prüfend an: »Ist alles in Ordnung?«

Ich nicke, ziehe mir die Atemmaske vom Mund und wische mir die Nässe vom Gesicht. Mit dem Ärmel meines Shirts, der seit dem letzten Abwischen wunderbare Schmutzstreifen aufweist. Der sofort eintretende Effekt? Ich nieße mehrfach herzhaft und zucke schließlich entschuldigend mit den Schultern.

»Mein Haushalt ist nicht gerade staubfrei.«

Immerhin. Jetzt grinst er doch. Er wirft einen Blick zur Kellerdecke und runzelt die Stirn.

»Der Keller sieht nicht schlecht aus. Er ist trocken«, unterbricht er die Stille. »Wenn du es dir leisten willst, und ich spreche hier nicht von tausenden Euro, dann kann ich dir den Boden mit Anstrich beschichten. Du wirst sehen, das ist eine deutliche Verbesserung. Nicht nur optisch. Eine Bodenversiegelung bringt Sauberkeit in den Keller und du musst dich nicht länger ärgern, weil du Schmutz, Staub und kleine Steinchen hinauf in die Wohnung trägst.«

Mein Mund klappt auf. Das war der längste Satz, den der Mann jemals hören ließ.

»Der Boden ist noch unbeschichtet, das erleichtert mir die Arbeit. Ich brauche ihn vermutlich nicht einmal anschleifen. Staubtrocken ist er außerdem.«

Er lächelt mich an. Sein Lächeln hat aufmunternde Wirkung.

»Nur den Staub, den musst du wegbekommen. Es ist auch kein Nachteil, wenn du die Räume zuvor ausmalst.«

Er wendet sich ab, will gehen und dreht sich am Ende doch noch einmal zu mir um: »Hellgrau, Beigegrau, Silbergrau?«

»Haltbar«, sage ich, weil ich vermute, dass er mit seinem Vorschlag die Bodenbeschichtung meint, »und grau.«

- 32 -

Felicitas strahlt mich an. Sie stellt mir Tom vor. Ihren Ehemann. Ein Bild von einem Mann. Braungebrannt, dunkelhaarig, coole Ausstrahlung. Tom ist das Gesamtpaket eines gutaussehenden Klischees. Von den perfekt verstrubbelten Haarspitzen bis zu den eleganten Schuhspitzen. Und: Er weiß, dass er attraktiv ist, was ihm eine selbstgefällige Note verleiht.

Wir begrüßen einander. Er ergreift meine Hand mit beiden Händen, hält sie in seinen wie ein Politiker, der sich nicht sicher ist, ob er einem Freund oder einem Feind gegenübersteht. Er hält meine Hand exakt für jenen unschuldigen Augenblick zu lang, der eine Verbindung schafft, die nicht geschaffen werden soll. Dabei sieht er mir in die Augen. Ich spüre meine Verlegenheit, bin irritiert. Sein Daumen streicht beim Lösen seiner Hand über meinen. Eine seltsame Geste. Zu persönlich. Verblüfft betrachte ich ihn und bemerke ein Leuchten in seinen Augen. Sein Gesichtsausdruck verkündet, er habe einen Sieg errungen. Ich fühle mich eigenartig.

Tom ist eine reizvolle Mischung aus Anziehung und Lasslieber-die-Pfoten-von-diesem-Mann. Auf jeden Fall ist er eine

Portion Mann, der Anlass zu Liebeskrisen bietet. Neidlos erkenne ich, dass Felicitas und Tom optisch perfekt zueinanderpassen. Kein Wunder, Felicitas ist schließlich kein Mauerblümchen. Es war also zu erwarten, dass auch ihr Mann in dieselbe Kategorie fällt.

Die beiden erinnern mich an Barbie und Ken. Mit dem Unterschied, dass Barbie-Felicitas ihr blondes Haar modisch kurz trägt. Ken-Tom dagegen ist ein Macho mit breiter Brust. Er wirkt, als wäre er ständig auf der Suche. Ich beobachte ihn, wie er Danielas Ausschnitt begutachtet, sich mit erfreutem Blick an den Rundungen ihrer Brustansätze festsaugt und sich, weil er sich von mir ertappt fühlt, rasch seinem Weinglas widmet.

Zu fünft sitzen wir an meinem Esstisch, genießen Eispalatschinken mit Schokoladensauce, trinken dazu gut gekühlten Weißwein und fragen Tom aus, der bereitwillig von seinen Abenteuern im südamerikanischen Urwald erzählt.

Er genießt es, im Mittelpunkt zu stehen. Anton dagegen verhält sich ungewöhnlich schweigsam. Er beobachtet das Geschehen geradezu lauernd. Felicitas greift immer wieder nach Toms Hand, berührt ihn, als wolle sie sich vergewissern, dass er auch sicher anwesend ist. Dass er kein schöner Traum ist oder sich gleich in Luft auflösen wird.

Ihm, so habe ich den Eindruck, sind die ständigen Berührungen seiner Frau unangenehm. Nach weniger als jeweils zehn Sekunden Tätschelei entzieht er sich ihr. Windet sich behutsam aus ihren Berührungen. Das finde ich auffällig ungewöhnlich. Wäre es nicht normal die Hände nicht voneinander lassen zu können, wenn man sich eine Ewigkeit nicht gesehen hat? Prompt wird mir Tom unsympathisch. Schönes Aussehen hin oder her. Ein Blick zu Anton, dessen Augen inquisitorisch auf Tom ruhen, bestätigt mir meine ungute Ahnung. Antons verkniffen wirkende Mimik spricht Bände, bestätigt mein Urteil nur noch. Hier soll es also wirken, als wäre die Welt in Ordnung und tief drinnen, im Untergrund ist alles anders. Mein Bauchgefühl sagt mir, dass sich die beiden Liebenden abhandengekommen sind. Felicitas will es nur noch nicht wahrhaben.

- 33 -

Eine Woche später habe ich bereits drei von vier Kellerräumen gesäubert, die Wände frisch gestrichen, darunter, in einem Anfall von Energieübermut, auch den Holzlageraum. Eine völlig überflüssige Vorgehensweise, sinnlos auch, weil gerade dieser Raum bald wieder holzstaubig sein wird. Dennoch bin ich zufrieden mit mir. Selbst die Malerarbeiten im Gangbereich waren schnell beendet, denn die Türöffnungen in die angrenzenden Räumlichkeiten ersparten mir zahlreiche Quadratmeter zu bemalender Fläche. Der Heizraum wartet noch auf meine Ausmalwut.

In derselben Woche kaufte ich Feuchtraumleuchten, obwohl mein Keller nicht feucht ist. Die Leuchten sind mit einem Gitterschutz gegen Beschädigung versehen, und ich hoffe auf erfolgreiche Installation durch den Mann. Meine Augen sind vom Staub ständig gerötet, meine Haare könnten eine Kurpackung vertragen, einen Friseurbesuch sowieso. Über den Zustand meiner Haut schweige ich. Ich bin müde, aber angenehm erschöpft. Die Zufriedenheit, vieles fertiggestellt zu haben, lässt mich gut schlafen.

Inzwischen bin ich außerdem so weit, dass ich Ryszard nicht mehr allzu heftig verfluche. Das meditative Streichen der Wände und der frische Farbgeruch haben nüchternen Gedanken Platz geschaffen. Verwundert stelle ich fest, dass sich mein Leid auflöst. Wo ich zuvor noch mit Begeisterung Voodoo-Verwünschungen ausstieß, langweilt mich die Erinnerung an meinen Ex beinahe.

Im Keller praktiziere ich dieselbe Anordnung der Holzscheiter wie der verstorbene Hausbesitzer, denn im Keller ist, im Gegensatz zur Garage, genug Platz für das Haufenprinzip.

Mein Rücken schmerzt von der Schlepperei. Meine Finger sind zerschunden, trocken und rau. Zumindest zwei Paar Handschuhe haben während dieser Arbeit ihren Dienst quittiert. Ich bin eine Mischung aus müde und aufgekratzt. Meine Sehnsucht nach Trivialem wächst. Ein Fernseher wäre schön.

Mein innigster Wunsch: Ich möchte während eines todlangweiligen Filmes einschlafen.

- 34 -

Autoscheinwerfer schicken Licht in mein Schlafzimmer. Paul fährt weg. Ich schlafe wieder ein und wache erst auf, als ich Geräusche aus dem Erdgeschoss höre. Ich bin mittlerweile nicht mehr sicher, ob es eine gute Idee war, dem Fliesenleger den Haustürschlüssel zu überlassen. Ein Blick auf den Wecker verkündet, dass es später Vormittag ist. Schande! Während ich faul herumliege, arbeitet er.

Zerknirscht halte ich ihm zehn Minuten später seine mit schwarzem Kaffee befüllte Tasse hin und bemühe mich um ein strahlendes Lächeln. Mein kopfpolsterverknittertes Gesicht straft mich Lügen, und meine Haare sind eine einzige Katastrophe. Rasch stopfe ich einige widerspenstige Haarsträhnen unters Kopftuch.

Im Anschluss renne ich in meine Küche, um fürs Mittagessen zu sorgen. Pasta Asciutta geht immer. Kurze Zeit später steht der Mann in der Küchentür und bittet um Hilfe.

Erstmals seit er hier arbeitet. Mit dem Messer in der erhobenen Hand stehe ich da, gebe vermutlich das verstörende Bild einer gnadenlosen Messermörderin ab und kann es gleichzeitig kaum fassen, dass ich soeben um Hilfe gebeten wurde. Schon will ich nach der Erste-Hilfe-Schachtel greifen, die mehr schlecht als recht bestückt ist. Er dagegen weist mit dem Zeigefinger in Richtung Wirtschaftsraum.

Gemeinsam schleppen wird die Waschmaschine in den Flur. Danach begutachten wir den kleinen Raum, der sein ganzes Leben noch nie einen ordentlichen Boden gesehen hat.

»PVC«, erklärt er mir. »Gut ist, dass der Boden nur verlegt, aber nicht verklebt wurde.«

Ich nicke, weil ich weiß, dass ihm dadurch Arbeit und Ärger erspart werden.

Er rollt den Kunststoff-Boden auf, der mehr als porös ist, kniet sich hin und streicht über den Estrich. Seine Hände sind keine typischen Arbeiterhände, stelle ich verwundert fest, werde aber sofort wieder in die Gegenwart zurückgeholt.

»Der Estrich gehört an einigen Stellen ausgeglichen.«

Er greift nach seiner zwei Meter langen Alurichtlatte, die für den kleinen Raum beinahe zu lang ist, und prüft die Bodenunebenheiten. Ich kann die Niveauunterschiede deutlich sehen. Er malt an jenen Stellen Kreuze auf den Boden, die unbedingt seine Zuwendung brauchen.

Ich hole Antons Industriesauger aus dem Keller und stehe startbereit in der Tür, um den Boden zu saugen. Pasta Asciutta muss warten, zuerst gehört der Fußboden staubfrei aufbereitet. Der Mann kommt zurück, prüft seine Materialien, verscheucht mich aus seinem Aufgabenbereich, und greift nach einem Kübel, auf dem *Haftbrücke* steht. Er taucht einen Pinsel in das Zeug und trägt den hellblauen Anstrich an jenen Stellen auf dem Boden auf, die er zuvor mit den Kreuzen gekennzeichnet hat.

»Das muss jetzt eine Stunde trocknen.«

»In einer Stunde ist das Mittagessen fertig«, verkünde ich.

Er folgt mir, lehnt sich lässig an den Rahmen der Küchentür und trinkt seinen kalten Kaffee.

»Frischer Kaffee erwünscht?«

Er nickt und hält mir sein Häferl hin, wobei er darauf achtet, die offenbar vorhandene Demarkationslinie zwischen Vorhaus und Küche nicht zu überschreiten. Ich schenke ihm ein und werde dabei beobachtet, wie ich weiter über meinen frisch geschnittenen Zwiebeln in Rührung verfalle, das Faschierte auspacke, Knoblauch schäle, Suppengrün wasche, putze und zerkleinere, Öl in der Pfanne erhitze und die Zwiebeln glasig dünste.

Zuerst ist es mir unangenehm, dass er mir dabei zusieht. Schließlich bemühe ich mich zu vergessen, dass er anwesend ist und kokettiere sogar mit meiner Ignoranz. Ich drehe den Radio auf und singe halblaut mit. Als die Zwiebeln endlich die perfekte Optik aufweisen, gebe ich das Faschierte in die Pfanne. Ich weiß, dass er immer noch in meinem Rücken am Türrahmen lehnt.

»Das riecht gut!«, verkündet er. »Ich fahre entsorgen.«

Ich nicke. Während ich das klein geschnittene Suppengrün unter das Faschierte rühre und alles weiter rösten darf, fällt die Haustür ins Schloss. Das Kochen macht mir plötzlich keinen Spaß mehr. Ich gieße Wasser in die Pfanne, brösle einen Suppenwürfel ein, was jede Italienerin mit einem vorgetäuschten Herzanfall beantworten würde.

Danach blanchiere, schäle und metzle ich die Tomaten klein und gebe alles in die Pfanne. Gemeinsam mit etwas Tomatenmark. Petersilie, Majoran, Oregano, Thymian kommen auch dazu. Die Knoblauchzehen zerdrücke ich mit brutaler Gewalt, rühre sie unter und lasse das Ganze nun für die nächsten dreißig Minuten vor sich hin köcheln. Länger wird der Mann nicht brauchen, dann wird er vom Entsorgen zurück sein. Ich lege Besteck und Servietten auf und warte.

Grinsend stürmt er das Haus, in der Hand einen Baukübel, den er nur Sekunden später großzügig mit Wasser füllt. Er mischt Ausgleichsmörtel an, hat keine Zeit für Pasta, keine Zeit für Rotwein. Ich kippe ein einsames Glas, dem ich ein zweites Achterl hinterherschicke.

Minuten später fühle ich mich enorm beschwingt und sehe ihm eine Weile dabei zu, wie er Ausgleichsmörtel durchmischt, nur um damit im Anschluss den buckeligen Estrich zu ebnen. Schließlich wird mir langweilig. Ich gehe in den Keller, sorge dafür, dass der Heizkessel noch etwas zu tun hat.

Im Anschluss beginne ich im Heizraum mit meinen Ausmalarbeiten. Durch das viele Lüften riecht der Keller sauber. Es duftet nach trockenem Holz, nach Harz und Wärme. In gleichmäßigen Bewegungen streiche ich weiße Farbe auf und stelle nach wenigen Quadratmetern zufrieden fest, dass es die Mühe wert ist. Während ich leise singe, knurrt mein Magen unzufrieden.

»Die paar Quadratmeter«, höre ich ihn plötzlich hinter mir sagen, »sind kein Aufwand.«

Mich wirft es fast von der Leiter. In einem Reflex drehe ich mich zu ihm hin, kippe zur Seite, schleudere die Malerwalze in seine Richtung, was meinem Erschrecken, aber auch einer gewissen Aggressivität geschuldet ist, stütze mich, bevor ich falle, rechtzeitig an der frisch bemalten Wand ab und stelle fest: sein Pullover ist weiß. Im Brustbereich. Sieht wie moderne Kunst aus. Sehr modern. Der Mann dagegen wirkt nicht, als hätte er Freude mit der Fleckenkunst auf seinem dunkelgrünen Pullover.

»Morgen ist alles trocken«, ergänzt er mit vorwurfsvollem Blick Richtung Farbwalze, die vor ihm auf dem Boden liegt, »dann mache ich weiter.«

»Pasta Asciutta?«, antworte ich um friedlichen Ausgleich be- müht, klettere von meiner Holzleiter und fische die Farbwalze feierlich vom Boden, nur um sie wie ein Zepter zu halten. Zu- mindest bemühe ich mich, Würde zu bewahren.

»Ja.«

Knapper hätte seine Antwort kaum ausfallen können.

Er verweigert sich dem Rotwein. Ich gönne mir ein Glas.

Zucker im Rotwein macht Glücksgefühle. Oder liegt es an Sulfiten und Vitaminen? Ein letztes Glas Wein, gut befüllt, und mein zerfleddertes Notizbuch, mittelmäßig befüllt, begleiten mich ins Bett. Rotwein tropft auf eine Seite. Irrtümlich. Sofort malen meine Fingerspitzen Palmen, Dünen, Sterne und ein Dromedar. Die plötzlich auftretende sentimentale Stimmung verlangt nach Worten. Ich greife zum Stift und schreibe:

Düne, an dich lehne ich mein winziges Leben, um deine vergängliche Wärme zu spüren. Ich ergebe mich der Kälte der Nacht und dem Fun- keln der Sterne in einem unendlichen Königreich. Meine Augen geschlossen, mein Herz geöffnet, lasse ich Sterne in mir versinken. Ich höre das Wispern des Windes, der sagt: »Lass mich dich zudecken. Ich behüte dich wie ein unsterblicher Geliebter. Willkommen bist du und ruhst in meiner Wiege in ewigem Schlaf.

- 36 -

Der Mann freut sich über die neue Toilette. Ich mich auch, besonders da das alte Teil nicht einmal mehr den Hygienevor- schriften der Achtzigerjahre des vergangenen Jahrhunderts ent- sprach.

»Entsorgung erledigst du«, verkündet er knapp, worauf ich die Sitzkeramik gummibehandschuht in einen Riesenkunststoffsack stelle, was nicht schwierig ist, weil die Toilette nicht schwer ist.

Angeekelt verfrachte ich das grausliche Ding in den Kofferraum meines Wagens und flitze zum Altstoffsammelzentrum, das sich nur ein paar hundert Meter entfernt befindet.

Eigentlich könnte ich mit der Scheibtruhe fahren, allerdings habe ich mehr als nur die Toilette zu entsorgen. Die in der Garage angesammelten Fliesenreste, eine Menge leerer Farbkübel und Eisenschrott, der sich vor allem durch Rost auszeichnet, kommen auch mit. Und noch einige Extras warten auf die Entsorgung.

Ich fahre, weil ich keinen Anhänger besitze, insgesamt drei Mal im Sammelzentrum vor. Inzwischen bin ich dort allseits bekannt, habe ich doch erst vergangene Woche eine Menge Altpapier entsorgt, was bei einem zufällig anwesenden Raritätensammler für Begeisterungsschreie sorgte. Darunter befanden sich Notenblätter für Ziehharmonika, von deren Beseitigung er mich in letzter Sekunde abhielt.

Ich hatte keine Ahnung, dass ich wahre Schätze ausmustern wollte. Seine Sammleraugen glänzten, während ich einen zweifelnden Blick auf die Blätter warf. Zuckende Finger verrieten ihn als ewig Suchenden, worauf ich in verblüfftes Schweigen verfiel und den Karton mit den Notenblättern noch einmal durchsah. Der Mann murmelte leichtsinnigerweise: »Ein Haufen Geld!«

Mein lauerndes »Ach!« warf ihn erkennbar aus der Bahn.

Die Notenblätter, die ich gerade noch hatte entsorgen wollen, begeisterten mich plötzlich. *Schneewalzer. When the saints go marching in.* Irgendetwas für Jazztrompete und ein Wildschützenlied. Gut, dass mich der Typ auf meine Wertsachen aufmerksam machte. Er dagegen schien es bereits zu bereuen.

»Diese drei Musikstücke behalte ich.« Ich zeigte auf ein paar wenige Notenblätter in meiner Hand. »Den Rest dürfen Sie haben.« Ich lächelte hinreißend. »Der Fairness halber, was würden Sie mir dafür geben?«

Sein Blick in den Innenraum meines Wagens, der bis oben hin angefüllt war mit Kunststoffresten, mit einer desolaten Korbtruhe, für die es keine Rettung mehr gab, sowie mit zahlreichen, heftig angeschlagenen Blumentöpfen, für die ich keine Verwendung mehr hatte, ergab nichts weniger als ein hilfloses Achselzucken.

»Gutschein!«

»Wofür?«

»Für ein Gartencenter Ihrer Wahl?«

»Lagerhaus«, kam prompt mein Gegenvorschlag.

»Im Wert von 200 Euro?«

»Im Wert von 250 Euro.«

Warum ich mich nicht wunderte, dass der Raritätensammler im selben Atemzug breit grinsend einen Gutschein vom Ternberger Lagerhaus mit dem Hinweis auf das nahende Ablaufdatum aus seiner Geldtasche zog, war mir ein Rätsel.

Allerdings soll es wohl solche Zufälle geben, und ich würde mich mit Sicherheit nicht über die 200 Euro in Gutscheinform und über den zusätzlichen 50-Euro-Schein beschweren, den er mir in die Hand drückte. Sein Handschlag fiel kräftig aus. Was der Kerl an den Notenblättern verdienen würde, wollte ich nicht wissen. Sein Blick sprach dafür, dass ich mich billig hatte abspeisen lassen.

Auf der Heimfahrt grüßte mich ein Traktorlenker überschwänglich aus seiner riesigen Maschine. Er bedankte sich winkend, denn ich hatte ihm Platz gelassen, als er aus der Sonnenstraße auf die Bundesstraße einbog. Ich werde in letzter Zeit häufig freundlich gegrüßt. Immer wieder auch aus Fahrzeugen heraus. Überwiegend von Menschen, die ich nicht kenne. Es hat sich offenbar herumgesprochen, dass sich eine Irre in die Gemeinde eingekauft hat und dabei ist, eine Müllhalde in ein Haus zu verwandeln.

Einige Tage nach dem Pasta-Abend bin ich anschmiegsam. Ich schaffe es nicht aus dem Bett. Meine Kraft reicht gerade noch für dringliche Toilettenbesuche. Grippeartige Symptome quälen mich. Der Mann lässt mich in Ruhe und arbeitet still vor sich hin. Einmal steht eine Kanne Tee auf meinem Nachttisch und ich weiß nicht, ob ich es war, die sich in die Küche geschleppt hat, um Tee zuzubereiten, oder ob der Mann für Tee gesorgt hat. Meine Fieberträume betrügen mich um meine Erinnerung.

Irgendwann fällt mir ein, dass es keine schlechte Idee sein kann, wenn ich mich einfach bedanke. Mir ist heiß. Ich schwitze. Ich friere. Ich träume. Eine kühle Hand legt sich auf meine heiße Stirn. Diese sanfte Berührung ist heilsam. Sie lindert meine Beschwerden auf angenehme Weise.

Ich weiß nicht, ob ich nur Stunden oder Tage geschlafen habe. Mir graust vor mir. Ich finde, dass ich schlecht rieche, außerdem bin ich hungrig, woraus ich schließe, dass ich mich offenbar auf dem Weg der Besserung befinde.

Ich möchte in frischer Bettwäsche schlafen. Ich möchte ein Bad nehmen. Der Weg ins Bad dauert länger als Amundsen zum Südpol und zurück brauchte. Das Wasser ist genauso kalt wie das Wasser am Südpol, geradezu eisig. Der Wunsch nach einem wohltuenden Bad bleibt eine Illusion. Ein feuchtes Handtuch muss genügen, um meinem Körper ein bisschen Wohlbefinden zu verschaffen.

Blickfang bin ich keiner. Am liebsten würde ich den Badezimmerspiegel mit Dampf verschleiern, um mich nicht im Spiegel betrachten zu müssen, dazu bräuchte ich aber heißes Wasser. Ich packe mich in frische Kleidung, stelle fest, dass das Schutzvlies von den schönen Holzstufen verschwunden ist, genauso wie der Industriesauger, den ich zuletzt noch vor dem Wirtschaftsraum gesehen habe. Die Tür des Wirtschaftsraums ist angelehnt. Ich werfe einen neugierigen Blick hinein. Der neue Fliesenboden hat den gesamten Raum verändert. Alles ist hell, sauber und freundlich. Die Waschmaschine steht wieder an ihrem Platz. Das Waschbecken wurde montiert. Mein Bügelbrett steht in Raummitte und wartet auf seinen Einsatz. Irgendwann wird ein Regal dafür sorgen, dass die Wäschebehälter ordentlich verstaut sind und nicht, wie jetzt, auf dem Boden herumstehen. Irgendwann.

Das nebenan befindliche WC riecht nicht mehr wie ein öffentliches Toilettenhäusl. Es riecht neutral. Die neue Toilettenschüssel und das Waschbecken zaubern mir ein Lächeln ins Gesicht. Ein unglaublicher Fortschritt.

In der Küche tickt die kleine, silberne Uhr auf dem Kühlschrank deutlich hörbar vor sich hin. Ich bereite Tee zu, stecke mein Handy an den Strom und stelle fest, dass meine Agentin angerufen hat. Mehrmals. Ich werde ihren nächsten Anruf abwarten.

Die Temperaturen im Haus betragen erfrischende siebzehn Grad. Der Blick aufs Thermometer sorgt für Gänsehaut. Ich mache mich in den Heizraum auf. In Zeitlupe. Ich schwitze, mein Kreislauf läuft nicht rund. Am Schluss sitze ich auf dem Hackstock vorm Ofen und frage mich, wie dieser halbhohe Baumstamm in den Keller kommt.

So etwas besaß ich bisher nicht. Eine Axt lehnt neben dem Holzbehälter, der immerhin bis oben hin befüllt ist. Auch die Axt ist mir neu. Ich mag mich nicht bewegen. Gleichzeitig durchströmt mich Freude, weil der Mann offensichtlich für mich gesorgt hat. Die letzten grauen Kellerwände wurden gestrichen. Der Mann muss die Arbeit beendet haben.

Scheit um Scheit verschwindet im Ofen. Währenddessen schwitze ich ausgiebig. Bald wird warmes Wasser zur Verfügung stehen.

Erschöpft schleppe ich mich zurück ins Bett und beschließe, dass ich morgen wieder gesund bin.

Das Feuer im Stückgutofen erlischt während der Nacht. Ich hätte nachlegen sollen. Kraft und Wille reichten nicht.

- 38 -

Tom hat sich wieder in die Ferne verabschiedet. Felicitas' gerötete Augen sprechen von Abschiedsschmerz. Sie sitzt bei mir in der Küche. Vor ihr steht Tee mit Rum. Meine Flasche Cognac ist längst leer. Ihr wunder Blick bestätigt meine Vermutungen. Ohne dass ich fragen muss, erzählt sie, dass sie fürchte, dass er eine Freundin habe. »War zu erwarten«, fügt sie trocken hinzu, als hätte sie bereits kapituliert. Ihre Tränen sprechen eine andere Sprache. Sie räuspert sich und fügt hinzu: »Wäre ich mit ihm ins Ausland gegangen, wäre das nicht passiert.«

Ich lege meinen Arm um Felicitas, drücke sie an mich und weiß, dass man sich Abschiede nicht schönreden kann.

»Er hat mich beschimpft«, schluchzt sie, »mir unterstellt, dass ich ihm nicht genügend vertraue. Er hätte kein Interesse an anderen Frauen. Seine Arbeit ließe ihm keine Zeit für solchen Schwachsinn.«

»Glaubst du ihm?«

Sie starrt mich an. »Nein, ich misstraue ihm. Er verhält sich anders als sonst.«

- 39 -

Wunschliste:
Mindestens zehn Paar warme Wollsocken anschaffen.
Gesichtsbehandlung und Friseurtermin. Dringend.

113

Ausgelassen zu meiner Lieblingsmusik tanzen.
Lächeln. Grinsen. Kichern. Schmunzeln. Lachfalten sammeln.

Der Geruch, der mich im Keller empfängt, ist ungewöhnlich. Es riecht nach Lack. Ich wundere mich, dass ich diese Ausdünstung nicht schon gestern wahrgenommen habe.

Der Mann erledigte den Kellerbodenanstrich. Die Farbe ist ein gefälliges Silbergrau. Er ist gerade dabei, die Farbe aufzutragen, als ich den Ofen anheizen will. Um sieben Uhr morgens. Dass ist unheimlich früh. Und es ist Sonntag. Ich weiß nicht, ob ich hingerissen sein soll oder unangenehm überrascht. Ich sollte demnächst Anton fragen, vielleicht, wenn ich den Industriesauger zurückbringe, wie er zu meinem Fliesenleger steht. Und ganz wichtig, ich will endlich seinen Namen wissen, denn den Vornamen Richard nehme ich ihm nicht ab. Nein, falsch, ich will nicht, dass er Richard heißt. Besser Max oder Johannes, von mir aus Oskar, nur nicht Richard.

- 40 -

Felicitas ist in Tränen aufgelöst. Sie sitzt seit zwei Stunden in meinem Wohnzimmer, das immer noch keines ist, weil ich keine Möbel habe. Also kann ich auch nicht behaupten, dass Felicitas sitzt. Sie liegt halb hingesunken auf zwei Kissen, die ich ihr untergeschoben habe, und weint Tränen auf meine Fleckerlteppiche.

Angelehnt an voluminöse Gartenbücher, die ihr Halt geben, weil diese wiederum der Wand entlang gestapelt sind, hält sie in einer Hand ein Foto, in der anderen Hand ein Glas mit meinem schwersten Rotwein. Es ist Portwein.

Ich weiß genau, woher die Flasche stammt. Der Wein war ein unfreiwilliges Geschenk aus der Ryszard-Ära. Ich ließ sie bei meinem Abgang mitgehen, denn der Zusatz *Vintage* auf dem schönen Etikett klang teuer.

Ausschlaggebend für die heutige Öffnung der Flasche waren die Volumenprozente, aufgedruckt auf dem Warenschild. Heftige zwanzig Prozent. Mild genug, um nicht als hochprozentiges Getränk durchzugehen. Stark genug, um in einer Situation getrunken zu werden, die nach Trunkenheit schreit. Auch wenn der vormittägliche Zeitpunkt ungewöhnlich früh ist. Felicitas' Mann, dessen Foto sie seit einer Stunde beweint, hat sich tatsächlich von ihr getrennt. Aktuell hält sich Tom als unentbehrlicher Ingenieur irgendeines wichtigen Staudammprojekts in einem südamerikanischen Land auf. Die Trennung erfolgte daher nicht in einem mutigen Vieraugengespräch, sondern schonungslos. Online. Über einen Videokanal.

»Während des Gesprächs habe ich«, klagt Felicitas und nimmt einen kräftigen Schluck aus ihrem Glas, »im Hintergrund seine Neue gesehen.«

Ich bin entsetzt, denn das kommt mir bekannt vor.

»Sie hat ihren dicken Bauch ins Bild geschoben, ist deutlich jünger als ich und wird ihn zum Vater machen. Ein Kind, das er nie haben wollte, schiebt ihm das Weib unter.«

Ich kann ihren Zorn, jegliche Wut und Trauer nachvollziehen. Erneut fülle ich unsere Gläser mit Portwein, trinke einen Schluck, spüre die Süße und stelle erstaunt fest, dass dieser Portwein tatsächlich köstlich schmeckt. Ich nehme wahr, wie sich der Alkohol durch meine Adern schlängelt und Felicitas' Stimmung auf mich überschwappt. Aber was soll mich davon abhalten, traurig zu sein, mich zu betrinken? Schließlich gibt es einen Grund dafür. Meine Freundin leidet. Ich leide mit ihr.

Gegen Mittag liegen wir bereits nebeneinander auf den Fleckerlteppichen. Unsere Köpfe ruhen wechselweise auf den Kissen oder auf einem der Gartenbücher. Wir schluchzen in gegenseitiger Anteilnahme. Die Hitze, die der Portwein durch unsere

Adern schickt, hält uns warm, auch wenn dies physikalisch nicht möglich ist.

Felicitas erzählt, dass Tom demnächst noch einmal kommen werde. Unterlagen will er abholen. Die Scheidungspapiere vorlegen.

Sie murmelt leise: »Ich bring ihn um.«

Ich höre weg. Ich habe Verständnis. Ich will nicht wissen, ob sie dazu in der Lage ist. Ob sie tatsächlich einen Mord begehen könnte oder nur Phrasen drischt. Zudem ist Mord immer mit Planung verbunden. Mit einem Durchdenken der Situation, was wichtig ist, will man nicht bei seinem unanständigen Tun erwischt werden.

Ganz abgesehen davon, dass eine derartige Handlung nicht unbedingt klinisch sauber abläuft, also durchaus eine ordentliche Sauerei hinterlassen kann. Vor allem, wenn Spontaneität hinzukommt. Die Vorgangsweise zu einer exakten Durchführung eines grauslichen Vorhabens gründlich zu durchdenken, traue ich Felicitas nicht zu. Mir schon. Felicitas ist ein netter Mensch. Die für ein derart derbes Unterfangen wichtigen, gedanklichen Strukturen fehlen ihr. Mir nicht.

Irgendwann kommt der Mann aus dem Keller. Er sucht nach mir. Seinem Mienenspiel entnehme ich, dass ihm die Situation unmöglich erscheint. Für einen flüchtigen Augenblick habe ich den Eindruck, dass er sich ein Lachen verkneift, bevor er rasch einen betretenen Gesichtsausdruck aufsetzt. Er bittet mich eindringlich, den kleinen Kellerraum sowie den Gang nicht zu betreten, was ich eifrig benicke.

»Keine Sorge«, meint er, »das Wetter wird wärmer und ich habe noch einmal Holz in den Ofen geschoben. Die Wärme sollte eine Weile anhalten. In vierundzwanzig Stunden ist der Boden ohnehin trocken.«

Ich vermute, dass ihn meine Mimik zu seinen Erklärungen nicht überzeugt, denn er runzelt die Augenbrauen. Ich höre ein

Ratschen und blinzle zu ihm hin. Der Mann hat einen Zettel aus meinem Notizblock gerissen. Er schreibt etwas nieder.

Betreten verboten!, sagt er, hält den Zettel hoch und kündigt mir an, ihn vor die Kellertür zu legen. Als natürliche Barriere, die gegen unerwünschte Blödheit helfen soll.

»Danke! Vielen Dank!«, erwidere ich lächelnd, ziehe eine Grimasse und strecke mich wieder auf dem Boden aus. Den Kopf lege ich auf das dicke Gartenbuch, das mir schon wunderbare Anregungen geboten hat. Ich starre an die Decke, höre wie sich die Haustür schließt, und flüstere noch einmal: »Vielen Dank!«

Es ist angenehm ruhig. Felicitas ist eingeschlafen. Ich habe Lust auf Schokolade.

Interessiert betrachte ich den Behälter mit Oxalsäure, den ich in einem Küchenregal aufbewahre. Daneben liegt eine harmlose Tafel Milchschokolade. Himbeer-Kokos-Füllung. Der völlig falsche Platz für Schokolade. Eine unmögliche Schokoladen-Gift-Kombination. Dies würde mir jeder vernünftige Mensch bescheinigen. Allerdings befindet sich ein Totenkopf auf dem Tiegel, wogegen die Schokoladenhülle keinerlei Warnzeichen trägt. Jeder vernunftbegabte Mensch würde sich daher auch hüten, einem Irrtum zu erliegen, und keinesfalls den Totenkopf-Inhalt zum Kochen verwenden.

Oxalsäure. Fünf Gramm können tödlich sein. Fünfzehn Gramm sind es auf jeden Fall. Dies entspricht etwa der Menge von vier Stück Würfelzucker. Der Ablauf einer folgenschweren Vergiftung: unmittelbar nach oraler Aufnahme Brennen im Rachen und in der Speiseröhre. Magenschmerzen folgen. Danach Erbrechen mit schwärzlichem Auswurf. Kreislaufkollaps. Tod. Klingt ziemlich endgültig, finde ich. Aber auch vielversprechend.

Das Klingeln meines Handys reißt mich aus meinen Überlegungen. Meine Agentin wagt es, mich zu stören. Widerwillig nehme ich an. Sie befragt mich nach dem Fortschreiten meines Schaffens. Ich bestätige ihr, ohne auch nur eine Hundertstelsekunde zu zögern, dass, seit ich Hausbesitzerin bin, alles hervorragend vorangeht. Sie muss nicht wissen, dass wir von unterschiedlichen Angelegenheiten sprechen. Ich denke an abgeschliffene Parkettböden, meine rundumerneuerte Küche und an die hübschen Fliesen im Bad, Toilette und Wirtschaftsraum. Außerdem bin ich zufrieden mit meinem entmüllten und sauberen Keller, in dessen Räumlichkeiten man fast vom Boden essen könnte. Sie dagegen spricht von meinem neuen Roman, den ich ihr versprochen habe. Von dem es noch keine einzige Zeile gibt. Obwohl, das entspricht nicht ganz der Wahrheit, denn die Überschrift steht fest: *Wortewandel, Wertewandel.*

Ich plaudere entspannt, rede lange und überschwänglich, voller Begeisterung, bis ich ihr endlich auf die Nerven gehe und Liandra das Gespräch von sich aus beendet. Das ist neu. Ich bin verwundert. Ihr Verhalten macht mir Angst. Hat sie etwa genug von mir?

Der Portwein betäubt mein Gehirn erfolgreich, also bereite ich mir eine Kanne mit starkem Kaffee zu, den ich löffelweise zu mir nehme. Vielleicht hilft es, Kaffee in homöopathischen Einheiten zu konsumieren. Vielleicht regt er meine Fantasie an.

Wortewandel, Wertewandel. Der Cursor meines neuen Laptops blinkt. Ich überlege meinen ersten Satz. Habe ich einen Lieblingsbuchstaben und wenn ja, werde ich ein Wort beginnend mit meinem Lieblingsbuchstaben als Anfang benutzen? Anfang. Das Wort gefällt mir. Das A ist schön, es ist wie eine Leiter, die nach oben führt. Der tiefe Fall fällt mir als Nächstes ein. Das Risiko. Der Verlust. Ich trinke einen Schluck, bin versucht, zu etwas Stärkerem als Kaffee zu greifen, verwerfe diesen Gedanken wieder. Die Portwein-Flasche ist längst leergetrunken, die Auswirkungen halten an.

Felicitas liegt im Tiefschlaf. Leise schnarcht sie vor sich hin. Ich hole eine Decke aus meinem Schlafzimmer, wickle Felicitas behutsam ein und wünsche mir, dass der Kachelofen funktionsfähig wäre.

Auch wenn es mich schmerzt, so beschließe ich dennoch in diesem Moment, den Wunsch nach einer Wohnzimmereinrichtung zu Gunsten der Sanierung des Kachelofens hintan zu stellen.

Wozu brauche ich schon eine Wohnzimmereinrichtung?

Wozu brauche ich einen Fernseher, Kissen, Decken, Bilder an den Wänden, Zimmerpflanzen?

Ich werde ab Mitte April, das ist mein ehrgeiziger Plan, ohnehin nur mehr im Garten zu finden sein und keine Zeit für einen Aufenthalt in meinem Wohnzimmer haben.

Ob der Mann auch Profi im Kachelofensetzen ist?

Auf der Suche nach einem neuen Geschmack im Mund, durchwühle ich meine Handtasche nach Pfefferminzzuckerln. Die dekorative, kleine Blechdose, die mir auf der Suche nach den scharfen Pastillen in die Hand fällt, erinnert mich an etwas. Darauf abgebildet sind Ribisel.

Aber das, was in meiner rechten Hand liegt, ist keine Zuckerldose, sondern ein ungewöhnliches Fundstück aus der Zeit der Küchensanierung. Ich hatte es völlig vergessen.

Ich öffne den Behälter und wickle das blaue Apothekenfläschchen aus dem Küchenpapier. Interessiert halte ich es gegen das Licht der Vorhauslampe und bilde mir ein, darin ein Pulver zu sehen. Außerdem macht ein Totenkopf auf der Etikettenrückseite klar auf eine Gefährdung aufmerksam. Man sollte sich also vorm Inhalt hüten.

Weil ich nicht erkennen kann, was auf dem Etikett steht, fertige ich mit meinem Handy ein Foto an und vergrößere den entsprechenden Bildausschnitt. Wenige Sekunden später lese ich Ricinus communis. Inhalt: Etwa zwei Milligramm, denn das Fläschchen ist nur zur Hälfte voll.

Neugierig befrage ich das Internet. Tödlich, lese ich. In Wasser löslich. Also lieber nicht ins Wasser schütten, wer weiß, was dann passiert.

Ich suche weiter, sehe mir Bilder von Rizinsamen an. Sie sind hübsch gemustert. Ich finde heraus, dass die Kugeln häufig als Schmuck dienen.

Halsketten werden damit hergestellt, was schon für Todesfälle gesorgt haben soll, vor allem bei Kindern, die an den Samenketten knabberten oder die Perlen schluckten. Da die Einnahme des Giftes oft erst spät entdeckt wird und eine Vergiftung mit Rizin generell schwer nachweisbar ist, kommt es immer wieder zu Unfällen mit Todesfolge.

Vielleicht sind es nicht immer Unfälle, schießt es mir durch den Kopf, während ich mir durchlese, wie ein Sterben nach der Einnahme von Rizin abläuft: Übelkeit, Erbrechen, Kreislaufversagen, blutige Koliken, Fieber bis hin zu Nierenversagen. Am Schluss steht ein Tod durch Atemlähmung oder Herzversagen. Kein besonders angenehmer Tod, wie ich finde. Ich lege das Fläschchen behutsam zurück in seinen schützenden Blechbehälter.

Die Warnhinweise zur Verarbeitung des weißen Pulvers werde ich beherzigen. Handschuhe. Mundschutz. Auch meine Haut muss nicht unnötig damit in Berührung kommen. Nicht inhalieren, nicht injizieren, nicht schlucken, nicht in die Augen reiben. Vorsicht ist geboten. Ich seufze. Dieser Haushalt mutiert langsam zur Giftküche.

Wortewandel, Wertewandel. Mein Blick heftet sich neuerlich auf den Titel. Der Cursor blinkt immer noch nervös vor sich hin. Ob ein Cursor einen Herzinfarkt bekommen kann? Einen Cursornarinfarkt? Ich schüttle den Kopf über meine Gedanken und tippe verwegen ein A.

Felicitas hat sich bewegt. Endlich geschieht etwas. Die Störung ist mir mehr als willkommen. Felicitas murmelt Unverständliches. Toms Foto liegt neben ihr. Ich frage mich, ob ich es entfernen darf oder besser liegen lassen soll. Schließlich schleiche ich mich zu ihr hin, nehme sein Foto an mich, gleichzeitig mit dem dicken Gartenbuch, dem großformatigen Gartenplan und meinen handschriftlichen Notizen zu meinen künftigen Lieblingspflanzen.

Zurück an meinem Esstisch blättere ich durch, was ich bisher notiert habe. Tom darf dabei nicht zusehen. Sein Porträt liegt unter dem dicken Gartenbuch. Ich habe ihn zerquetscht. In meiner Brieftasche befindet sich noch ein Foto von Ryszard, von dem ich nicht weiß, warum ich es nicht längst weggeworfen habe. Nur wenig später findet auch dieses Foto seinen Platz unter dem dicken Gartenbuch. Auch er wird zerquetscht. Wenn schon Voodoo, dann ordentlich.

Wortewandel, Wertewandel. Das wird nichts. Seufzend schalte ich den Laptop aus, schiebe ihn missmutig weg, ziehe das Gartenbuch heran und schlage es auf jener Seite auf, die ich zuletzt markiert habe.

Schöne Fotos von blühendem Immergrün fallen mir ins Auge. Blaue, rote und weiße Blüten heben ihre Köpfe aus dunklem Grün. *Als Bodendecker beinahe ebenso unschlagbar wie Efeu,* notiere ich in meinem Heft und blättere weiter im Buch.

Die Schönheit der Pfingstrosen begeistert mich. Ich verliebe mich augenblicklich in ihre duftigen Blüten.

Pfirsich, notiere ich, *Kirsche und Zwetschke.* Ein leiser Verdacht, dass diese Bäume nicht genug Platz in meinem Garten finden werden, beschleicht mich. Ich wische diese Anflüge von Zweifel zur Seite, schließe die Augen und träume mich hinein in meinen künftigen Garten.

Eine Mispel soll Einzug halten, ferner eine Pimpernuss, deren Name mich belustigt. Mindestens eine Weinrebe soll sich eine

Mauer entlangranken, und Brombeeren sollen meine Zunge und Lippen blau färben. Farne werden geheimnisvoll aus dunklen Ecken blinzeln. Und weil ich weiß, dass Holunder in jeden ordentlichen Garten gehört, wird sich auch ein Platz für ein Hollerbäumchen finden. Schließlich wussten schon meine Vorfahren, dass Holunder wertvollen Schutz gegen böse Geister bietet. Außerdem wehrt er zuverlässig Blitzschläge ab. Um wie viel schöner ist es doch, dieses Gehölz im Garten anzupflanzen, als einen Blitzableiter am Dach zu montieren.

Meine Haustürglocke läutet mich aus meinen wunderbar schöpferischen Gedanken.

Und Felicitas wird wach.

- 41 -

Daniela hält eine Flasche in der einen Hand, in der anderen eine CD.

»Selbstgebrannt«, sagt sie, »nicht der Gin, die CD der *Rolling Stones.*«

Sie zeigt mir das Cover mit der bekannten Zunge, die, auch ohne den Bandnamen abzulesen, für sich spricht.

»Anton wollte mit. Ich habe ihm verboten vorbeizukommen. Das ist kein Abend für Männer. Das ist ein Abend für uns.«

Felicitas' lautes Schluchzen in meinem Rücken erinnert mich an ihre Verwundbarkeit. Daniela drückt mir Gin und CD in die Hände, stürmt an mir vorüber und reißt die Verlassene in ihre Arme. Währenddessen flucht sie laut über Gott und die Welt und vor allem den Ex, den sie nicht beim Namen nennt und der froh sein kann, sich in diesem Augenblick auf einem anderen Kontinent zu befinden.

Minuten später steht mein Radio auf einem Bücherstapel und *Jumpin' Jack Flash* röhrt sich in unsere Gehörgänge. Bei *Satisfac-*

tion weinen zwei der drei anwesenden Frauen, während ich mir ein großes Glas Gin gönne. Ohne Tonic. Ohne Bitter Lemon. Pur. *Angie* kann ich nicht mehr hören.

Das Gejaule erinnert mich an die späten Achtzigerjahre, in der dieser Song auf- und abgespielt wurde, sich alle Mädchen freuten, die Angie hießen, und alle Angies sicher waren, dass Mick dieses Lied nur für sie geschrieben hatte. Mich nervt das Lied. Eifersucht auf die Angies weckt auch heute noch meinen Neid. Aus Protest stoppe ich den CD-Player und schalte auf das Radioprogramm um.

Mir bleibt nichts erspart, gerade läuft *Moves like Jagger* von *Maroon 5*, was die Stimmung unerwartet in Schwung bringt. Adam Levine betört uns, indem er uns beschwört, ihm in die Augen zu sehen. Er ist sich sicher, dass er uns besitzen wird, weil er Mick Jaggers Tanzstil draufhat. Unwillkürlich denke ich an Mick und dessen einzigartigen Stil, sich auf der Bühne zu bewegen. Ich lache, was für Verwunderung sorgt, bis wir schließlich alle lachen.

Um die augenblicklich gehobene Stimmung nicht neuerlich zu töten, stoße ich mit Daniela und Felicitas an, forciere jeglichen Alkoholkonsum. Am Schluss endet unser gemeinsamer Abend in einem Karaoke-Contest, den wir souverän gewinnen. Alle drei landen wir auf dem ersten Platz, doch nur Felicitas trägt eine hellblaue Krone, die ich aus Tonpapier gebastelt habe und die nur annähernd an eine Krone erinnert. Alkohol und Basteleien passen nicht zusammen.

Irgendwann sind wir müde und schlafen ein. Felicitas und Daniela teilen sich eine warme Decke. Ich wickle mich in einen der Fleckerlteppiche ein.

Anton und der Mann wecken uns. Erst als beide bereits im Wohnzimmer stehen, werde ich auf unsere Besucher aufmerksam. Anton versucht Daniela davon zu überzeugen, dass sie heute zur Arbeit muss, denn schließlich sei Montag, was sie mit herzhaftem Lachen und einem Rülpser beantwortet.

Sie ist nicht zu überreden, und Anton gibt auf. Bei Felicitas ist jede Überzeugungsarbeit ohnehin sinnlos. Sie murmelt beherzt »Leck mich doch am Arsch, kreuzweise«, und dreht sich zur Seite. Ihre Krone ist völlig zerknautscht. Sie greift danach und schiebt sie zurück auf ihre zerwühlten Haare. Ihr Äußeres verbessert sich dadurch kaum. Felicitas wirkt auch mit Knautschkrone nur wenig königlich.

Mir ist furchtbar schwindlig, außerdem muss ich dringend aufs Klo. Mit einem Arm wedle ich sinnbefreit herum und erkläre viel zu laut, dass der Anruf meiner Agentin meinen Arbeitsalltag bestimme, nicht irgendwelche dahergelaufenen Männer. Anschließend bestelle ich Frühstück aufs Zimmer, was nicht wirklich gut ankommt.

Von den verärgerten Gesichtern der Männer lasse ich mich nicht beeindrucken, wanke in mein Badezimmer und brauche geschlagene dreißig Minuten, um mich einigermaßen in die Waagerechte zu bekommen. Währenddessen höre ich Stimmen aus dem Erdgeschoss, die wechselweise bittend und befehlend klingen. Es ist Anton, der spricht. Der Mann hält sich zurück, was ich verstehe, schließlich ist keine der anwesenden Frauen seine Angelegenheit. Anton scheint erfolgreich auf Granit zu beißen. Ich höre weder Widerworte Danielas noch irgendwelche Ergänzungen seitens Felicitas.

Antons Flehen fällt auf unfruchtbaren Boden. Unfruchtbarer geht es nicht. Langsam, fast majestätisch, schreite ich die Treppe hinab, bemühe mich, nicht auf den Boden zu sehen, denn dies verstärkt nur mein Schwindelgefühl und die Übelkeit. Ich hefte meinen Blick streng geradeaus, neige den Kopf in Zeitlupe und stelle fest, dass es mir auf diese Weise immerhin möglich ist, meinen unruhigen Magen in den Griff zu bekommen. Ich habe unbändige Lust auf Essiggurken, kämpfe mich zum Kühlschrank durch und gebe mich meiner Lust hin, während der Mann mit verschränkten Armen an einem Küchenschrank lehnt.

Er hat den Wasserkocher befüllt, Kaffeewasser gekocht. Eine erste Essiggurke verschwindet in meinem Mund. Er schüttelt den Kopf, greift nach der Kaffeekanne, steckt den Filtereinsatz oben auf, füllt ihn mit Kaffeepulver und gießt Wasser in den Filtereinsatz.

Mein »Danke!« kommt kurz vor der zweiten Essiggurke, die echt köstlich schmeckt. Er schmunzelt und öffnet das Küchenfenster einen Spalt weit. Frischluft kann nicht schaden. Antons Blick drückt Verzweiflung aus. In seiner Hand befindet sich die leere Flasche Gin, die er vorwurfsvoll hin- und herschwenkt. Ich zucke mit den Schultern, bemühe mich weiterhin, geradeaus zu blicken, spiele Statue, indem ich mich nur wenig bewege, und genieße noch eine Essiggurke.

»Magenverstimmung«, sage ich, und werfe einen Blick hin zu den beiden Frauen am Wohnzimmerboden, was mein Gehirn mit einem heftigen Schwindelanfall bestraft. Felicitas schnarcht leise. Daniela liegt auf dem Rücken, hat ein schmales Buch auf ihren Bauch gebetet und sieht zufrieden aus. Fast wie ein Engel. Auf dem Buch steht passenderweise *Drogenrausch aus dem Blumenbeet*. Eine Hortensie ist darauf abgebildet.

Wenige Minuten später sitzen die Männer und ich am Esstisch und trinken Kaffee. Ich mag mir lieber nicht vorstellen, wie der schwarze Kaffee auf die Essiggurkerl trifft, aber bisher schlägt mir mein Magen nicht auf den Magen. Ganz im Gegenteil, ich bekomme Hunger. Schließlich streiche ich Butterbrote, stelle

Marmelade und Honig auf den Tisch, Käse und Wurst. Auf Wurst habe ich keinen Appetit. Honig dagegen finde ich einen Versuch wert.

Der Mann isst mit, steht schließlich vom Tisch auf und verabschiedet sich in den Keller. Anton hat sich mit der Situation abgefunden. Er überlässt seine Frau ihrem Schlaf. Wir schweigen gemeinsam, essen unsere Brote.

Am Ende verkündet Anton, dass er ein informatives Gespräch mit Danielas Arbeitgeber führen wird. Kurz bevor er mich verlässt, verspreche ich ihm, ein Auge auf seine Frau zu haben. Auf Felicitas ebenso. Ich kichere. Er dreht sich um und sieht mich fragend an.

»Ich werde in Gedenken an diesen Tag Wacholder im Garten pflanzen.«

Er verdreht die Augen, flüstert »Frauen, eine eigenartige Spezies« und will schon gehen.

»Anton, wie heißt mein Fliesenleger? Er hat mir seinen Namen bisher nicht verraten.«

Grinsend sieht er mich an, sagt nichts, zuckt nur mit den Schultern und ist dahin.

»Männer, eine eigenartige Spezies«, rufe ich ihm hinterher, zucke zusammen, weil mein Kopf die Lautstärke meiner eigenen Stimme nicht verträgt, während Anton meinen Satz mit lautem Lachen beantwortet. Auch aus dem Keller dringt Gelächter an meine Ohren. Offenbar ist der Mann im Heizkeller unterbeschäftigt. Er hat zu viel Zeit zum Lauschen.

- 43 -

Weil ich die schlummernden Frauen nicht stören will, setze ich mich an den Esstisch, tunke meinen Finger in das Honigglas und lecke ihn sauber. Das lässt sich gut einige Male wiederholen, bis mir der Honig zu süß wird und ich genug habe. Außerdem sind nun beide Zeigefinger sauber.

Mein Blick fällt auf mein Gartennotizbuch. Mir fällt ein, ich wollte mir noch Wichtiges aufschreiben. *Gedenk-Wacholder beschaffen,* male ich in wackeliger Schönschrift auf meine Pflanzenwunschliste.

Wacholder gehört zu den Lebensbäumen. Die Symbolik für Lebenskraft könnte nicht schöner ausgedrückt werden als mit einem Strauch, der nie sein Grün verliert und zudem noch Früchte trägt, die zu einem überaus schmackhaften Getränk werden. Ich denke an den vergangenen Abend, dessen Ursprung traurig war, erinnere mich an unseren fröhlichen Karaoke-Contest und wünsche mir für Felicitas, dass sie stark in die Zukunft geht. Ein frommer Wunsch, auch sehr trivial, das weiß ich wohl. Sie wird leiden. Eine Weile. Wobei sich der Zeitraum durchaus auch schmerzhaft lang hinziehen kann. Felicitas wird den verschiedensten Gefühlen ausgesetzt, und ihr Seelenzustand wird stets ein bisschen launisch sein.

Mein Blick fällt auf den Laptop. Lustlos ignoriere ich dessen Aufforderung zum Schreiben. Auch der Trost durch mein geliebtes Gartenbuch bleibt heute aus. Darin zu blättern, reizt mich nicht. Ich schiebe es zur Seite. Einen Moment sehe ich meinen Freundinnen beim Schlafen zu, bevor mich mein Hausfrauengewissen an die Arbeit erinnert. Ich halte mich mit Kleinigkeiten auf, sortiere meinen Wäschekasten neu, entnehme ihm jene Kleidungsstücke, die ich spenden möchte, putze Bad und Toilette.

Eine Stunde später schlafen Felicitas und Daniela immer noch. Ob der Mann noch im Keller arbeitet? Ich höre keine Arbeitsgeräusche. Es ist verdächtig still im Haus. Alibihalber bereite ich Brote zu und beschließe, ihn zu besuchen. Überrascht beobachte ich, wie er eine von mir gekaufte Feuchtraumlampe montiert. Er sieht zufrieden zur Decke, erschrickt heftig, als ich mich räuspere, greift sich an die Brust, springt von der Leiter und taumelt zurück an die Wand, an der entlang er hinunterrutscht und regungslos zusammengesunken am Boden sitzen bleibt.

»Bitte nicht!«, entfährt mir. Ich stürze auf ihn zu. Teller und Brote fliegen durch die Luft. Geschirr zerbricht. Der Boden ist kalt und hart unter meinen Kniescheiben. Ich hocke zwischen seinen Beinen, suche in seinem Gesicht nach irgendeiner Regung.

»Bitte nicht!«, höre ich mich noch einmal flehen, greife an seinen Hals, um nach dem Puls zu fühlen. Ob das professionell ist, weiß ich nicht, aber ich spüre sein Herz gleichmäßig schlagen. Er atmet. Er riecht gut. Ein Männerparfum. Vielleicht ist es auch nur Seife. Vermischt mit etwas Schweiß.

Sein Geruch erinnert an Sandelholz. Ein harziger Duft mit einem Hauch Erde. Außerdem rieche ich Holz, was kein Wunder ist, der Holzlagerraum befindet sich nebenan. Ich mag dieses Aroma. Plötzliche Sehnsucht überkommt mich. Ich halte meine Nase an seinen Hals, schnuppere an der Vertiefung oberhalb seines Schlüsselbeins, atme seinen Duft ein.

Die Handfläche meiner linken Hand liegt an seinem Hals. Dort, wo sich mein kleiner Finger befindet, spüre ich seinen Puls. Meine Lippen streichen über seine Haut. Ich drücke meine Nase sanft an seinen Hals, stoße mit meinen Wangen gegen Barthaare, reibe mit meiner Nasenspitze über kratzende Stoppeln. Mit leichtem Finger fahre ich behutsam über seine Kinnlinie, zeichne seine Lippenlinie nach, möchte meinen Mund auf seine Lippen pressen.

Den Bruchteil einer Sekunde später frage ich mich, was diese Empfindungen ausgelöst hat, ob ich total bescheuert bin. Ich betrachte sein Gesicht. Es ist ebenmäßig männlich. Ich lege meinen Zeigefinger auf seinen Nasenrücken, lasse meinen Finger von der Nasenwurzel zur Nasenspitze gleiten, spüre jede kleine

Unebenheit. Ein Gefühl von Dominanz überkommt mich. Das gefällt mir. Ich stelle mir vor, wie er in meinem Bett liegt. Sich Liebkosungen gefallen lässt. Gefallen lassen muss, weil er sich nicht wehren will, oder vielleicht auch nicht wehren kann. Er ist meine Beute. Bitter und süß zugleich. Meine bittersüße Beute.

Die Finger meiner linken Hand suchen die Stelle unterhalb des Kieferknochens, spüren nach seiner Halsschlagader. Ich fühle ein regelmäßiges Pochen. Meine rechte Hand ruht direkt auf seinem Herzen.

Die Wärme seiner Haut unter meiner Hand, die durch den Stoff des Shirts dringt, ist aufregend. Er soll ruhig noch ein bisschen so sitzen bleiben. Soll mir noch Gelegenheit geben ihn anzusehen. Ich mache mir keine Sorgen mehr um ihn. Sein Herz schlägt kräftig, vielleicht einen Hauch schneller als zuvor. Ich suche sein Gesicht. Offene Augen sehen mich an. Er legt seine Arme um mich, zieht mich an sich. Fassungslos reiße ich meine Hände zurück, falle vor Schreck auf den Hintern und keuche auf.

»Alles gut«, sagt er, »Strafe muss sein.«

Das, was dann passiert, tut mir später leid, allerdings habe ich meine Emotionen in diesem Augenblick nicht unter Kontrolle. Es ist ein Reflex, eine Antwort auf sein unmögliches Verhalten. Dass ich mich ebenso unmöglich verhalten habe, ist mir wohl bewusst. Dennoch hole ich aus, verpasse ihm eine schallende Ohrfeige, springe auf und laufe davon. Peinliche Unverschämtheit über mein eigenes unangemessenes Verhalten folgt mir umgehend nach. Wieder höre ich ihn lachen.

Ich schäme mich und weiß, dass ich mich für mein Verhalten entschuldigen muss. Insgeheim gestehe ich mir ein, dass mir der Mann guttut. Soll ich ihm das sagen? Aber, wenn ich mich ihm offenbare, lacht er mich womöglich gleich wieder aus. Also setze ich mich an den Tisch, sehe meinen zwei wilden Weibern beim Schlafen zu und schreibe mir meine Zweifel von der Seele. Sollte ich eines Tages einen besonderen Mutanfall haben, werde ich ihm den Zettel zustecken.

Und dann?
Du tust mir gut.
Es wird dir gefallen, wenn ich das sage.
Womöglich lächelst du?
Vielleicht bildest du dir etwas darauf ein?
Ich weiß es nicht.

Du tust mir gut.
Aber ist es eine gute Idee, die Seele eines Menschen zu umschmeicheln?
Was, wenn ich mich um das Heil meiner Seele fürchte,
wo doch bisher keine Furcht sein musste?
Wie soll ich umgehen mit deinen Streicheleinheiten, die ich nicht erbettelt habe?
Ich weiß es nicht.
Und nun?

Du bist einer, der energisch ist,
der für Farben sorgt,
aber auch für Verbrennungen.
Früher oder später.
Eher früher.

Und dann?

- 44 -

Sie hat sich tatsächlich von mir hereinlegen lassen. Vermutlich war es keine gute Idee, sie durch mein Verhalten derart zu erschrecken. Meine Handlungsweise war kindisch, eigentlich unmöglich. Sie hat sich Sorgen um mich gemacht, doch die Versuchung, ihre Reaktion zu sehen, war einfach zu groß. Sie ist furchtbar selbstständig, stolz und selbstgefällig, bittet nur ungern um Hilfe.

Eine eigenwillige Persönlichkeit. Und sie ist nett, verschlafen, extrem zerknittert, verträumt und sexy. Sie spricht mit sich selbst, was schräg ist, und dann beantwortet sie auch noch ihre eigenen Fragen. Sie wirkt herzerfrischend ehrlich, dann jedoch furchtbar distanziert, erschreckend fremd. Eine lästig-neugierige und skeptische Person.

Sie trinkt zu viel. Sie trinkt hauptsächlich in Gesellschaft zu viel. Sie weiß nicht, wie sie mit mir umgehen soll, was ich amüsant finde. Sie ist unglücklich, sieht nur dann zufrieden aus, wenn sie am Esstisch sitzt und sich Notizen in ihrem Gartentagebuch macht. Ich habe den Gartenplan gesehen. Er gefällt mir. Er ist bunt, sehr vielversprechend. Ob sie mich bitten wird, ihr zu helfen? Oder wird sie mich nach meinem heutigen Verhalten ohnehin rausschmeißen? Ich sollte mich entschuldigen. Unbedingt.

Ich habe es genossen, von ihr beschnuppert zu werden, ihre Finger auf meiner Haut zu spüren, sie hinterhältig hereinzulegen und mit ihren eigenen Waffen zu schlagen. Ich mag sie. Sie geht mir auf die Nerven. Auf ungewöhnliche Weise.

- 45 -

»Es tut mir leid. Ich wollte dich nicht beunruhigen, auch nicht ärgern, schon gar nicht provozieren. Es war blöd von mir. Ich habe mich dumm benommen. Es war ein Fehler. Entschuldige.«

Der Mann steht mir gegenüber. Seit mindestens einer Viertelstunde ziert ein roter Abdruck seine linke Wange, aber er entschuldigt sich.

Seine Entschuldigung ist die zweitlängste Ansprache in der Geschichte unserer eigenartigen Beziehung.

Ich reiche ihm eine Kaffeetasse. Würdevoll ignoriere ich, dass ich mich für mein eigenes Betragen schämen sollte. Ich verhalte mich, als ob nichts Ungewöhnliches vorgefallen wäre, frage mich aber trotzdem, wie ich ihm in Zukunft in die Augen sehen kann.

Am Ende beschließe ich, seine Entschuldigung huldvoll anzunehmen. Scheiß drauf, denke ich mir und nehme diese emotionale Hürde mit eingebildeter Eleganz.

»Frieden?« Ich hebe meine Tasse.

»Frieden!«, sagt er. Wir stoßen an. Er trinkt einen Schluck und verzieht das Gesicht. »Was, kein Cognac?« Dann lächelt er und tritt den Rückzug in den Keller an.

Die Brote kann er sich vom Kellerboden klauben. Er wird heute nichts mehr von mir zu erwarten haben.Nur wenig später lenkt Danielas Gähnen meine Aufmerksamkeit auf sich. Daniela und Felicitas müssen längst Verspannungen haben, die einen Masseur in frohe Arbeitsstimmung versetzen würden, denn mein harter Wohnzimmerboden wird durch die Fleckerlteppiche kaum weicher.

Es kann nicht angenehm sein, stundenlang auf diesem Untergrund zu liegen. Daniela streckt und dehnt sich, gibt interessante Geräusche von sich, sieht mich an, schluckt trocken und flüstert: »Kaffee. Wasser. Bitte.«

Ich bringe ihr ein Häferl Kaffee und eine Wasserflasche. Wenige Minuten später wird ihr bewusst, dass es draußen furchtbar hell ist und das Wochenende längst vorüber. Ihr panischer Einwand: »Ich muss zur Arbeit«, geht in ihrem Stöhnen unter. Kaum dass sie sich aufgerichtet hat, fordert ihr Körper den ursprünglichen Ruhezustand umgehend zurück. Daniela wird blass, sinkt auf den Teppich zurück und schließt die Augen.

»Schonhaltung«, haucht sie und liegt da wie eine Tote.

»Daniela«, flüstere ich, »Anton hat schon mit deinem Arbeitgeber telefoniert. Die wissen, dass sie heute nicht mir dir rechnen brauchen.«

Ich weiß nicht, ob stimmt, was ich Daniela erzähle, will aber, dass sie in Ruhe zu sich kommen kann, und vermute außerdem, dass Anton genau das getan hat, was ich auch getan hätte. Sicher hat er seine Frau in Schutz genommen und ihr einen Tag Ausnüchterungsurlaub verschafft.

Inzwischen hat Felicitas ihre Augen geöffnet, blickt sich um und richtet sich auf. Sie reibt sich ihr Gesicht, sieht danach unerwartet munter aus und hat ihren Alkoholexzess offenbar hervorragend verdaut. Im nächsten Augenblick trübt sich ihre Mimik. Sie seufzt ihren Herzschmerz heraus, flüstert »Tom« und jegliche Munterkeit fällt von ihr ab.

- 46 -

April, April. Planung ist alles.

»Tom wird in den nächsten Tagen eintreffen. Er will alles, was die Scheidung in die Wege leiten soll, schnellstens vor Ort erledigen«, flüstert mir Daniela zu. »Felicitas wandelt wie ein seelenloser Zombie durchs Leben. Soll ich neutrales Gebiet für ein Treffen vorschlagen?«

Ich sehe Daniela zweifelnd an, weiß nicht, welchen Rat ich ihr geben soll. Sie wiederum zuckt mit den Schultern.

Ich denke nach. Was wäre, wenn? Angenommen, ich würde eine eigene Strategie entwickeln, um Felicitas zu helfen?

Manchmal ist es hilfreich, einen guten Plan mit einer anständigen Portion Nichtstun zu beginnen. Einfach dazusitzen und nachzudenken ist nützlicher, als man glauben möchte. Dem erfolgreichen Nichtstun folgen im Regelfall erfolgreiche Taten, was sich im gegenwärtigen Fall durch den Kauf von Rhabarber manifestiert. Der Plan lautet *Rhabarberkuchen*. Sauer macht lustig. Sauer macht listig. Hinterlistig. Noch am selben Tag bitte ich Daniela um Toms Telefonnummer. Sie runzelt die Stirn.

»Vielleicht ist es ihrer Beziehung förderlich, wenn ich mit ihm spreche. Als neutrale Person, die ihn weder beurteilen noch verurteilen will.«

Daniela seufzt, rückt endlich Toms Nummer heraus.

»Mach dir keine Hoffnungen, etwas zurechtrücken zu können«, warnt sie mich mit einem Blick, der Röntgenqualität besitzt.

Ich mache mir keine Hoffnungen. Ich will nichts zurechtrücken. Ich denke eher über einen krönenden Abschluss nach. Etwas Einzigartiges, das die Beziehung zwischen Felicitas und Tom unwiderruflich beenden soll. Das grandiose Finale kann aber nur erfolgreich sein, wenn Tom seinen Handlungspart eifrig übernimmt.

Das Gespräch zwischen mir und Felicitas' Mann verläuft ungewöhnlich freundlich.

»Ja«, sagt er, »es macht mir nichts aus, wenn ich auf einen Sprung bei dir vorbeikomme. Noch lieber wäre mir allerdings«, und damit trifft er den Schicksalsnerv punktgenau, »wenn du zu mir kommst.« Er ergänzt noch, dass er sich den heutigen Abend als perfekten Zeitpunkt vorstellen könne. Wenn möglich, solle ich mich ungesehen bei ihm einschleichen, da er nicht in Verlegenheit kommen möchte, dem gegnerischen Scheidungsanwalt zu erklären, warum er Frauenbesuch gehabt hätte. Nur für den Fall, dass Felicitas einen Detektiv mit seiner Überwachung beauftragt habe.

Diese Ergänzungen finde ich eigenartig. Glaubt er wirklich, dass Felicitas an seiner Überwachung liegt, wo doch seine Untreue ohnehin deutlich am Bauchumfang seiner Südamerikanerin erkennbar ist? Ich frage mich außerdem, was seine Vorstellungen zu meinem Besuch sind. Also gehe ich dazu über, zu provozieren. Ich will Tom reizen, ihn anstacheln, und frage ihn konkret, ob er Lust auf mich hat. Die Pause, die daraufhin entsteht, hält sekundenlang an. Entweder ist er verblüfft über meine Frage oder angeekelt. Schon vermute ich, mich in ihm getäuscht zu haben, ärgere mich über meine offensive Vorgehensweise, will zurückrudern. In dem Augenblick, in dem ich mich für meine Worte entschuldigen will, kommt seine Antwort.

»Ich freue mich auf dich.«

Nicht mehr, nicht weniger. Genau im richtigen Ton. Die perfekte Antwort.

Tom wohnt in jenem Wirtshaus, in dem auch ich wochenlang wohnte. Er nennt mir seine Zimmernummer, lacht ins Telefon und fügt hinzu, dass ich vermutlich den Ortsbrauch kenne, was ich mit einem unanständig klingenden Lachen bejahe. Er hat keine Ahnung, wie gut ich sein Zimmer kenne, habe ich doch genau in diesem Raum viele Wochen verbracht. Bis zum Einzug ins Haus. Dennoch ärgere ich mich über seine Anspielung. Sie klingt, als sei ich eine Nutte, die regelmäßig bei irgendwelchen Männern in irgendwelchen Unterkünften antanzt. Verärgert mahne ich mich zur Selbstkontrolle. Soll der Typ doch glauben, was er will. Ein bisschen lege ich sogar noch nach, hauche ins Handy: »Ich kann es kaum erwarten!« Danach drücke ich ihn weg, ohne seine Antwort abzuwarten.

Der Rhabarberkuchen wartet auf seinen Einsatz. Mit einer besonderen Zutat. Fünfzehn Gramm. Die Menge von vier Stück Würfelzucker. Mehr braucht es nicht.

Die Friseurin, die mir in allerletzte Minute einen Termin gibt, bringt meine Haare unter Kontrolle, was mein Äußeres enorm aufpoliert.

Die Show kann beginnen.

Und da bin ich nun. Ich sitze mit einem ziemlich fremden Mann in der Badewanne, den ich mit Sekt abgefüllt und mit Oxalsäure und Rhabarberkuchen versorgt habe. Ich habe noch nie viel von One-Night-Stands gehalten. Man verbraucht nur eine Menge Energie auf eine einmalige Bühnenaufführung, von der man zuvor nicht weiß, ob sie eine gute Unterhaltung sein wird oder der pure Reinfall.

Von Felicitas' Mann Tom, dem ich gerade meine Brüste an den Rücken drücke, halte ich genauso wenig wie von einmaliger sexueller Zerstreuung. Tom ist ein selbstverliebter Abstauber. Noch sieht er einigermaßen appetitlich aus, aber bald schon würde sich eine gewisse Verlebtheit in seinem Äußeren zeigen. Er weiß es noch nicht, aber er hat Glück. Er wird sich mit diesem traurigen Spiegelbild seines eigenen Ichs nicht mehr herumschlagen müssen.

Immer noch befinden sich meine Beine seitlich von Toms Körper, eingeklemmt zwischen seinen Muskeln und der emaillierten Wanne. Mit Streicheleinheiten habe ich aufgehört. Ihm Lust vorzuspielen, ist inzwischen unnötig.

In dem Augenblick, in dem er würgt, weiß ich, dass es nur um Minuten geht. Nicht, weil sein Todeskampf nicht noch länger dauern könnte, sondern weil ich geschickt nachhelfen werde. Entschlossen entsteige ich der Wanne. Er übergibt sich. Ich halte mir die Nase zu und warte.

Sein Kreislauf bricht rasch zusammen. Er ist beinahe bewusstlos.

Ich beuge mich über Tom und drücke seinen Kopf mit nur einer Hand unter Wasser. Er schnappt in einem letzten Aufbäumen nach Luft, bekommt nicht Sauerstoff, sondern Wasser in die Lungenflügel und liegt nur Minuten später völlig friedlich da. Die Wasseroberfläche hat sich beruhigt. Schlecht verdaute

Kuchenbrocken lösen sich auf. Es riecht furchtbar nach Gallenflüssigkeit.

Tom sieht mich entspannt an. Seine Augen stehen offen. In einem Mundwinkel klebt ein Sauerstoffbläschen, das sich nicht von ihm lösen will. Tom wirkt, als hätte er sich mit seinem unerwarteten Tod versöhnt.

- 48 -

Während ich mich mit einem mitgebrachten Sporthandtuch abtrockne und dann das feuchte Ding auf Mund und Nase drücke, um den grauenhaften Geruch nach Erbrochenem nicht riechen zu müssen, lasse ich Tom nicht aus den Augen. Zu viele Filme haben mich geprägt. Serien, in denen Totgeglaubte doch nicht tot waren und über einen herfielen, kaum dass man ihnen den Rücken zukehrte.

Im Rückwärtsgang verlasse ich das Bad, zupfe Einweghandschuhe aus meiner Handtasche und schiele immer wieder zur Wanne hin. Ich trage Zitronenöl unter meiner Nase auf, damit mein Geruchsinn vom Gestank abgelenkt wird. Das Öl brennt sich in die zarte Nasenschleimhaut und bringt meine Augen zum Tränen.

Zurück ins Bad. Ich befreie die Sektflasche von Fingerabdrücken und stopfe das nasse Sekt-Oxalsäure-verseuchte Handtuch sowie mein eigenes in einen Kunststoffbeutel. Im Wissen, dass man jedwede Reste von Oxalsäure in der Flasche finden wird, spüle ich die Flasche erst gar nicht aus.

Tom dümpelt als U-Boot im Badewasser vor sich hin. Nur widerwillig greife ich nach seinem rechten Arm und drücke ihm die bauchige Flasche in die Hand. Bestimmt finden sich nun seine Fingerabdrücke überall. Auch auf dem Flaschenhals. Sogar den Korken drücke ich ihm in die Hand, der sich kurz darauf löst, aufschwimmt und auf der Wasseroberfläche schaukelt wie eine winzige Rettungsinsel in einem riesigen Meer.

Im gleichen Stil verfahre ich mit seinem Sektglas, während ich mein eigenes verschwinden lasse. Prüfend sehe ich mich um. Alles soll aussehen, als hätte er sich im Alleingang erledigt.

Tom befindet sich nun seit etwa zehn Minuten unter Wasser. Kein Luftbläschen steigt aus seinen wassergefüllten Lungen mehr auf. Er sieht gut aus, vielleicht einen Hauch weniger männlich als Minuten zuvor. Mausetot hat er leider nichts mehr von seinem hervorragenden Aussehen. Felicitas wurde soeben erfolgreich zur Witwe befördert. Vermutlich hatte Tom nicht einmal mehr Gelegenheit, sein Testament zu ändern. Advantage Felicitas.

Mein Blick gleitet den Wannenrand entlang. Ich bin auf der Suche nach Haaren. Zwar hatte ich meine Frisur, bevor ich in die Wanne glitt, unter einem hübschen Tuch versteckt, allerdings soll Augenscheinliches nicht übersehen werden. Wannenrand und Wasserhahn befreie ich mit Klopapier von meinen Fingerabdrücken. Toms letzte Mahlzeit schwimmt im Wasser. Es riecht furchtbar, meine Augen tränen, mein Magen rebelliert. Jetzt nur nicht kotzen.

Entschlossen greife ich zuerst nach Toms linker Hand, tatsche damit am Wannenrand herum, die Finger seiner rechten Hand drücke ich auf Wasserhahn und Brausekopf, den ich am Schluss einfach auf den Boden der Badewanne gleiten lasse. Abschließend erkläre ich Tom flüsternd, dass er noch ein wenig schwimmen darf.

Im besten Fall bis morgen. Bis sich das Zimmermädchen auf den Weg zur Zimmerreinigung macht, die im Übrigen nie so gründlich ausgefallen ist, wie ich mir das gewünscht hätte. Jetzt gereicht mir die mangelnde Sauberkeit der Putzfrau unbedingt zum Vorteil, denn dieses Zimmer war auch mein Zimmer. Wer weiß schon, wer zwischenzeitlich noch hier wohnen musste. Es werden sich mengenweiße unterschiedliche Spuren finden. Sollte ich jemals Erklärungsbedarf hinsichtlich meiner hier vorgefundenen DNA haben, wäre dies einfach zu begründen. Einzig das fehlende Handtuch könnte Aufmerksamkeit erregen. Aber auch dieses Detail habe ich bedacht. Ich weiß, wo die hauseigene Abstellkammer ist. Es sind nur wenige Schritte. Von dort werde ich ein Ersatzhandtuch für den Handtuchhalter holen. Am Schluss werden jedenfalls wieder alle Handtücher vollzählig vorhanden sein, und das konfiszierte werde ich zu Hause verbrennen.

Mein Kuchenblech verschwindet in der Handtasche. Ich tausche es gegen einen hauseigenen Teller aus, auf dem ich Rhabarberkuchenreste verstreue. Ein fettgetränktes Papiersackerl mit dem Aufdruck der örtlichen Bäckerei liegt im Mistkübel. Ich habe das Sackerl heute Vormittag mit winterbehandschuhten Fingern aus dem Mistkübel vor der Bäckerei gefischt. Der Inhaber der Bäckerei, in der es heute auch frischen Rhabarberkuchen gab, wird wohl bald Besuch von der Polizei bekommen. Der Inhalt der Befragung wird sich bald innerhalb der Gemeindegrenzen herumsprechen und für Aufruhr sorgen. Bestimmt werden die Ermittlungen in alle Richtungen gehen.

Neugierig sehe ich mich im Zimmer um, finde auf dem Nachttisch eine Sammlung von Unterlagen. Darunter die vom Anwalt vorbereiteten Scheidungspapiere. In einem Anfall von Boshaftigkeit bringe ich sie ins Badezimmer, lege sie auf dem neben der Wanne stehenden Hocker ab und garniere übriggebliebene Kuchenbröckerl darauf.

Die fettig-rhabarberhaltigen Reste tränken die Papiere, die gut sichtbar neben Sektflasche und Glas auf ihre Auffindung warten. Alles in angenehmer Reichweite zum Toten. Sollen die Ermittler doch mutmaßen: Mord? Unfall? Selbstmord?

Ich forciere die Selbstmordtheorie, wenn daran auch Zweifel aufkommen könnten.

Bereits daheim habe ich einen Glasbehälter mit einer vernünftigen Portion Oxalsäure befüllt. Das salzartige Pulver in diesem Glas genügt, um eine Legion Söldner ins Nirvana zu befördern. Der tote Tom darf sich noch ein letztes Mal nützlich machen und seine Finger um den Glasbehälter und den Schraubverschluss legen. Ob seine aufgeweichten Glieder Abdrücke darauf hinterlassen? Ich habe keine Ahnung, aber die Chance will ich ihm geben.

Danach lege ich das Fläschchen deutlich sichtbar auf den Teller, bevor wir uns voneinander verabschieden. Korrekt ist: Ich verabschiede mich von Tom. Seine unter Wasser geöffneten Augen blicken unhöflich an mir vorbei. An die Zimmerdecke.

Während ich mich verstohlen aus dem Gasthof schleiche, beobachtet mich wieder einmal ein Kirchturm. Dieses Mal ist es allerdings der barocke Turm der Ternberger Pfarrkirche, der mir bei meinem Abgang zusieht und nicht jener der Steyrer Stadtpfarrkirche.

Ich werfe einen verstohlenen Blick hin zum schönen Grabkreuz, das sich an der südlichen Außenfassade der Kirche befindet. Irgendwann werde ich mir diese schmiedeeiserne Kostbarkeit mit ihren goldenen und verschnörkelten Verzierungen, den Blättern, Blüten, den farbenfrohen Engeln und großen Heiligenfiguren und dem gekreuzigten Jesus genauer ansehen.

Gerade husche ich am westlichen Eingang der Kirche vorbei, da öffnet sich das große Portal und eine dunkel gekleidete Gestalt tritt heraus. Ob der Pfarrer aus allen Wolken fiele, würde ich ihm meine Verfehlungen beichten?

Ich schreibe wieder. Meine Agentin freut sich. *Wortewandel, Wertewandel* soll zum Erfolg werden. Zumindest, wenn es nach Liandra geht. Ich dagegen weiß, dass ich mich durch jede Kleinigkeit von meiner Schreibtätigkeit ablenken lasse. Immer wieder verliert sich mein Blick, wandert hinaus zum Fenster und sucht meine nicht vorhandene Gartenlandschaft. An Tom denke ich kaum. Sein Tod bewegt mich nicht, macht mir kein schlechtes Gewissen. Es genügt, dass der Wirbel um seine Auffindung ihm ein letztes Mal Aufmerksamkeit bescherte. Sein Tod berührt allein Felicitas.

Anfangs war ihr Verhalten von Lähmung geprägt. Schließlich von Trauer. Sie machte sich Vorwürfe. Hätte sie erkennen müssen, dass Tom Selbstmordgedanken hegte? Diese nagenden Zweifel, ihre Schuldgefühle äußerte sie auch den vernehmenden Beamten gegenüber, die sich nichts sehnlicher als ein Alibi von Felicitas wünschten.

Nur für die fragliche Zeit, für wenige Stunden. Teilweise kann Felicitas dieses Alibi herbeischaffen, wurde sie doch am fraglichen Abend von Daniela umsorgt. Beide gönnten sich einen Horrorfilm und Alkohol, verkündeten sie den befragenden Beamten unbefangen. Dennoch bleiben Lücken. Spätabends, gaben beide Frauen übereinstimmend an, waren sie auf der Couch eingeschlafen.

»Es hätte also eine von Ihnen für eine Weile verschwinden können?«, fragte ein Beamter.

Die Polizisten meinten mit *eine von Ihnen* vor allem Felicitas, die sich, erzählte mir Daniela, empört über diese unausgesprochene Verdächtigung, heftig zu Wehr setzte.

Vorerst wurde der Fall also dem Pathologen anvertraut. An Tom wird herumgeschnipselt werden. Sein Mageninhalt, sein

Erregungszustand kurz vor seinem Ableben, sein Innenleben werden umgekrempelt, bis alles ans Licht kommt. Oxalsäure. Tödliche Dosis. Wäre er nicht zuvor in der Badewanne ertrunken, hätte ihn das Gift erledigt. Das ist tatsächlich später auch die informative Kurzfassung Felicitas gegenüber.

Auch die Spurensicherung war beschäftigt. In Toms angemieteter Unterkunft wurde eine unappetitliche Menge an Hautschuppen und Haaren gefunden.

»Körpersäfte von mindestens zwanzig unterschiedlichen Personen«, kommentierte Daniela die Situation. »Kein Wunder. Ein Gasthauszimmer, das hauptsächlich der Übernachtung dient, bietet reizvolle Einblicke in die Hinterlassenschaften verweilender Gäste.«

Und Felicitas fügte nachdenklich hinzu: »Zur Enttäuschung der Beamten verweigerte der Gerichtsmediziner, den Augenblick von Toms Tod auf die Minute genau zu definieren, allerdings immerhin so exakt, dass die gemeinsamen Fernsehstunden nun zu meinem Alibi wurden. Wobei …«, Felicitas zögerte, »… die in Toms Unterkunft gefundenen Scheidungsunterlagen lassen weiterhin Raum für Skepsis.«

Und eine Überraschung kommt wenig später noch hinzu. Felicitas ist tatsächlich Toms Erbin. »Der Schlaumeier hat nicht mehr genug Zeit gehabt, das Schriftstück abzuändern«, bestätigte Daniela grinsend.

Felicitas wird sich Tag für Tag besser in ihre Rolle als Witwe fügen. Anton, Daniela und ich werden sie dabei nach Kräften unterstützen.

Beim Gedanken an Anton fällt mir Wichtigeres ein. Ich muss einen Rasenmäher anschaffen. Ich will endlich Löcher in den Boden graben und mir meine grünen Wünsche erfüllen. Ich solle mich noch gedulden.

Anton wirkt skeptisch. Meine Begeisterung solle bitte noch im Winterschlaf bleiben, denn bis Mitte April könne es noch frosty werden. Es wäre schade um die vielen Pflanzen, die – zu früh ausgepflanzt – unerbittlichem Spätfrost zum Opfer fallen könnten.

Ein weiteres, nicht unwichtiges Detail kommt mir in den Sinn. Der Restposten Oxalsäure muss ungesehen entsorgt werden. Angeblich ist das Zeug biologisch abbaubar.

Ich überdenke das Graben eines Loches und ein Hineinschütten der Flüssigkeit. Oder sollte ich eine Notration aufbewahren? Allerdings darf das Gift nie gefunden werden. Es soll schon vorgekommen sein, dass einem die eigene Nachlässigkeit zum Verhängnis wurde.

Die Gartenerde wird zur willkommenen Entsorgungsoption.

- 50 -

Der Keller ist sauber, alle Lampen sind ausgetauscht, die Böden versiegelt. Das Fenster zur Holzschütte ist repariert. Anfang der Woche war Tag der Abrechnung. Der Mann hat alles erledigt, was noch zu erledigen war. Wir haben keine Rechnung mehr offen, und ich weiß immer noch nicht, wie er heißt. Anton verweigert mir jegliche Auskunft. Sein heimtückisches Lächeln nervt.

Felicitas und Daniela haben sich Antons Schweigen angeschlossen. Sie machen sich einen Spaß daraus. Natürlich könnte ich eine großartige Umfrage starten, aber das ist mir zu peinlich. Ich versuche es mit unterschiedlichen Tricks. Begutachte herumliegende Kleidungsstücke des Mannes. Suche nach Hinweisen zu seinem Namen. Führerschein, Geldtasche. Zwecklos, ich finde nichts, was hilfreich wäre. Ich versuche es mit Drohungen, die weder Anton noch Daniela beeindrucken. Ich schwöre Anton, dass er seiner künftigen Lieblingsbeschäftigung in meinem Garten, dem Rasenmähen, nicht weiter nachgehen darf.

Er grinst und startet einen Tag später den Rasenmäher. Probeweise. Um zu sehen, ob das laute Ding auch wirklich funktioniert. Ich könnte Felicitas foltern. Sie ist Nachgiebigkeit und Sanftmut in Person. Tatsächlich ist ihr Zustand fragil. Immerhin besucht sie mich regelmäßig, weil sie Ablenkung braucht. Felicitas geht bei mir ein und aus, wie es ihr gefällt, was wiederum mir gefällt. Ich kann nicht sagen, dass wir uns gegenseitig trösten, aber wir wissen, auch ohne groß darüber zu sprechen, wie es der anderen geht. Ihr Mann ist zumindest tot, was ich von meinem Ex nicht sagen kann.

An einem Mittwoch in der ersten Aprilhälfte verabschiedet sich der Mann. Wir gehen noch einmal gemeinsam durch mein Haus. Ich sehe, dass alles, was er angefasst hat, gut geworden ist. Mein Trinkgeld nimmt er nicht an. Am Schluss unseres Rundgangs überreicht er mir, völlig unspektakulär, aber grinsend, seine Visitenkarte. Es ist eine Bewegung, die nicht einstudiert wirkt. Es ist eine Bewegung, die für ihn völlig normal ist. Etwas, das er schon oft gemacht hat. Aufgedruckt darauf finde ich seine Telefonnummer und die Silhouette eines Wolfes. Ich betrachte die Visitenkarte, die genauso geheimnisvoll daherkommt, wie der Mann. Heißt er nun Wolfgang, Wolfram, Wolfdietrich oder ist etwa sein Familienname Wolf? Absichtlich stelle ich mich stur und frage nicht nach. Er sieht mich an und nickt. Er beugt sich vor. Einen Augenblick vermute ich, dass er mich küssen will. Ich fühle Nervosität in mir aufsteigen. Mir wird heiß.

Umsonst aufgeregt, denn ich täusche mich. Er sieht mich nur durchdringend an. Fast hypnotisierend.

»Ruf mich an, wenn du Hilfe brauchst. Ob im Garten oder beim Transport der Pflanzen.«

Er bemüht sich um einen neutralen Gesichtsausdruck, aber ich spüre, dass er eine Antwort will. Ich nicke.

»Ja«, sage ich. »Danke!«

Er dreht sich um und geht.

»Kennst du einen Kachelofensetzer, einen Hafner?«, rufe ich ihm nach, »Wolfgang, Wolfram, Wolfsblut, Wolfi, Dietwolf, wuff-wuff?«

»Ich schicke dir jemanden vorbei. Verlass dich drauf!« Er lacht. Himmel, ist der Kerl sexy. Besonders wenn er lacht.

- 51 -

Was mir der heutige Tag bringen wird?
Das Wissen um den Verlust von mindestens sechzig Haaren.
Das Gefühl, dass meine Bettwäsche frisch bezogen werden sollte.
Kaffee. Schwarz. Sehr schwarz. Tiefschwarz. Ohne Zucker.
Eine Falte weniger, dafür womöglich ein Kilo mehr.
Vielleicht einen Geistesblitz oder die Aussicht auf fantasievolle Wolkenformationen.
Kräftigen Herzschlag. Ein Lächeln.
Das wäre schön.

Wortewandel, Wertewandel.
Ich beschäftige mich mit Wörtern, deren Bedeutung, und welchen Wandel sie im Laufe der Jahrhunderte erfahren haben. Das ist die Basis meiner Idee. Gestern noch loderte in mir so etwas wie ein Wille zum entstehenden Werk. Ich hatte einen streng strukturierten Plan, der den Ablauf zum künftigen Inhalt meines Werkes bestimmen sollte.

Gedanklich. Doch das, was mich zu Beginn fasziniert hat, langweilt mich plötzlich. Ich lasse mich ablenken, denke an griechische Mythologie.

Der Name Helena kommt mir in den Sinn. Ein schöner Name. Ein Gedanke folgt dem nächsten. Der Trojanische Krieg. Paris und Helena. Eine große Liebe, die am Schluss zur Eroberung und Zerstörung von Troja führte. Dramatische Geschehnisse.

Paris provozierte den Untergang einer ganzen Stadt. Der Liebe wegen. Leid, Gewalt und Tod. Blind für das Leid anderer. Alles wegen der Vergötterung einer Frau, die so schön war, dass sie ihre Umgebung betörte.

Ob es das Opfer wert war? Ob Helena das Schlachtopfer wert war? Und wie steht es um Paris' Wert als Mann? War er doch bereit, für die egoistische Erfüllung seiner Liebe Sterben und Versklavung von Menschen billigend in Kauf zu nehmen. Ich empfinde Ekel, aber auch Neid. Wäre ich selbst gerne Inhalt einer Handlung, die im Namen der Liebe alle Widrigkeiten zur Seite schiebt? Über Leichen geht? Ich wische meine Gedanken zur Seite. Die Hauptdarsteller sind längst tot. In Wahrheit haben sie nie gelebt.

Mit *Wortewandel, Wertewandel* komme ich kein Stück voran. Stattdessen gehen mir alle möglichen und unmöglichen Hirngespinste durch den Kopf.

- 52 -

Gestern habe ich endlich seine Nummer gewählt.

»Du hast eine angenehme Telefonstimme«, kommentiert der Mann meinen Anruf, nachdem er sich mit einem fragenden »Ja?« ins Telefonat katapultierte.

Er ignoriert meine Verblüfftheit über sein Gesagtes und wartet schweigend. Ich ersuche ihn um Tipps zu meinem Wunsch nach einem eigenen Rasenmäher. Er sagt keinen Ton, auch nicht, als ich ihn nach einer Empfehlung zu einer guten Marke bitte. Er beantwortet meine Anliegen mit nur einem Satz.

»Wirklich angenehm, deine Stimme. Sexy!«

Prompt werde ich knallrot, zeitgleich wütend, schnaube entrüstet und bin tatsächlich einen Herzschlag lang sprachlos. Schließlich wiederhole ich, stur wie ein Kleinkind, meine Wünsche. Seine verbalen Schamlosigkeiten schiebe ich zur Seite. Und endlich kommt ein Echo.

»Rasenmäher. Natürlich. Pflanzentransport. Ohne weiteres. Kachelofen. Demnächst.«

Irritiert beende ich das Telefonat, lege mein Mobiltelefon auf den Tisch und starre es an. Ich frage mich, ob er mich ernst genommen hat oder mich ärgern wollte. Sollte das eigenwillige Gespräch Versuche eines Kompliments enthalten? Was will er damit erreichen?

Ich überlege, was ich an anderen sexy finde. Humor. Mut. Nachdenklichkeit. Seriosität. Verlässlichkeit. Aber, das sind Charakterzüge. Das ist nichts, was sofort wahrgenommen wird. Wie ist also jemand, der sexy ist? Das eine Wort verfolgte mich den gesamten Tag über. Lange Haare, sagen Statistiken, sind sexy. Zumindest in den Augen jener Männer, die lange Haare mögen.

Es gibt sogar Männer, die meinen, dass eine Frau überhaupt nur eine Frau sei, wenn sie ihr Haar lang trage, was ich wiederum total bescheuert finde. Liebhaber androgyner Frauentypen dagegen wollen flachbrüstige Kindchen im Bett haben. Andere wiederum mollige Vollblutfrauen.

Farben finde ich sexy. Ist es sexy, in jeder Situation Haltung zu bewahren? Sind Nervosität, Hysterie, Durchsetzungsvermögen Ausschlusskriterien, wenn es um weibliche Attraktivität geht? Ein Lächeln dagegen ist ansprechend, wogegen es Lachfalten eher nicht sind. Oder etwa doch?

Ist es aufregend, die gleiche Sprache wie das Gegenüber zu sprechen? Oder wird das nur als *Nach-dem-Mund-Reden* gewertet? Sind Selbstbewusstsein und Entscheidungskraft fesselnd? Ist es sexy, wie eine Klette an seinem Partner zu hängen, sich an einen Gefährten zu klemmen, wie eine Zecke an ihren Hund? Hohe Schuhe, kurzer Rock, Gummistiefel und Arbeitshandschuhe? Wackelnde Hüften, schöne Fingernägel, lange Wimpern, wunderweiße Zähne? Ist es sexy, Kalorien zu zählen oder sie genussvoll zu vernichten? Sind zupackende Hände sexy, auch wenn Fingernägel schmutzig sind? Sind nur Püppchen sexy?

Ich schüttle mich aus meinen Gedanken. Frage mich, ob ich normal bin. Er hat mich irritieren wollen. Vielleicht wollte er mir auf die Nerven gehen, mich ärgern? Das ist ihm gelungen. Und das ist keineswegs sexy.

Aber wozu mache ich mir diese Gedanken?

- 53 -

Ich entdecke eine Rose, die den wenig charmanten Namen Stacheldrahtrose führt. Ein Bild zeigt mir, dass sie den Namen nicht zu Unrecht trägt, wenn ich auch finde, dass der Namensgeber kreativer hätte vorgehen können, denn die Schönheit der wilden Stacheligen liegt in ihren zarten, cremefarbenen, gelb überhauchten Blüten, die dicht an ihren langen stacheldrahtartig bewerten Ranken sitzen.

Dornröschen kommt mir in den Sinn. Die Königstochter, die von einer wilden Rosenhecke derart intensiv beschützt wurde, dass ihre Retter, allesamt Königssöhne natürlich, darin hängen blieben und elendiglich zu Grunde gingen. Das gefällt mir. Einer drang schlussendlich zu Dornröschen vor, damit die Geschichte ein positives Ende nehmen und Dornröschen vermählt werden konnte. Ende gut, alles gut, wenn ich auch grausame Enden lieber mag.

Noch lieber als grausame Enden mag ich nur offene Enden. Ich beschließe, die Stacheldrahtrose umzubenennen. Zumindest in meinem Garten soll sie *Rose der toten Königssöhne* heißen. Den Namen finde ich passender.

Während ich meine Anwandlungen notiere, nehme ich aus den Augenwinkeln eine Bewegung im Garten wahr. Ein Kontrollblick bestätigt, dass Lilly Augenstern durch meinen Garten saust. Die Hündin bleibt abrupt stehen. Ihr Schwanz steht still. Ihre Schnauze fährt grob in meinen Rasen, der erstes Frühlingsgrün aufweist. Plötzlich wird Dreck aufgeworfen. Ich runzle meine Stirn, ärgere mich, nicht, weil ich dem Hund seine Wühlaktion nicht vergönnt wäre, sondern weil ich finde, dass das Herrl dafür zuständig ist, dass sein Hund Benehmen zeigt. Die braunen Dreckklumpen, die durch die Luft fliegen, beunruhigen mich nicht. Allerdings beunruhigt mich der Gedanke, dass ich mich mit stinkenden Dreckklumpen aus Lillys Darm werde beschäftigen müssen. Ich lasse die Stacheln meiner Stacheldrahtrose links liegen und beschließe einen spontanen Gartenbesuch, meinen Gartenplan unterm Arm.

Nur Augenblicke später stecke ich in Gummistiefeln und quere mit energischen Schritten mein Grundstück. Prompt werde ich von Lilly verbellt, die offenbar findet, dass ich sie bei etwas Wichtigem gestört habe. Vielleicht ist sie aber auch der Meinung, dass mein Garten ihr gehört. Ein Pfiff, ein Ruf. Ein bekanntes Gesicht, das hinter berühmten Koniferen auftaucht, beschleunigt meinen Herzschlag. Paul blickt sich um, pfeift noch einmal. Lilly stemmt ihre erdverschmutzten Pfoten in meinen Rasen und knurrt. Ihre Nackenhaare sind beeindruckend struppig. Die Rückenhaare folgen der verärgerten Auferstehung, und auch an ihrem Rutenansatz bildet sich ein furchtbar gesträubtes Haarbüschel. Kein Zweifel, Lilly kann mich nicht riechen. Vermutlich weiß sie genau, wer die Lauscherin in der Nacht war.

»Schick mir meine Hündin rauf«, ruft er im Befehlston und biegt die Zweige seiner grauenhaften Koniferen zur Seite, um mich noch besser im Blick zu haben. Ich wundere mich über seinen unhöflichen Befehlston. Welche Laus ist ihm über die Leber gelaufen?

»Würde ich gern«, rufe ich zurück. Umgehend werde ich verbellt. »Allerdings wird mich Lilly fressen, bevor ich Gelegenheit habe, sie zu dir zurückzuschicken.«

Die Zweige seines Grünzeugs schnellen in die Ursprungsposition. Dann geschieht das, was ich schon kenne, und Sekunden später steht er in seiner gesamten Pracht vor mir, schnippt mit den Fingern und Lilly gibt ihr divenhaftes Gehabe auf, um sich an seine Beine zu schmiegen, die in einer coolen Cargohose stecken. Er sieht mich an, als hätte er eine Außerirdische vor sich, was mich nicht wundert, denn ich trage eine mohnrote Strumpfhose zu einem dunkelblauen Jeanskleid und einem roten Unterkleid, das am Ausschnitt vorblitzt. Mein Unterkleid ist hübsch. Warum sollte ich es verstecken?

Mein bestimmt netter Anblick wird ergänzt durch dunkelgrüne, kniehohe Gummistiefel, Marke Lagerhaus, die in deutlichem Kontrast zu meiner restlichen Aufmachung stehen. Ich finde, dass es eine meinem Garten angemessene Bekleidung ist, daher verstehe ich nicht, warum Paul nicht bewundernd blicken kann. Im Gegenteil, er betrachtet mich belustigt, als stünde ich in einem geblümten Nachthemd vor ihm, mit Lockenwicklern in den Haaren.

Um die optische Maßregelung nicht unnötig zu verlängern, halte ich ihm meine Hand hin, werde neuerlich von Lilly angeknurrt, und verkünde mit sündhaft tiefer Stimme: »Guten Morgen!«

Mein Verhalten, offenbar ist er es nicht gewöhnt mit Shakehand begrüßt zu werden, zaubert ihm ein Lächeln auf die Lippen. Schöne Lippen, die ich am liebsten sofort küssen möchte, um jedem kitschigen Einstieg in einen Liebesroman Ehre zu machen. Festsaugen möchte ich mich an diesem Mund. Von seinen Lippen zu seinem Hals wandern, ihn in die Ohrläppchen beißen, die ich sehr nett finde. Ihm meine Zunge in das Ohr stecken, mich …

Sein Räuspern verhindert weitere wunderbare Gedanken.

»Morgen!«, grüßt er kurz angebunden, nimmt meine Hand und schüttelt sie. »Ich weiß nicht, warum Lilly eigenartig auf dich reagiert. Sie scheint dich nicht zu mögen.« Er betrachtet mich, als hätte ich seine Hündin in den Keller gesperrt, sie hungern lassen, sie gefoltert. Ich zucke mit den Schultern.

»Vielleicht liegt es daran, dass sie an falschen Stellen Löcher gräbt«, antworte ich. »Dort hinten«, ich zeige vage in eine Richtung, »dort hinten darf sie, dort soll eine Birke gesetzt werden.«

»Eine Birke in der Siedlung«, stellt er mit kritischem Blick fest, »die macht doch nur Dreck.«

Über diese Antwort eines Gärtners bin ich verblüfft. Schon will ich mir eine Verteidigungsantwort einfallen lassen, starte aber lieber ein Plädoyer für die Schönheit von Strukturen, und eine Birke hat gewiss eine wunderbare Form. Eigentlich sollte er das wissen.

»Ich mag die schwarz-weiße Rinde von Birken. Im Winter wird sich diese Optik angenehm hervortun. Ab dem Frühling wird sie sich mit zarten Blättern schmücken. Im Herbst machen die Blätter kaum Dreck, weil sie klein sind und auf ein winziges Nichts verdorren. Eine Birke ist etwas Zartes, Geschmeidiges.«

Fast will ich mit der Hand über meinen Körper streichen, um die Geschmeidigkeit der Birke anhand meiner Figur zu betonen, lasse es dann aber, denn geschmeidig bin ich wirklich nicht. Würde man mich mit einem Baum vergleichen, wäre ich eher wie die nachbarliche Walnuss.

Nicht nur wegen meiner nussbraunen Haarfarbe, auch wegen meiner kräftigen Statur. Meiner kurvigen Figur, korrigiere ich meine Gedanken, bevor ich mich weiter für die Birke ereifere, was mir ein Schmunzeln einbringt.

»Die Birke steht für aufkeimende Hoffnung und romantische Sehnsüchte. Außerdem soll sie Glück bringen.« Dazu nicke ich konsequent. Damit der Kitsch, den ich gerade von mir gegeben habe, nicht einfach so stehen bleibt, schließe ich lahm mit: »Meine Birke wird meinen Garten aufwerten«. Im letzten Augenblick habe ich meinen rechten Fuß gerade noch unter Kontrolle, der zustimmend aufstampfen wollte. Lilly knurrt, hat sie doch als Einzige bemerkt, dass ich mit meinem Fuß gezuckt habe.

»Wunderbarer Vortrag«, verkündet Paul, dreht sich um und lässt mich stehen. Lilly folgt ihm. Unerwartet dreht er sich noch einmal zu mir um. »Eine Mahagoni-Kirsche passt besser. Stammfarbe und Optik würden deinem nackten Garten auf jeden Fall Strukturen verleihen«, sagt er.

»Und schon verschwindet der Gärtner hinter seinen Koniferen, die auch nicht auf besondere Originalität schließen lassen«, lamentiere ich halblaut vor mich hin.

Sein »Das habe ich gehört!« lässt mich übermütig grinsen. Die geistige Notiz zur Zierkirsche hilft mir dabei, Pauls eigenartigen Auftritt nicht bis ins Kleinste zu analysieren. Im hintersten Winkel meines Gehirns halte ich nüchtern fest, dass ich offenbar keinen liebreizenden Eindruck auf ihn gemacht habe. Wäre ich dagegen eine Hündin, stünde ich im Mittelpunkt seines Interesses.

Und noch ein Detail weckt Enttäuschung, denn Paul hatte keinen Funken Interesse für meinen hervorragend ausgearbeiteten Gartenplan bekundet, mit dem ich ständig vor seinem Gesicht herumgefuchtelt habe. Seine Augen, die haselnussfarbige Sprenkel besitzen und tiefgründig wirken, sehen Wesentliches nicht.

- 54 -

Felicitas, Anton und Daniela sitzen an meinem Esstisch. Sie nippen am Weißwein, den sie selbst mitgebracht haben. Der Wein ist perfekt temperiert. Ich sorge geschäftig für Häppchen. Baguette, Käse, Tomaten, Weintrauben, Salami, Perlzwiebel. Fingerfood eben. Die beiden Frauen bekunden, dass sie es leid seien, sich meine Fleckerlteppiche anzusehen. Tröstend fügen sie hinzu, meine Fleckerlteppiche seien zwar hübsch, aber auch einsam, denn die Teppiche, der Berg Gartenbücher und die zwischen den Büchern herumstehenden Häferl seien wirklich nicht als Wohnzimmereinrichtung zu bezeichnen. Die beiden einsamen Kissen bleiben unerwähnt. Dabei sind sie meine wichtigsten Accessoires, wenn ich mich gegen die Zimmerwände lehne. Wunderweiche Polster, die meinen Rücken schonen.

»Auf geht's!«, verkündet Anton mit Blick auf sein Handy, während wir Frauen uns gerade in einem angeregten Gespräch über die Versklavung der modernen Frau befinden. Über Wäsche plaudern wir und schmutzige Fenster, über mangelnde Frauenquoten in anspruchsvollen Positionen, weil alte weiße Männer ihre Plätze nicht räumen wollen und junge Männer Seilschaften bilden, um alte weiße Männer zu werden.

»Auf geht's!«, wiederholt Anton energisch. Felicitas nickt dem weißen Mann zu, der gerade seine Stimme erhoben hat, lächelt und klatscht in die Hände. Daniela trinkt ihren Wein in einem Zug aus. Aufmerksam blicken sie mich an, was mich in Verwirrung stürzt, denn ich weiß nicht, was von mir erwartet wird.

»Du kommst mit«, verkündet Anton, »es wird eine Überraschung.«

Zehn Minuten später, und weil mir hoch und heilig versprochen wurde, dass ich mich nicht in Wanderkleidung, auch nicht in ein Abend- oder Dirndlkleid werfen muss, bin ich reisefertig. Bereits eine halbe Stunde später befinden wir uns auf einem Parkplatz. Vor einem alten Bauernhof in Hargelsberg. An einem akkurat geschlichteten Holzstoß verkündet ein Werbebanner: *Flohmarkt*. Mir schwant Übles. Sie werden mich durch eine Ansammlung hüfthoher Vasen, verstaubter Kunstblumen, Tierskulpturen im Antiklook und Schutzengelbilder, gerahmt in verschiedenen Formaten, zerren. Alles Dinge, die ich nicht im Haus haben will.

Ich irre mich. Gewaltig. Zwar werde ich tatsächlich durch alte Ställe geführt, allerdings befinde ich mich auf einem Möbelflohmarkt. Hie und da sehe ich Dekorationsobjekte, allerdings gehen diese Dinge in der riesigen Möbelauswahl unter. Betten, Nachttischchen, Spiegel, Beistelltische, Stühle in unterschiedlichsten Formen, ohne und mit Bezugsstoffen.

Regale und Kästen, ganz saniert, teilsaniert. Auch eine reichliche Anzahl jener Möbelstücke findet sich hier, die liebevoller Zuwendung durch Spezialisten bedarf, weil sich bisher nur Holzwürmer ihrer erbarmten.

Anton legt mir nahe, etwas zu finden, worauf man sitzen kann.

Nur Minuten später bin ich kribbelig. Ich will kaufen. Hier gibt es wunderschöne Stücke, die perfekt in mein Haus passen.

»Du siehst lüstern aus«, flüstert er und schiebt mich zur Seite. »Sieh gefälligst gelangweilt aus. Der Preis rauscht in die Höhe, allein schon, weil du das Teil aus den Augenwinkeln betrachtest. Wir müssen handeln. Spiel mit!«

Das Theater, das wir für die Umstehenden veranstalten, lässt vermuten, dass wir unmittelbar vor der Scheidung stehen. Anton will das schöne Stück kaufen, das ich wiederum um keinen Preis im Haus haben will. Ich betrachte mein wutverzerrtes Gesicht im Spiegel und erschrecke darüber. So sehe ich also aus, wenn ich entrüstet bin. Meine Sekunde des Entsetzens nutzt Anton und kauft. Er lässt den Spiegel mit seinem Namen und der Adresse versehen. Zwischenzeitlich bleibt das gute Stück noch am Stand, schließlich seien wir noch nicht fertig, verkündet er mit Siegerblick.

»Heute noch werde ich dich aus dem Haus werfen!«, rufe ich, ziehe eine grausige Grimasse, genieße das Verständnis einiger Zuseher und werde von anderen als böses Weib deklassiert.

»Wegen eines Spiegels trennt man sich nicht von so einem Prachtkerl«, höre ich eine Frau flüstern. »Noch dazu ist er erkennbar jünger als sie. Die Furie soll froh sein, dass sie so einen wunderbaren Mann hat.«

»Was der wohl an ihr findet?«, erwidert eine andere Stimme zischend, worauf ich mich umdrehe und einen bitterbösen Blick in die Runde werfe.

Am Ende des Flohmarkttages bin ich glückliche Besitzerin von Wohnzimmermöbeln, deren königsblauer Bezugsstoff perfekt zu den Farben meiner Fleckerlteppiche passt. Manche kaufen zuerst Möbel, danach die Teppiche. Ich bin in dieser Hinsicht etwas eigenartig gepolt.

Außerdem dürfen noch Sessel mit, ein Spiegel sowie ein kleiner Beistelltisch und eine Truhe. Inzwischen schulde ich Anton knapp 1.600 Euro und jede Menge Dankesworte. Eine ganze Litanei, um ehrlich zu sein.

Daheim angekommen, stelle ich fest, dass unter den an der Haustür abgestellten Gummistiefeln ein Zettel liegt. Eine Telefonnummer steht darauf. Die Überschrift auf dem Zettel lautet *Hafner.* Aus Gewohnheit drehe ich den Zettel um. Ich erwarte nicht wirklich, dass auch auf der Rückseite etwas steht, und lese daher verblüfft einen irischen Segensspruch. *Mögen die Grenzen, an die du stößt, einen Weg für deine Träume offenlassen.*

Auf diesen Kachelofensetzer bin ich gespannt.

- 55 -

Ein Lächeln beim Telefonieren soll man hören. Diesen Rat beherzige ich üblicherweise. Heute jedoch gelingt mir das nicht, denn ich komme kaum zu Wort. Ich habe den Ofensetzer am Ohr, der mir wortreich erklärt, dass ich die schlechteste Jahreszeit gewählt hätte, um ihn zu engagieren.

Dabei ist er noch nicht engagiert, lässt mich aber in dieser Hinsicht nicht zu Wort kommen. Eigentlich wollte ich dem Mann meinen desolaten Kachelofen vorstellen, doch offensichtlich waren meine Erwartungen zu optimistisch. Zudem verwirrt mich sein Hinweis auf die Jahreszeit: Ende April. Die Saison für wärmende Kachelöfen ginge langsam, aber sicher ihrem Ende zu. Die Sonne, die sich bereits zu wärmenden Strahlen überreden lässt, brennt dann übermütig vom Himmel. Ich bräuchte keinen Kachelofen, der bei sommerlichen Temperaturen seinen Dienst leiste. Das Beheizen eines Kachelofens scheint damit in weite Ferne zu rücken.

Das ist seine Meinung. Meine Meinung ist konträr. Ich finde, dass es wenig Sinn macht, mit einer Begutachtung auf den Herbst zu warten. Der Ofensetzer philosophiert dessen ungeachtet leidenschaftlich über Schamott, Kacheln und Bodenbeschaffenheit. Längst habe ich es mir auf meinem neuen, alten Wohnzimmersofa bequem gemacht und warte auf ein Ende des Redeschwalls. Mit einem lauten Räuspern macht Herr Hafnermeister auf sich aufmerksam. Sein »Was ist jetzt?« stürzt mich in Verwirrung.

»Was soll sein?«, frage ich aufmüpfig zurück, was mir im selben Atemzug leidtut, denn ich will es mir mit dem Mann nicht verscherzen.

»Nächste Woche Mittwoch habe ich Zeit. Ich komme vormittags vorbei, um mir den Kachelofen anzusehen. Passt das?«

Jetzt ist es an mir, meine Verblüffung zu verdrängen, gleichzeitig nicht allzu freudig in seinen Vorschlag einzustimmen, sondern mit locker lässigem Ton Zustimmung zu signalisieren. Ich hoffe, dass er mein erleichtertes Aufatmen nicht gehört hat, denn diese hörbare Erleichterung sollte nicht Teil der Rechnung werden, die sicherlich einige tausend Euro betragen wird.

Ich habe Post. Der kürzlich an der Garagenaußenmauer aufgehängte Briefkasten freut sich erstmals über Inhalt. Es ist, wie könnte es anders sein, eine Rechnung und kein Liebesbrief. Eine Rechnung von Ryszard.

Zwei Autoreifen hast du aufgeschlitzt, steht handschriftlich auf dem Zettel, der einer Werkstattrechnung beigelegt wurde. *Es ist schon eine Weile her,* steht dort weiter. Und: *Ich hatte gehofft, dass du von selbst auf die Idee kommst, den Schaden zu begleichen. Ich stelle dir vier Reifen in Rechnung. Zwei passend abgenutzte Ersatzreifen gab es nicht.* Der letzte Satz klingt beinahe wie eine Entschuldigung. Ich bin gerührt. Wirklich, so viel Romantik hätte ich von Ryszard nicht erwartet.

Mein erster Gedanke gilt einer Antwort. Etwa im Sinne von: Wie freue ich mich, von dir und deiner Bereifung zu hören. Wie kommst du auf die Idee, dass ich es war, die deine Autoreifen beschädigt hat?

Schließlich jedoch beschließe ich, mich weder Ryzsard noch seinen Reifen zu widmen. Schade um die Zeit, die ich mit einer Antwort vergeuden würde. Ich ignoriere die Rechnung, deren Erhalt ich nicht unterschreiben musste, und die daher keinesfalls bei mir angekommen ist.

Beherzt übergebe ich Ryszards Wunschzettel jenem Papierkorb, dessen Inhalt zum Anzünden des Ofenholzes verwendet wird. So ist sein Brief wenigstens zu irgendetwas gut. Außerdem kann mir Ryszard ruhig noch einmal schreiben. Wenn er Lust hat oder wenn ihm langweilig ist. Er kann sich auch ans Christkind wenden. In jedem Fall wünsche ich ihm viel Spaß dabei.

Ich habe ein Faible für Listen. Häufig schreibe ich Stäubchen-Listen. Die nenne ich so, weil ich darauf Erledigungen nieder-schreibe, die man sich auch merken könnte. Nach Erledigung einer der notierten Banalitäten streiche ich sie durch, um dieses wunderbare Gefühl der erfolgreichen Durchführung zu genie-ßen. Das ist tatsächlich eine eigenwillige Form der Befreiung. Zumindest für mich.

Hoffnungsvoll blicke ich auf die Aufstellung, die am Tisch vor mir liegt. Eine Menge Pflanzen, die es zu beschaffen gilt. Anton, der seit Kurzem zu meinem Hausmeister aufgestiegen ist, prüft meine penible Niederschrift, die ich mit Blumen und Blättern und anderen Kritzeleien verziert habe. Mit kritischem Blick greift er zum Handy, sucht und wird offenbar fündig. Ich ahne, er bemüht sich um eine Lösung für mein Transportpro-blem. Telefonierend verschwindet er im Vorhaus. Ich lausche. Anton hält sich nicht mit Einstiegsworten auf. Kurz und knapp meldet er Bedarf an einem Lieferwagen an.

»Für wenige Stunden, wenn alles so läuft, wie Valeria sich das vorstellt«, höre ich ihn sagen.

Zufrieden betritt er das Esszimmer, trinkt seinen Kaffee aus, beugt sich über meine Liste und liest sie noch einmal aufmerk-sam durch. Bei jeder gebrummten Erwähnung eines nieder-geschriebenen Wunsches habe ich das Gefühl, eine besonders exotische Pflanze aufgelistet zu haben.

»Akelei, Apfelbaum (Berner Rosenapfel?), Birke (Betula pen-dula Youngii), Brombeeren Navaho, Chrysanthemen, Drachen-weide.«

Bei Drachenweide hält er inne: »Brauchst du nicht kaufen. Ich weiß, wo eine steht. Wir besorgen uns Ruten. Die wächst ra-send schnell.« Anton liest weiter. »Efeu, Erdbeeren, Farne, Fun-kien, Gänseblümchen, Haselnuss, Holunder (Sambucus nigra),

Rispenhortensien, Immergrün, Kirsche (Prunus serrula), Klee, eine Kletterrose (vielleicht Veilchenblau?), Krokusse, Lavendel, Maiglöckchen, Mispel (Mespilus germanica), Pfingstrosen, Pfirsich (?), Pimpernuss (Staphylea pinnata), Ribisel, Stacheldrahtrose (Rose der toten Königssöhne, Omeiensis pteracantha), Thymian (alle möglichen Sorten), Veilchen, Vergiss-mein-nicht, Wacholder (?), Weidenblättrige Birne, Weinrebe, Weizen, Zwetschke Katinka.«

Er greift zu einem Stift, ringelt Akelei, Drachenweide, Haselnuss, Erdbeeren, Funkien, Maiglöckchen, Thymian, Veilchen und Vergiss-mein-nicht ein. »Bekommst du von mir«, sagt er und legt den Stift zurück auf den Tisch. »Krokusse beziehungsweise deren Zwiebel besorgen wir frühestens im Herbst. Die kommen erst dann in die Erde. Die Krokusse jetzt im Topf zu kaufen, finde ich überteuert.«

Ich nicke. Bin jedem vernünftigen Argument zugänglich. Außerdem soll auch im Herbst noch etwas im Garten zu tun sein, und wenn es nur gilt, hunderte Krokuszwiebel in den Boden zu befördern, damit die von Mäusen aufgefressen werden können.

»Gänseblümchen, Günsel, Wiesenschaumkraut und Löwenzähne habe ich auch in großartiger Anzahl für dich«, fügt Anton grinsend hinzu und verkündet, dass am Samstagvormittag ein Transporter zur Verfügung stünde. Ursprünglich wollte ich den Mann um ein Fahrzeug angehen, aber Anton ist ein toller Manager. Warum sollte ich seinen Eifer bremsen?

- 58 -

»Das ist ein Zustand, der sich verbessern lässt«, erklärt Johann ,Big John' Salzgitter meinem Kachelofen, leuchtet mit einer Taschenlampe die Innereien des Ofens aus und sieht zuallererst Schamottsteine, geprägt von tiefen Rissen.

Porös und bewundernswert. Er nickt meinem Kachelofen tröstend zu.

Wenige Minuten zuvor läutete es an der Haustür. Ich öffnete und durfte eine Visitenkarte entgegennehmen. *Johann ‚Big John' Salzgitter, Ihr Spezialist für heiße Angelegenheiten!* wurde mir unter die Nase gehalten. Energisch schob er mich zur Seite und enterte mein Haus mit den Worten: »Wo ist der Patient?«

Big Johns Wunsch kam ich nach, indem ich einfach in die entsprechende Richtung zeigte und mich der mächtigen, etwa zwei Meter großen Gestalt anschloss, deren Sog mich ins Wohnzimmer beförderte.

Jetzt wirkt Big John regelrecht optimistisch. Er entnimmt seiner hinteren Hosentasche einen Block und macht sich Notizen. Mit einer Taschenlampe beleuchtet er neuerlich das Innere meines Kachelofens, zuckt verächtlich mit dem rechten Mundwinkel und murmelt Wörter in einer Fachsprache, die ich nicht verstehe, was kein wirkliches Drama ist, denn ich spreche nur wenige Sprachen.

Kaum eine davon fehlerfrei. Jede zumindest in einer Weise, um damit im entsprechenden Land nicht verhungern zu müssen. Verdursten auch nicht. Sogar für einen Schlafplatz würden meine Kenntnisse reichen.

Ich drehe die Visitenkarte verlegen hin und her. Sie ist auf hochwertigem Papier gedruckt, und ich befürchte Schlimmes. Der Einsatz wird teuer, denn Big Johns Niederschrift füllt inzwischen mehrere Seiten seines Blocks. Am Ende verfeinert er die Anmerkungen durch eine Zeichnung. Maßangaben folgen und sein Handy muss herhalten, um einige frivole Kachelofenfotos zu schießen.

»Schönes Stück«, verkündet Big John schließlich. Seine Augen glänzen. Seine Lippen ebenso, denn er leckt sich ständig darüber. »Sehr schönes Stück. Den würde ich auf keinen Fall wegschmeißen.«

Als ob ich das in Erwägung gezogen hätte.

»Wird aber nicht billig.«

Diesen Nachsatz hatte ich erwartet und sinke, ganz Profi, auf meinen Vintage-Stuhl nieder, der sich um ungewöhnliche Untermalungsgeräusche bemüht.

Big Johns Gesichtsausdruck spricht Bände. Er fürchtet einen Zusammenbruch. Außerdem ahnt er, dass er sich die Summe, die er mir gleich präsentieren wird, gut überlegen muss. Sein Rundumblick in meinem neu eingerichteten Wohnbereich bestätigt wohl seine schlimmsten Vermutungen. Hier wurde kürzlich investiert, hier gibt es nichts zu holen. Höchstens den Kachelofen.

»Das«, setzt er an, »was Sie hier haben, ist ein Säulenofen. Knapp zwei Meter hoch«, womit sich Big Johns Größe in Relation setzt, denn der Ofen ist nur einen Hauch niedriger als der Ofensetzer. Big John streicht liebevoll über die Zacken des Kronenaufsatzes. Er prüft den Staub an seinen Fingern. Auch die gusseiserne Ofentür hatte es ihm angetan. Er beugt sich aus hoher Höhe in niedrigste Tiefen und bewundert deren Blumenmuster.

»Wäre der Ofen zerlegt, wäre sein Preis etwa 1.500 Euro. Weil ich ihn erst zerlegen muss, ist er höchstens 1.000 Euro wert. Sie wollen nicht zufällig verkaufen?«

Sein lüsterner Blick, darüber bin ich froh, gilt nicht mir. Der Ofen dagegen jault auf, was nur ich hören kann.

Big Johns Ansinnen lehne ich mit einem freundlichen, jedoch entschiedenen »Nein, ich denke nicht an Verkauf!« ab. Sein Blick und der nachfolgende Seufzer bestätigen mir, dass es nun doch teuer werden wird.

»Vorausgesetzt, dass alles klappt, wovon ich ausgehe«, er nickt mir aufmunternd zu, »wird es Sie 2.500 Euro kosten.«

Er wartet. Ich schnappe nach Luft, stemme mich aus dem Sessel, der dazu kritisch knarrt.

»Wenn ich dem Preis zustimme, und Sie werden verstehen, dass ich mir noch eine weitere Meinung einhole, wann würden Sie anfangen und wann mit der Sanierung fertig sein?«

Er wirft zuerst mir, dann meinem sensiblen Kachelofen einen Blick zu. »In einer Woche.«

»In welcher Woche, in welchem Jahr?«

»Mitte Mai«, verkündet Big John knapp, zückt sein Handy und wischt. »10. bis 15. Mai. Dieses Jahr. 2.200 Euro.«

»1.800 Euro und Sie bekommen jeden Tag ein üppiges Mittagessen.«

»2.000. Am ersten und letzten Tag esse ich nichts. Montags und freitags faste ich grundsätzlich.«

»Einverstanden. 2.000 inklusive drei Mal Mittagessen.«

Big John nickt. Ich ahne, dass ich mit Ordentlichem aufzuwarten habe. Mit Kleinigkeiten brauche ich diesen Prachtkerl nicht abspeisen.

Das dem Empfang des Ofensetzers vorangegangene Gespräch mit Anton hat mich entsprechend vorbereitet. Das Briefing verlief erfolgreich, vor allem, was die Infos zum möglichen Preis betraf. Ich fühle mich als Siegerin. Big John offenbar auch, denn er verlässt grinsend mein Haus.

- 59 -

Lilly Augenstern, vierbeinige Nachbarin, erleichtert sich ausgiebig in meinem Garten. Wieder einmal. Ich sehe ihr dabei von meinem Sitzplatz aus zu. Paul ist unsichtbar, was kein Wunder ist, denn seine hässlichen Thujen schirmen seinen Garten erfolgreich vor meinen Blicken ab.

Verärgert atme ich ein, atme aus und stelle fest, dass ich mich über meine regelmäßige Atmung freue, sich der Ärger über die unerwünschten Hundstrümmerl aber nicht wegatmen lässt. Vor allem, da ich es sein werde, die den Kothaufen entsorgen darf, wenn ich nicht unabsichtlich hineinsteigen oder hineingreifen will.

Unerwartet schiebt sich Pauls Gesicht durch die Hecke. Ich bin froh, dass er mich nicht sieht, obwohl es nicht schaden könnte. Vielleicht wäre ihm dann das Verhalten seiner Hündin peinlich. Die Thujen schwanken kurz und bewegen sich dann wieder in ihre Ausgangsposition zurück. Ich höre einen Pfiff. Die Hundedame spitzt die Ohren, scharrt gründlich in meiner Wiese herum, beschließt dann aber zu gehorchen und zu ihrem Herrchen zurückzulaufen.

Selbstverständlich greife ich zu den kürzlich gekauften Hundekotbeuteln, bekannt unter dem klingenden Slogan *Ein Sackerl fürs Gackerl*, und mache mich auf zur Beseitigung jener milden, handwarmen Gaben, die ich nicht haben will. Vor nichts ekelt mich mehr als vor warmer Hundescheiße.

Bis ich in den Gummistiefeln stecke, in meinen Garten stiefle, meine Hand in ein Gackerlsackerl gesteckt habe und beherzt in die Scheiße greife, ist der Hundsdreck beinahe kalt. Wenigstens das. Ich stülpe, ich klaube, ich knote zu. Ich überlege, ob der Hundekot zu einem Geschoss werden soll, ich ihn über die Thujenhecke pfeffern und auf diese Weise beseitigen soll. Weil ich grundsätzlich kein bösartiger Mensch bin, beschließe ich, den Kackhaufen in der eigenen Mülltonne zu entsorgen.

Demnächst muss ich ein Wort mit Lilly Augenstern wechseln, sicher aber mit ihrem Besitzer, denn meine Wiese ist kein Hundeklo.

»Es tut mir leid«, tönt es von oben, während ich mit spitzen Fingern das Endprodukt eines Verdauungsvorganges weit von mir halte.

»Wie kann ich das wiedergutmachen?«

Pauls Stimme klingt heuchlerisch. Ich habe eine feine Antenne für Nuancen und merke an der Klangfarbe, dass er sich einen

Freispruch erwartet. Nach dem Motto: Ach, das ist doch nicht schlimm. Keine Ursache. Ich putze jeden Scheißdreck gern weg.

Doch dieses Spiel darf er ohne mich spielen.

»Eine Flasche Grüner Veltliner könnte mich trösten. Zwei Flaschen sind besser. Und vielleicht eine Zimmerpflanze, damit mein Wohnzimmer grüner wird.«

Ich quere die Wiese in Richtung Thujengrenze, damit ich meine Forderungen nicht hinausschreien muss. Die anderen Grundstücksnachbarn müssen nicht wissen, dass ich Lust auf Weißwein, eine Zimmerpflanze und Paul habe. Ich strecke mich, halte ihm das Gacksackerl mit dem lieblichen Inhalt aus dem tiefsten Inneren seiner Lilly Augenstern hin und warte darauf, dass er das Geschenk annimmt.

Nun ist es vermutlich nicht die beste Idee, jemanden von sich überzeugen zu wollen, indem man ihm ein Sackerl mit Hundescheiße hinhält. Aber ich fühle mich ohnehin von Paul geschnitten, also soll er ruhig in besonderem Zusammenhang an mich denken.

Immerhin: Ich schimpfe nicht. Nicht mit ihm, auch nicht mit seiner Hündin, die gerade wieder skeptisch durch die Thujenhecke knurrt. Die vierbeinige Tussi nervt.

Widerwillig, weil ihm nichts anderes übrigblieb, nimmt er den hübsch verpackten Darminhalt seiner Lilly an sich.

Morgen Nachmittag sind wir verabredet. Er und ich und ein Mitbringsel, wie Paul höflich ergänzte.

- 60 -

Dank Lilly gleicht meine Wiese einer Kraterlandschaft. Die zahlreichen Löcher, die Furchen und aufgeworfenen Haufen erinnern mich an landwirtschaftliche Kartoffelfelder.

»Meine Wiese sieht aus, als wären in den letzten Wochen Meteoritenschauer auf meinen Rasen eingeprasselt oder als hätten galaktische Riesenwürmer für Erdaushub in Pyramidenform gesorgt«, erkläre ich Anton. »Wüsste ich es nicht besser, würde ich wertvolle Brocken kosmischen Ursprungs suchen.«

Mitleidige Blicke meines Nachbarn trösten mich nicht. Zu Lillys oberirdischen Grabungstätigkeiten kommt ein unterirdischer Helfer hinzu. Für diese Bodenveränderungen ist ein Maulwurf verantwortlich oder eine ganze Horde. Sollten Maulwürfe in Rudeln auftreten, dann machen sie dies nachweislich in meiner Wiese. Die vielen Haufen sprechen eine deutliche Sprache.

Anton meint, ich solle froh sein. Ein Maulwurf lockere immerhin den Untergrund, was ich spüren kann, denn beim Abschreiten meines Grundstücks sinke ich regelmäßig knöcheltief ein. Immer wieder gibt der Boden unter mir nach, was auch Wühlmäusen geschuldet sein könnte, wie ich zweifelnd anmerke. Anton verdreht die Augen, weil er findet, dass ich übertreibe. Er begutachtet meine aufgeworfenen Haufen kritisch und bestätigt mit sachkundigem Blick Maulwürfe.

Anschließend verlacht er mich, bevor er mich doch endlich tröstet. Anton meint, ich solle die aufgewühlte Gartensituation positiv betrachten. Meine Maulwurfshorde sorge immerhin dafür, dass ich allzeit frisch-fluffige Blumenerde parat hätte. In helle Aufregung versetzt mich tatsächlich, dass die aus dem Untergrund aufgeworfene Erde fein krümelig und relativ unkrautfrei ist, und damit perfekt zur Befüllung von Blumentöpfen geeignet.

Ich laufe mit Kübeln durch den Garten, und schaufle Maulwurfserde von der Wiesenoberfläche wie man Obers von Milch abschöpft. Zufrieden stelle ich die gut befüllten Kübel in meine Garage und beschließe, dass ich unbedingt Mangold im Topf haben will. Fenchel auch. Kapuzinerkresse und Ringelblumen.

Abends denke ich an Paul, worauf mein Körper mit Verlangen reagiert. Ich schiebe meine erotischen Gefühle zur Seite und ärgere mich über meine Reaktion, vor allem, da mir Paul keinen Anlass gibt, auf ihn anzuspringen.

Im Gegenteil, er verhält sich abweisend mir gegenüber. Verständlich, wenn ich an die Blondine denke, und ich meine nicht den Köter. Ich denke an die Zeit mit Ryszard, der meine Leidenschaft geweckt und mich im Sturm erobert hat. Wie schön war es, mich von ihm verführen zu lassen. Vielleicht möchte Paul auch erobert werden? Meine Sehnsüchte kommen meinem Verstand in die Quere. Ich überlege, ob ich künftig vermehrt auf die geistigen Qualitäten eines potenziellen Partners achten sollte. Was nicht bedeuten muss, dass der nicht trotzdem scharf sein darf. Zumindest gerade so viel, dass ich die Finger nicht von ihm lassen kann.

Ich knipse das Licht der Nachttischlampe an, greife nach meinem Notizblock und notiere: *Beständigkeit! Jemanden suchen, auf den Verlass ist. Jemanden, den ich um Hilfe bitten kann, ohne mir zuvor Gedanken zu machen, ob meine Bitte um Hilfe angebracht ist, ob sie erwünscht ist und gerade ins Zeitmanagement passt.*

Ich möchte jemanden an meiner Seite haben, der mich schätzt. Ich möchte mich mit ganzer Seele und unter vollem Körpereinsatz jemandem anschließen, der mich mag. Ohne die ewige Angst, nicht zu genügen. Ohne den Bauch einzuziehen. Es soll ein Mensch sein, an dessen Seite ich BH-freie Tage einlegen kann, ohne auf die Erdanziehungskraft hingewiesen zu werden. *Weg mit dem BH. Auch mit dem im Geiste!,* notiere ich.

Ich brauche keinen Mann, der verzweifelt Händchen hält. Der meiner Umwelt zeigt, dass er mich besitzt, indem er mich in Partnerlook zwängt oder an mir klebt wie Schleim an einer Nacktschnecke. Ich möchte einen Menschen an meiner Seite, der mich geistig anregt, der meine unangenehmeren Eigenheiten übersieht. Ein Mann, der mir nichts vorrechnet, dem ich eine Freundin und gleichzeitig Geliebte sein kann, der nicht jeden meiner Schritte überwacht.

Spontan schließe ich einen Pakt mit mir: keine Spielereien, dafür Feingefühl. Mehr Hirn statt Bauchgefühl. Mehr Vernunft, dafür weniger Gefühlsregungen.

Stichwortartig schreibe ich alles in mein Buch. Damit ich nachsehen kann, falls meine Emotionen das Kommando übernehmen wollen.

Der zarte Kippschalter der Nachttischlampe klackt. Eine Weile liege ich noch im Finstern wach, höre in der Ferne den verärgerten Ruf eines Fasans, der sich im Schlaf gestört fühlt. Vielleicht durch einen Marder oder einen Fuchs.

- 61 -

Mögest du immer einen Blick haben für die Sonne, die durch dein Fenster fällt, und nicht für den Staub, der auf ihnen liegt.

Ich kenne diesen Spruch. Er stammt aus Irland. Der Satz ist ein echter Heilsbringer, besonders wenn ich einen Blick aus meinen trüben Fensterscheiben in die Welt da draußen werfe. Ich entferne das Spruchband behutsam vom Flaschenhals der Weinflasche und lege den Zettel auf den Esstisch. Paul hat meinem Wunsch nach zwei Flaschen Grüner Veltliner entsprochen und er hat sich daran gehalten, mir eine Zimmerpflanze mitzubringen. Ein echtes Monster. Eine Monstera. Ein Fensterblatt. Wunderschön und willkommen in meinem bisher pflanzenfreien Wohnzimmer. Es wird wohnlich. Den irischen Spruch werde ich an einem der langen Blattstiele befestigen. Während ich die Monstera in Position schiebe, die mir von Paul in einem großen, pinkfarbenen Übertopf überreicht wurde, ermahne ich mein Mundwerk, still zu sein. Ich kann den furchtbar knalligen Übertopf später gegen einen gefälligeren austauschen.

Paul betrachtet meinen Gartenplan, starrt gefesselt auf meine Notizen und Kritzeleien. Seine Haltung ähnelt einem Vogel Strauß, der gleich den Kopf in den Sand stecken wird. Sein Oberkörper senkt sich tiefer. Inzwischen sieht er aus wie ein U-Hakerl oder wie einer, der eine Yoga-Position übt. Diese Position, die den Rücken überdehnt, deren Name mir gerade nicht einfällt.

»Uttanasana«, entkommt mir, denn genau so heißt diese Stellung.

»Gesundheit!«, sagt Paul und wirkt darüber hinaus eher mitleidig. Vielleicht täusche ich mich aber, und dieser Gesichtsausdruck soll Gutes verheißen.

Am liebsten wäre mir natürlich, wenn ich ihn mit meinem Plan unermesslich beeindrucken könnte. Paul wirkt jedenfalls sprachlos. Ich weiß nicht, ob das gut ist.

»Das da«, sagt er und tippt auf meinen Plan, »wird dich unglücklich machen.«

Paul sagt das mit einer Gewissheit, als wüsste er umgekehrt genau, was mich glücklich macht.

»Bauernjasmin und Schneeball sind schlechte Pflanzpartner.«

Ich reiche ihm sein Weinglas. Mein Plan ist es, ihn betrunken zu machen, willig, wenn möglich. Für Lilly, die am Ende doch zu Hause bleiben musste, stehen Kekse bereit.

»Das ist keine gute Idee.«

Auf Pauls Bemerkung hin bin ich versucht, einen Hundekeks in seinen Wein zu stürzen. Ich werfe einen Blick auf die Stelle, die sein Zeigefinger markiert. Mein Stirnrunzeln zeigt ihm, dass ich eine Erklärung benötige. Er schweigt.

Also gut: Ich lasse mich dazu herab, meine Frage zu formulieren, offensichtlich ist mein Stirnrunzeln zu undeutlich gewesen.

»Warum sind Bauernjasmin und Schneeball schlechte Pflanzpartner?« Meine Stimme hebt sich zum Satzende, signalisiert deutlich die Frage. Jene, die mich kennen, würden darin unmissverständlich einen Hauch Unmut wahrnehmen. Paul kennt mich nicht. Er räuspert sich. Beginnt mit einem gönnerhaften

Vortrag, was mich fuchst und gleichzeitig anlockt. Ich möchte ihm am liebsten die Zunge zeigen, was kindisch wäre, mir aber guttun würde. Doch dann genieße ich die Klangfarbe seiner Stimme. Sie ist wie bittere Medizin: widerlich und heilend zugleich.

»Bauernjasmin wächst im Frühling ordentlich. Sein Pflanzensaft wird von Blattläusen köstlich gefunden. Ein echtes Schmankerl. An den austreibenden Schösslingen sitzen Schwarze Bohnenläuse und fressen sich satt. Das sieht grauslich aus«, erklärt Paul und schüttelt sich energisch, als hätten ihn gerade Läuse besiedelt, als wollte er das lästige Viehzeug abschütteln.

»Wenn du Pfaffenhütchen als Partner setzt oder Schneeball, wie hier auf deinem Plan, ist das eine todunglückliche Kombination. Die Schwarze Bohnenlaus überwintert nämlich auf dem Schneeball und macht sich im Frühling, nach einer gemütlichen Wanderung, über den nahen Duftjasmin her. Im Herbst wandern die Läuse zurück auf deinen Schneeball, um dort ihre Eier abzulegen. Dieses Hin und Her lässt die Läusepopulation explodieren. Liegen jedoch einige Meter zwischen den Partnern, überleben nicht alle Quälgeister auf dem Weg ins Winterquartier. Eine natürliche Dezimierung findet statt. Zu knapp gepflanzt, musst du dich aber über ständig wiederkehrende Belästigungen ärgern.« Endlich richtet er sich auf, lässt den Plan am Boden liegen, und sieht mich an: »Sag nicht, ich hätte dich nicht gewarnt.«

Meine Stirn legt sich wie von selbst in Querfalten. Ich verstehe diesen Konflikt, höre aus dem Gesagten jedoch mehr heraus. Etwas, das ich nicht hören will.

Meint Paul noch Pflanzen oder spricht er bereits über menschliche Beziehungsprobleme? Mit Hilfe einer schwungvollen Linie meines roten Farbstifts tausche ich eine Rispenhortensie gegen den Schneeball aus. Nun befinden sich viele Meter Abstand zwischen Schneeball und Bauernjasmin. Paul nickt zufrieden.

Mein »Danke!« zerspringt am Klirren der Gläser. Der Veltliner schmeckt herrlich.

Eine halbe Stunde später entschuldigt sich Paul, was ich widerwillig zur Kenntnis nehme. Das erbärmliche Jaulen seiner Lilly dringt trotz geschlossener Fenster zu mir ins Haus. Er wird gerufen. Immerhin eine Frau, die ihn unter Kontrolle hat. Ich denke darüber nach, seine Hündin zu vergiften, was ich natürlich nie machen würde, da ich ein tierlieber Mensch bin.

Mutmaßungen, dass Pauls Aufmerksamkeit mir gegenüber hauptsächlich auf Höflichkeit beruht, schiebe ich zur Seite. Wenn ich mich bemühe, Gemeinsamkeiten zu entdecken, wird sich seine Begeisterung mir gegenüber wecken lassen. Ich spreche mir Mut zu.

Zaghafte Zuversicht macht sich breit, die ich mit dem Inhalt der angebrochenen Flasche Veltliner stärke.

- 62 -

Anton grinst. Er grinst immer noch, während ich mich auf den Beifahrersitz fallen lasse und ignoriere, dass der Schaumstoff aus dessen Sitzinnerem quillt. Es geht um keinen Schönheitswettbewerb, schließlich ist der Kastenwagen nicht mein Fahrzeug, sondern soll mir nur dabei helfen, meine Pflanzen von Steyr nach Hause zu bringen.

»Wie lang hattest du gestern Besuch?«

Nun drängt nicht nur Schaumstoff aus dem Bezug des Beifahrersitzes, beinahe quillt mir Schaum aus dem Mund. Ich versuche Haltung zu bewahren und gelassen zu antworten, was mir nicht gelingt. Meine Wortwahl verrät mich.

»Viel zu kurz. Eine keifende Hündin hat Paul nach Hause beordert. Wir haben nicht einmal ein Glas Wein gemeinsam getrunken, daher gibt es auch nichts zu berichten.«

Ich zerre verlegen an meiner Handtasche, deren Henkel den Türgriff umschlungen hat, mache sie rüde los und wühle in ihren Tiefen herum. Rasch hole ich den Zettel mit den gelisteten Pflanzen heraus und gehe die Notizen durch, worauf mir prompt übel wird. In einem Auto zu lesen, war noch nie meine Stärke.

»Ob wir alles bekommen werden?«, frage ich scheinheilig und hoffe, Anton abzulenken.

»Sicher.«

Antons tiefe Stimme ärgert mich. Nicht, weil er bewusst ein gönnerhaftes Timbre in seine Stimme legt, sondern weil er dazu auch noch äußerst blöd grinst. Sein Schmunzeln verstärkt sich noch, als er bemerkt, dass ich ihn schief ansehe.

»Sicher!«, äffe ich ihn nach.

»Und was meinst du, ist er nächstes Mal länger als eine Viertelstunde bei dir zu Gast?«

Ich hole aus, will Anton schlagen, halte mich jedoch im letzten Augenblick zurück und begutachte sinnbefreit den Inhalt meiner Tasche. Ich prüfe die Geldscheine in meinem roten Portemonnaie und bin zufrieden.

Anton gibt noch nicht auf. Er fordert sein vorzeitiges Ableben regelrecht heraus.

»Wird dir Paul im Garten helfen?«

Ich werfe einen äußerst interessierten Blick auf die Fassade eines Steyrer Einkaufscenters, das gerade an mir vorbeizieht und wunderbar hässlich ist.

Dabei verdrehe ich die Augen, was Anton egal ist, weil er es nicht sehen kann.

Anton lässt nicht locker und fragt noch einmal: »Also? Paul, wird er dir helfen?«

»Fürchtest du, dass ich dich in Anspruch nehme, wenn mir Paul nicht hilft, was er nicht angeboten hat, was daran liegt, dass ich nicht eine Sekunde daran gedacht habe, ihn zu fragen.«

Ich lüge nicht. Zwischen dem einen Glas Weißwein und dem aufgeregten Kläffen seiner Hündin blieb kaum Zeit für eine ordentliche Unterhaltung. Nicht einmal für eine unordentliche.

»Keine Angst«, beruhige ich Anton, »die paar Stauden bekomme ich in die Erde. So schlimm kann das nicht werden.«

Mit diesen tröstenden Worten haben wir den Parkplatz des Gartencenters erreicht, und mein Kaufrausch darf seinen Anfang nehmen.

- 63 -

Es war anstrengend. Insgesamt haben Anton und ich gefühlte dreißig Kilometer zwischen den ausgestellten Gartenpflanzen zurückgelegt, bis wir schließlich nahezu alle auf meiner Liste angeführten Pflanzen gekauft und im Wagen verstaut hatten. Anfangs waren wir mit zwei Einkaufswägen unterwegs. Schließlich erkannten wir jedoch, dass man jeweils einen Wagen schieben und einen weiteren ziehen kann. Wir stockten also auf vier Wägen auf.

An der Kasse erwarteten wir einen Fanfarenstoß, waren aber schließlich völlig zufrieden mit dem angebotenen Nachlass.

Insgesamt, darin sind Anton und ich uns einig, ist dieser Samstagvormittag erfolgreich verlaufen. Die Einkaufsfahrt ins Gartencenter des Vertrauens wurde nicht zum Einkauf des Grauens. Bald werden tonnenweise Stauden in meinen Garten gepflanzt, die aktuell noch in ihren Töpfen entlang der Hausmauer Spalier stehen. Frisch gewässert, warten sie nun in Reih und Glied darauf, ausgesetzt zu werden.

Ryszards zweite Zahlungsaufforderung ist eingetroffen. Er hat dazugelernt. Dieses Mal lag dem Schreiben keine persönliche Info bei, dafür wurde der Brief per Einschreiben zugestellt. Ich musste den Erhalt quittieren. Ob ich wollte oder nicht. Ich wollte eigentlich nicht, sah mich dazu allerdings genötigt, denn schließlich war es nicht die Schuld des Zustellers, dass ich meine Aggressionen damals nicht unter Kontrolle hatte. Leid tut mir im Nachhinein, dass ich nicht gleich alle vier Reifen an Ryszards Auto aufgeschlitzt habe.

Allerdings weiß ich mit Bestimmtheit, dass da draußen eine Welt voller Möglichkeiten ist, und ich denke über eine Möglichkeit nach, Ryszard nachhaltig zu verärgern, ohne dass er mich deswegen zur Rechenschaft ziehen kann.

Bald wird Klee in meinem Rasen sprießen. Weißklee. Ich habe vor wenigen Tagen Saatgut ausgebracht und warte nun auf eine Wuchsexplosion. Ich freue mich bereits jetzt auf die kleinen runden, dreizähligen Blätter, die von weißen, ballförmigen Blüten gekrönt sind. Weißklee. Ich höre das Stöhnen der Vorbesitzer aus ihren Gräbern heraus.

Amüsiert betrachte ich ein Vorher-Nachher-Bild, vergleiche den sterilen Rasen aus dem vergangenen Jahr, den mir die Immobilienmaklerin auf Bildern präsentierte, und freue mich über eine gewisse Wildheit, die inzwischen aufleben darf.

Mit Begeisterung werde ich Bienen dabei beobachten, wie sie sich auf runden Klee-Köpfen niederlassen. Spätestens dann werde ich es nicht mehr übers Herz bringen, den Rasen zu mähen.

Sogar Daniela, Felicitas und Anton finden, dass sich mein Rasen auf dem Weg der Besserung befindet. Ich habe Hoffnung, dass das Eigenleben meines Gartens entzückend wird. Ob es auch Paul entzücken wird?

- 66 -

Blühende Maiverrücktheiten.

»Die Verrückte«, höre ich sie tuscheln, »liegt am Boden und tut nichts«, was nicht stimmt, denn ich gebe mich der sinnlichen Betrachtung von Kleeblättern hin. Grüne Laubblätter, die mit weißen Blockstreifen verziert sind. Blüten, die an Löwenmähnen erinnern. Mancher Gärtner würde meine verliebten Blicke vermutlich abfällig kommentieren, zu Gift greifen und dem Unkraut den Kampf ansagen. Ich hingegen bin verzückt. Insgeheim bin ich auf der Suche nach vierblättrigem Klee. Ich würde diese wertvollen Fundstücke meinen Nachbarn vor die Haustür legen: Daniela, Anton, Felicitas. Besonders Felicitas, die regelmäßig bei mir übernachtet. Sie fürchtet die Nacht. Vor allem aber die Einsamkeit.

»Früher war es für mich kein Problem, allein im Haus zu sein, denn Tom«, erzählt sie und zerdrückt sentimentale Tränen, »hätte jederzeit auftauchen können, wenn dies in Realität auch undenkbar war, schließlich liegt Südamerika nicht nebenan. Doch jetzt, wo ich weiß, dass er nie wieder nach Hause kommen wird, fühle ich mich irgendwie halbiert.«

Felicitas gesteht mir außerdem, dass sie aus weiter Ferne Post erhalten hat. Von einem Anwalt. In einer eigenwilligen Mischung aus Deutsch und Englisch abgefasst, sodass Felicitas nicht sicher ist, ob sich hinter diesen Schriftstücken tatsächlich eine Anwaltskanzlei verbirgt. Sie vermutet Scheidungspapiere und lächelt hinterhältig.

»Ich habe den bedruckten Dreck verbrannt«, verkündet Felicitas mit heimtückischem Ton in der Stimme. »Soll das Miststück
mit ihrem Balg doch sehen, wo sie bleibt.«

Tom liegt längst tot und begraben am Friedhof. Wir haben ihn
eingeäschert und seine Überreste in eine kompostierbare Urne
verpackt. Die durfte dann ins Familiengrab zu Felicitas☐ Vorfahren ziehen.

»Wenn die Frau es sich leisten kann, kann sie ja kommen und
sein Grab besuchen. Einen treueren Mann als Tom wird sie
nicht finden. Weglaufen kann er jedenfalls nicht mehr.«

Zufrieden diagnostiziere ich Felicitas, sich auf dem Weg der
Besserung zu befinden. Sie wird noch zur lustigen Witwe mutie-
ren. Alles nur eine Frage der Zeit.

Wind beugt die Blütenbälle des Weißklees. Mit meinen Fingerspitzen berühre ich deren hübsche Köpfe. Sogar Paul wäre
ich ein vierblättriges Kleeblatt vergönnt, schließlich ist auch er
mein Nachbar. Gestern habe ich ihm eine Karte in den Briefkasten geworfen. Auf der Vorderseite der Postkarte vergräbt ein
Hund begeistert einen riesigen Knochen in einem gepflegten
Blumenbeet. Auf der Rückseite steht, dass ich gärtnerische Un-
terweisung benötige. Nur ungenau bin ich auf meinen Wunsch
eingegangen, werde mir dann überlegen, was es zu beratschlagen gibt, wenn er sich meldet. Falls er sich meldet.

Mein guter Wille, großzügig Glück an alle Nachbarn zu verteilen, erübrigt sich. Die Suche nach dem vierblättrigen Glück
bleibt erfolglos. Meine Augen werden schwer, ich drehe mich
auf den Rücken und betrachte die Wolken, die mir hoffentlich
keinen Regen schicken. Zumindest so lange nicht, bis ich fertig
meditiert habe.

Erfrischt erwache ich aus meiner Ruhephase und weiß plötzlich, wie ich Ryszard ärgern kann. Demnächst werde ich mich
ins Netz einloggen und ihm freundliche, jedoch kryptische
Nachrichten auf seinen sozialen Konten hinterlassen. Vielleicht

etwas in der Art: *Vielen Dank für deine liebevolle Nachricht. Ich finde es aufregend, wie du versuchst, meine Aufmerksamkeit zurückzugewinnen!* Dazu ein hübsches Foto von einem herzförmigen Luftballon oder knallrote Lippen zu einem Kussmund geformt.

Jegliches Interesse wird dieser Nachricht sicher sein. Es wird sich flott unter seinen Freunden herumsprechen, dass er eine ungewöhnliche Botschaft erhalten hat, deren Interpretation Platz für Spekulationen lässt. Auch seine schwangere Freundin wird davon erfahren. Ich wünsche Ryszard viel Spaß dabei, ihr meine Botschaft zu erklären, die er vermutlich nicht so schnell löschen kann, wie sie ihre Kreise ziehen wird. Die Rechnung für die Autoreifen lege ich zur Seite.

- 67 -

Antons Leih-Laptop verstaubt. Gerade so viel, dass ich mit meinem Zeigefinger eine Sonne auf den Displaydeckel malen kann.

Heute bin ich frühmorgens um sechs Uhr aufgestanden, habe Wäsche gebügelt und Fenster geputzt. Alles nur, um mir die Zeit zu vertreiben. Um nicht schreiben zu müssen. Mir fällt ohnehin nichts ein. Außerdem warten die Pflanzen in den Töpfen an der Hausmauer verzweifelt darauf, in die Erde versenkt zu werden. Jedes Mal, wenn ich daran vorbeimarschiere, höre ich sie rufen. An manchen Tagen umrunde ich mein Haus bewusst auf der rückwärtigen Seite, um den anklagenden Stimmen nicht begegnen zu müssen.

Und nun? Ich sitze am Esstisch, blicke aus sauberen Fensterscheiben in die von der Sonne beschienene Landschaft, freue mich über saftiges Grün und über die Vögel, die sich auf der Suche nach Käfern und Würmern und anderem Kleingetier in meinem Garten aufhalten. Ich tippe *blablabla* in mein Dokument, das vor allem durch Buchstabenfreiheit glänzt. Ich speichere den blödsinnigen Text ab, um zumindest etwas gespeichert zu haben. Während ich noch auf einen Funken Inspiration warte, erschrecke ich beinahe zu Tode, denn die Türglocke ruft nach mir. Nun bin ich doch verärgert. Kaum dass ich mich niederlasse, um meiner Berufung nachzugehen, werde ich rüde unterbrochen.

Big John Salzgitter steht vor der Tür, strahlt mich an und erwartet heute kein Mittagessen. Denn es ist Montag. Heute ist sein Diät-Tag. Das ist es, was er mir freudig erregt mitteilt, während er sich an mir vorbeischiebt, mich dabei fest an die Wand quetscht, und dann seinen Weg in Richtung Kachelofen unbeirrt fortsetzt.

»Das Fensterputzen«, er bemerkt es sofort, »war sinnlos. Der Feinstaub wird überall sein, wenn ich mit dem Ofen fertig bin.« Wohlgemerkt, er meint den Abbau des Kachelofens. Der Industriesauger riesigen Ausmaßes, der vor der Haustür auf seinen Einsatz wartet, bestätigt seine Aussage. Ich helfe Big John beim Einwickeln meiner Wohnzimmermöbel. Folie hat er mitgebracht. Pauls Monstera wird in den Wirtschaftsraum verfrachtet. »Sie wird es überleben«, tröstet mich Big John. Apropos überleben. Rasch bringe ich Antons Laptop in Sicherheit. Den gesamten Vormittag gehe ich Big John zur Hand. Er entfernt die Deckplatten, und die schöne Krone meines Kachelofens.

»Der alte Ofensetzermörtel«, erklärt er, »ist so porös, dass ich ihn mit der Hand wegbrechen kann. Siehst du.«

Ich sehe es. Big Johns Pratzen sind wie Abbruchwerkzeuge. Später verwendet er aber doch richtiges Werkzeug. Hammer und Meißel, denn: »Sanfte Gewalt ist wichtig.« Er grinst hinter seiner Atemschutzmaske, was ich aufgrund der vielen Lachfalten um seine Augen mehr erahnen als sehen kann, und legt im Vorhaus eine Kachel um die andere auf den mitgebrachten Decken auf. Zwischendurch darf der Industriesauger Höllenlärm erzeugen. Ruß, Staub und kleinere Mörtelbrocken werden eingesaugt, die größeren Reste in eine Kunststoffwanne gekippt. Big John arbeitet zügig, und unterbricht seinen Diät-Tag nachmittags immerhin für zwei Tassen Kaffee und eine flaumige Kardinalschnitte.

Am späten Nachmittag ist dann aber Schluss für heute. Nachdem Big John viele Male »Mmhmm!« und »Hmhmm?« gesagt hat, was mich an meinen Zahnarzt erinnert, wenn er über meinem offenen Mund vor sich hin sinniert, was mich wiederum jedes einzelne Mal in Panik versetzt, verkündet er, dass er morgen mit dem Setzen beginnen werde. Mittagessen gegen dreizehn Uhr wäre recht. Er habe nichts gegen Gemüse, wenn sich darauf, darunter und rundherum Fleisch befände.

Ich kenne mich aus.

- 68 -

Schnitzel. Erdäpfel. Salat.

Der Salat bleibt für mich übrig. In doppelter Ausführung. Mein Schnitzel spende ich großzügig. Big John hat einen Magen zu füllen.

Dafür habe ich Verständnis, denn seit sieben Uhr morgens arbeitet er nahezu ohne Unterbrechung. Er mörtelt und setzt und prüft und misst und mörtelt. Anfangs ging nichts voran und ich war unsicher, ob Big John die Übersicht über alle meine Kachelofen-Puzzleteile behalten würde.

Zu Unrecht. Big John hat alles unter Kontrolle. Auch mich. Er verscheucht mich aus dem Haus, nicht ohne mich mit seinem herzigen Augenaufschlag ans Mittagessen zu erinnern. Mein Gartenplan flüchtet mit mir.

»Wozu Yoga?«, seufze ich. »Alles nicht nötig, wenn Frau Gartenbesitzerin ist.«

Ich betrachte die umstehenden Töpfe und bin froh, dass sich Pflanzenetiketten an meinen Schutzbefohlenen befinden. Mancher Kauf würde mich inzwischen in Verwirrung stürzen. Mein Gartenplan ist eine perfekte Anleitung, aber womit soll ich anfangen? Mehrere Löcher habe ich bereits vor Wochen gegraben. In vorauseilendem Gehorsam, in einem Anflug von Übermut. Nun, da es darum geht, die besten Plätze zu vergeben, plagen mich Zweifel. Andererseits, zuschütten geht immer noch.

Der Tag verspricht, dass ich nicht ins Schwitzen komme. Die Sonne lässt sich nur selten sehen. Ich werde mich langsam einarbeiten. Von groß zu klein.

Mein Blick fällt auf die Birke. Kaum zwei Meter hoch und schon lässt sie ihre Zweige hängen. Nicht, weil ich sie nicht korrekt mit Wasser versorgt hätte, sondern weil es eine Trauerbirke ist. Die muss so aussehen. Sie wird als erster Baum gepflanzt. An die hintere Grundstücksgrenze, wo es feucht ist. Dort darf sie ihre Endhöhe von etwa sieben Metern in aller Ruhe anstreben. Mein Maßband hilft mir, den korrekten Abstand zur nachbarlichen Grenze zu finden.

Zwanzig Minuten später, keuchend und schwitzend, aber zufrieden, wirkt die Birke, als würde ihr der Platz gefallen. Wachsen muss sie noch, aber das ist ihr Job und nicht meiner.

Leidenschaftlich arbeite ich weiter. Durch ausreichend Frischluft übermütig, sind wenig später eine Haselnuss, die Mispel, ein Holunder, die Kirsche mit der hübschen Stammstruktur und eine Pimpernuss gepflanzt. Zwetschke und Tellerpfirsich müssen noch warten. Ich bin außer Atem und brauche eine Pause, die ich dazu nutze, mich unter meine Birke zu setzen. Ich wage es nicht, mich an den Stamm zu lehnen, denn ich würde die schlanke Schönheit womöglich entwurzeln, was meinem Gewicht und ihrer Zartheit geschuldet ist.

Mein Blick gleitet in den blassblau-bewölkten Himmel. Ich gähne herzhaft und halte mir die Hand dabei nicht vor den Mund. Sieht eh keiner. Während ich meine Erschöpfung auskuriere, denke ich über Unkraut und andere Gartenbewohner nach. Ich betrachte meine dreckigen Fingernägel und hoffe, dass Big John nicht heikel ist, denn vermutlich wird es mir nicht gelingen, die Dreckranderl vor dem Panieren der Schnitzel vollständig zu entfernen. Natürlich werde ich mir die Hände waschen, bin ich doch ein reinlicher Typ, mit eifrigem Hang zu Wasser, was mir schon während meiner Schulzeit den Beinamen Forelle eingebracht hat, weil es Fisch-Gene in mir geben muss, die sich zu Wasser hingezogen fühlen.

Valeria Forelle, stolz war ich auf diesen Spitznamen, bis einer meiner Klassenkollegen meinte, er hätte mich zum Fressen gern, wofür ich nicht zu haben war.

Ich finde außerordentliche Gene in den Erbanlagen wichtig. Abseits des Grüne-Daumen-Gens gibt es zahlreiche Spezial-Gene, beispielsweise das Eisbären-Gen, hilfreich gegen Kälte. Das Maulwurfs-Gen, das einen niemals verzagen lässt, wenn die Erde knochenhart ist oder der Spaten auf steinigen Untergrund trifft. Das Pflanzen mö-Gen, eine ordentliche Portion Vorstellungsvermö-Gen und das wichtige Toleranz-Gen, das mit der Natur und nicht gegen sie gärtnert.

Während ich darüber nachdenke, putze ich mit einem spitzen Stein den Lehm aus den Sohlen meiner Sicherheitsschuhe. Die Schuhe werden im Anschluss an die Putzaktion gewiss ein Kilo leichter sein. Plötzlich sehe ich etwas, das mich mit Freude erfüllt. Nahe einem kleinen Haufen aufgeschichtetem Totholz bewegt sich etwas. Ich grinse, denn seit Kurzem habe ich eine Tigerzucht im Garten.

Noch sind sie klein und lieb, werden sich aber zu gefräßigen Monstern entwickeln. Sie haben sich längst in mein Herz geschleimt. Ihrer Entwicklung stehe ich gelassen gegenüber, denn die kleinen Wilden werden mich nicht auffressen. Ein Tiger beißt doch nicht die Hand, die ihn füttert. Mein Garten züchtet

offenbar Tigerschnegel und ich denke daran, künftig Schau-
kämpfe zu veranstalten, denn die Schnegel lieben abgestorbene
Pflanzenteile und haben auch schleimige Wegschnecken zum
Fressen gern. Letztere sind nämlich doch eine grausame Hürde
für mein Toleranz-Gen. Zufrieden nicke ich den Schnegeln zu
und feuere sie sogar leise an.

Die Mittagsglocken der Pfarrkirche zwingen mich, meine
Weltanschauung zu beenden. Ich stemme mich vom Boden
hoch und klopfe meine schmutzige Hose ab, die inzwischen so
feucht ist, dass es aussieht, als ob ich es nicht rechtzeitig auf
die Toilette geschafft hätte. In diesem Augenblick grüßt mich
Paul. Ich versinke imaginär im Erdboden, drehe mich rasch und
ziemlich frohgestimmt zu ihm um und schleudere ihm ein verwegenes »Hallo!« entgegen. Ich spare mir den Hinweis auf die
feuchte Wiese. Er hat den großen Fleck auf meinem Hintern
ohnehin gesehen. Ich kann es an seinem belustigt wirkenden
Gesichtsausdruck erkennen.

»Es gibt Schnitzel«, werfe ich ihm hin und bin begeistert über
meine Fähigkeit zu sinnvoller Konversation. Was bin ich doch
geistreich!

Paul winkt ab. Lilly Augenstern unterstreicht seine Absage, indem sie mich anknurrt. Durch die Thujen hindurch. Unsichtbar,
aber eindeutig grantig.

»Muss gleich wieder weg«, ruft er. »Aber, wenn du Hilfe
brauchst«, und sein zweifelnder Blick bestätigt mir, dass ich
dringend Hilfe brauche, »morgen ginge.«

»Ja, gerne.« Lässig lächelnd schicke ich die Worte zurück. Jetzt
nur nicht mit dem Grinsen übertreiben, sonst glaubt der Kerl
tatsächlich, dass ich auf ihn warte.

Fünf nach zwölf Uhr betrete ich meine Küche und beginne
damit, das Schnitzelfleisch mit dem Schnitzelklopfer zu bearbeiten. Nicht, weil das unbedingt nötig wäre, aber Big John soll
merken, dass ich mich anstrenge. Das Signal des Schnitzelklop-

fers ist außerdem eine hervorragende Einstimmung auf baldige Gaumenfreuden, und ich will seine Erwartungen nicht enttäuschen.

»Morgen«, sagt Big John wenig später, während er auf den Resten seines vierten Schnitzels herumkaut, »morgen wirst du schon mehr sehen können von deinem neuen Kachelofen.«

Er hat meinen kritischen Blick bemerkt. Steht doch erst ein Viertel des neuen alten Kachelofens. Bis Freitag will Big John fertig sein. Ich teile diese Zuversicht nicht.

»Bis Freitag«, bestätigt er meine Gedanken, »ist der Ofen fertig. Dann muss er noch zwei Wochen trocknen und dann, dann komm ich Anfang Juni und heiz dir ein.«

Danach lacht er. Laut und ungehemmt. Big John wiehert derart dröhnend, dass ich Angst um die Stabilität des Kachelofens habe. Wäre blöd, wenn der vor Schreck in sich zusammenfällt.

- 69 -

Am Ende der Woche steht nicht nur mein Säulenkachelofen in voller Pracht da, auch mein Garten hat sich entwickelt. Brombeeren, Funkien, Erdbeeren, Akeleien, Efeu, Immergrün, Farne, Hortensien, Ribisel. Alles habe ich angepflanzt. Zwischendurch habe ich nach Paul Ausschau gehalten. Beim Ausstreuen der Gänseblümchensamen waren Kontrollblicke unumgänglich. Er hingegen ließ sich nicht blicken.

Ich pflanzte Pfingstrosen, Maiglöckchen, Lavendel und habe auch den perfekten Platz für den Tellerpfirsich gefunden. Meine Arbeit war anstrengend, allerdings nicht schwer. Hilfe war nicht nötig. Über Pauls Gesellschaft hätte ich mich dennoch gefreut. Ich beschäftige mich mit einem Mann, der sich im Gegenzug wohl kaum Gedanken um mich macht. Diese Erkenntnis schmerzt. Ich schiebe sie zur Seite, nur um genau zu wissen, dass mich meine Unvernunft noch weiter quälen wird. Es ist unstillbare Sehnsucht, die sich durch nichts rechtfertigen lässt, die keine Bestätigung erfährt. Blödheit eigentlich.

Meine Hirngespinste sind nichts anderes als Folter. Hätte ich für jeden Seufzer, den ich in den letzten Tagen und Wochen ausgestoßen habe, eine kleine Geldprämie erhalten, wäre mein Garten um einige Pflanzen reicher. So aber greife ich nach meinen kürzlich gekauften Weinreben, die sich, Anton hat Drähte an der sonnigen Seite meiner Hausfassade angebracht, künftig an der Hausmauer emporranken dürfen. Geld für eine neue Fassade habe ich nicht, also kann ich die Sonnenseite meines Hauses auch gleich begrünen. Ich verteile Vergiss-mein-nicht im Garten und Thymian. Veilchensamen dürfen ihre Nischen finden.

- 70 -

Paul hat sein Versprechen, sich zu melden, nicht eingehalten. In einem Anfall von Trauer beweine ich mein Schicksal. Meine sinnlos vergossenen Tränen tropfen auf einen aufgeworfenen Maulwurfshügel, dessen krümelige Erde ich mit zornigen Bewegungen in der Wiese verteile. Paul entzaubert sich selbst. Ich habe mich in ihm getäuscht. Er verspricht etwas, ist aber unzuverlässig. Das betrübt mich. Etwas in mir will sich rechtfertigen. Verkündet aufmüpfig, dass man sich doch wohl ein bisschen verlieben darf, auch wenn kaum Aussicht auf eine positive Reaktion besteht.

Wenn du weiterhin enttäuscht werden willst, mach ruhig weiter, sagt mein gedemütigter Instinkt, aber wisse, du bist Paul völlig gleichgültig.

Als das Handy läutet und ich den Namen meines Ex auf dem Display sehe, zögere ich kurz, bevor ich das Gespräch entgegennehme. Ryszard springt im Kreis. Zumindest habe ich eine Vision davon. Albern, ich weiß, aber die Vorstellung heitert mich auf.

Und schon dringt Ryszards hysterisch hoch klingende Stimme auf mich ein. Ich entnehme seinen Anschuldigungen, dass meine Bekundung im Netz von Mitlesenden exakt so aufgefasst wurde, wie ich es geplant hatte. Er darf vorerst auf der Wohnzimmercouch schlafen, was meine Schuld ist, wie er mir unverblümt mitteilt. Als ob mich das in irgendeiner Weise erschüttern würde. Er weist mich an, derartige Mitteilungen einzustellen.

»Ach was«, faucht er, »ich werde dich einfach blockieren.«

»Mach das ruhig«, bemühe ich mich um einen warmherzigen Klang in meiner Stimme. Geradezu liebevoll füge ich hinzu: »Vielleicht verzichtest du auch auf die Bezahlung der Reifenrechnung. Du kannst ohnehin nicht beweisen, dass ich die Übeltäterin war.«

Dieser Kommentar bringt mir einen weiteren verbalen Tobsuchtsanfall ein. Da sich Ryszard ab diesem Zeitpunkt in seinen Beschimpfungen wiederholt, drücke ich das einseitig verlaufende Gespräch weg. Soll er doch erst einmal in Ruhe über meinen Vorschlag nachdenken.

Am Wochenende bringt Anton bewurzelte Ableger, die wir gleich gemeinsam einsetzen werden. Seidelbast, den ich ihm stolz zeige, weil ich den Kleinstrauch günstig erstanden habe, betrachtet er kritisch.

»Hochgiftig!« Er runzelt die Stirn.

»Ist mir bewusst«, sage ich, »aber am Ende weiß man nie, wozu die roten Beeren gut sind.«

Anton tippt sich an die Stirn.

Ich grinse.

Nach getaner Arbeit stoßen wir mit Tee an und mampfen bröseligen Marmorkuchen. Später, als ich wieder allein bin, sammle ich meine Werkzeuge ein und bringe sie in der Garage unter. Anschließend drehe ich eine Zufriedenheitsrunde durch den Garten und wünsche mir, dass bis morgen intensives Wachstum einsetzen möge.

Noch immer stehen Töpfe an der Hausmauer. Im Vorübergehen bleibe ich an einer Rose hängen. An der Schlimmsten aller Schönen, an den heftig bewehrten Ranken meiner Stacheldrahtrose, der *Rose der toten Königssöhne*. Ich reiße mir nicht nur das Shirt auf, sondern auch meinen Unterarm. Jetzt weiß ich, wie sich Dornröschens Retter gefühlt haben muss.

Abends im Badezimmer betrachte ich mich im Spiegel. Rote Striemen, blaue Flecken, schmutzige Fingernägel. Das Gefühl wunderbarer Produktivität lässt nach und weicht der Unzufriedenheit. Unmöglich sehe ich aus. Wer sollte auf mich Lust haben? Meine Instandsetzung braucht inzwischen länger als die Sanierung eines denkmalgeschützten Altbaus, dem die Abrissbirne bereits vor den Fenstern herumbaumelt.

- 73 -

Ich habe heute ein paar Blumen
für dich <u>nicht</u> gepflückt,
um dir ihr Leben mitzubringen.
(Christian Morgenstern, dt. Dichter, 1871-1914)

Verblüfft starre ich die Rose im Topf an, die jemand, versehen mit einem Kärtchen, auf dem der Spruch steht, vor meiner Haustür abgestellt hat. Der Ofensetzer wirds doch wohl nicht gewesen sein. Oder befürchtet er, dass ich die Rechnung nicht bezahlen kann? Ich drehe und wende die Grußkarte. Keine Unterschrift. Kein Name. Außer jener der Rose, die sich, wie ich der Etikettierung entnehme, Nonchalance nennt und, wenn sie dem Bild entspricht, eine samtige, hochgewachsene Schönheit in dunklem Bordeauxrot werden soll.

Nonchalance. Liebenswürdige Unbekümmertheit. Was für ein ungewöhnlich hübscher Name für eine Rose. Ich bin überrascht und verlegen auch, weil es mir diese anonyme Gabe unmöglich macht, mich bei jemandem zu bedanken. Und das gehört sich doch. Mit dem Zeigefinger prüfe ich die Beschaffenheit der Erde.

»Feucht. Braucht kein Wasser«, stelle ich kundig fest und bringe den Nonchalance-Topf zu den anderen Blumentöpfen. Natürlich freue ich mich über das unerwartete Geschenk. Ich möchte hoffen, dass ich weiß, von wem es stammt. Ich verbiete mir jede weitere Spekulation, will ich Enttäuschungen doch unbedingt vermeiden.

- 74 -

Ryszard hat sich unerwartet gemeldet. Er hat sich beruhigt und klingt ungewohnt versöhnlich. Jener Mann, der mich nicht zu Unrecht mit Schimpftiraden und Rechnungen für Autoreifen verfolgt, drängt sich wieder in mein Leben.

Kaum sind die ersten Höflichkeitsfloskeln verflogen, heult er sich aus: Seine polnische Gefährtin, klagt er, bekomme sein Baby. Ich erinnere ihn daran, dass mir das nicht neu ist und frage ihn, ob er eventuell an Co-Schwangerschaftsdemenz leide. Er hört nicht zu. Lamentiert weiter. Das Kind käme bald zur Welt, dann sei es aus mit den ruhigen Nächten. Schluss mit Partys. Schluss mit seiner Freiheit. Als ich ihn darauf hinweise, dass er beim Akt der Zeugung maßgeblich beteiligt war, ist es plötzlich still an meinem Ohr.

Fünf Sekunden lang.

»Ich vermisse dich«, sagt er.

Mir stockt der Atem.

Üblicherweise war ich es, die ein »Ich vermisse dich« vom Stapel ließ, nur um dafür einen eigenartigen Blick zu ernten, hintennach eine abfällige Entgegnung, die mein unerwartetes Geständnis ins Lächerliche ziehen sollte, weil Ryszard mit derartigen Gefühlskundgebungen wenig anfangen konnte.

»Denkst du hin und wieder an mich?«, setzt er nach.

Die Stille dehnt sich aus. Ryszard wartet auf meine Reaktion. Meine Verblüffung lässt nicht zu, dass ich sofort reagiere, auch weil mir die Atemluft augenblicklich dünn geworden ist. Ich kämpfe mit meinen Emotionen, überdenke eine mögliche Antwort, verwerfe sie und stelle betrübt fest, dass mich Ryszards Frage schmerzt. Ich bin bei Weitem nicht so cool, wie ich mich gebe.

Ich habe es bisher hervorragend geschafft, mich zu betrügen und zudem versucht Ryszard zu vergessen. Gleichzeitig besitze ich in diesem Moment nicht die Härte, das Telefonat mit ihm zu beenden. Ich vermute, dass er spürt, dass er mich lockt und quält.

»Darf ich vorbeikommen?«

Seine Stimme schmeichelt sich ein. Ich schweige, ahne aber, dass er meinen unterdrückten Seufzer wohl gehört hat. Schließlich fragt er mich, was in mir vorgeht. Ich schaffe es nicht, mich zurückzuhalten und werfe mit der Wahrheit um mich. Außerdem weiß ich mit Gewissheit, dass das, was ich sage, für Bilder in seinem Kopf sorgt. Zudem habe ich schlagartig unbändige

Lust ihn zu quälen, obwohl mir bewusst ist, dass ich mich dadurch auch selbst peinigen werde.

»Wenn ich dir sage, dass ich lange darauf gewartet habe, dass du vor meiner Tür stehst und mich in die Arme nimmst. Wenn ich dir erzähle, dass ich jetzt auf meiner Wohnzimmercouch sitze, sich meine Brustwarzen hart am festen Stoff meines Jeanskleides reiben, weil ich keinen BH trage und der dünne Stoff des Unterkleids meine weiche Haut nicht vor dem rauen Gewebe schützt. Wenn ich dir beichte, dass ich deine Hände auf meinem Körper spüren möchte. Wenn ich dir erkläre, dass ich beim Klang deiner Stimme eine derart starke Erregung empfinde, dass Hitzewellen durch meinen Körper jagen. Wenn ich dir anvertraue, dass du mich durcheinanderbringst, obwohl du mich verletzt hast und ich dieses Gespräch sofort unterbrechen sollte, um meiner selbst willen. Wenn ich dir offenbare, dass ich dir verzeihen würde, nur um am Ende wieder von dir verletzt zu werden. Wenn ich dir nicht verschweige, dass du nur die Tür aufstoßen müsstest, ich dich hereinbitten würde, alle Regeln der Vernunft missachtend. Wenn ich dir enthülle, dass ich dich würdelos anflehen würde, dich zu mir zu legen, mich zu lieben. Wenn ich dir verrate, dass ich deinen Geruch immer noch in der Nase habe, obwohl wir uns ein halbes Jahr nicht gesehen haben. Wenn ich bekenne, dass du in mir ein Feuer entzündest, das ich ersticken wollte. Was würde all das Gesagte bei dir auslösen?«

Er hat mir zugehört. Er hat kein Wort gesagt. Ich höre seinen Atem laut in meinem Ohr. Er stöhnt. Ich vermute, dass er sich vieles von dem, was ich gesagt habe, bildlich vorgestellt hat. Ich weiß, dass er Lust daraus gezogen hat.

Ich habe gewonnen. Der Sieg ist bitter.

Ich habe verloren.

»Ich habe das alles nicht ernst gemeint«, sage ich mit um Leichtigkeit bemühter Stimme. »Ruf mich nie wieder an. Wage es nicht, dich jemals wieder bei mir zu melden. Ich vermisse dich nicht. Vergiss mich. Streich mich aus deiner Kontakteliste, du elender Narzisst!«

Meine Tirade kommt in einem harten Anfall von Trotz überraschend leicht über meine Lippen. Als hätte ich sie tagelang geübt. Zornig drücke ich Ryszard weg. Das Gefühl, das sich als nächstes einstellt, ist Erleichterung. Niemals hätte ich damit gerechnet.

Ich hoffe, dass die Rose nicht von Ryszard ist. Ich wünsche mir, dass sie von Big John ist.

- 75 -

Blütenbezaubernder Juni.

In den umliegenden Gärten verzaubern Blüten in allen Farben die neugierigen Zaungucker. Pfingstrosen in Weiß, Gelb, Rosa, Pink, Hell- und Dunkelrot strahlen gemeinsam mit ihren edlen Rosen-Freundinnen um die Wette. Daneben tummeln sich Storchschnabelblüten in vielerlei Farbtönen und Akeleien heben ihre Köpfe aus dem Grün.

Blütenzauber. Was für ein schönes Wort. Es wäre es wert, im Manuskript *Wortewandel, Wertewandel* aufgenommen zu werden, doch das Werk kommt nicht in Schwung. Meine Agentin hat sich gestern gemeldet und gefreut, als ich ihr schamlos berichtete, dass meine Kreativität unbremsbar sei. Alles wachse und gedeihe. Meine geistreichen Ideen sprudeln wie eine Quelle, ich wäre kaum vom Laptop wegzulocken. Die Freude, die wegen meiner Mitteilung in ihrer Stimme lag, war deutlich hörbar. Erst als sie mich bat, ihr doch einen Auszug aus meinem Manuskript zu schicken, vielleicht vierzig oder fünfzig Seiten, um diese einem passenden Verlag anzubieten, kam das Gespräch ins Stocken. Aber, da sich Autorinnen in gewissem Maß divenhafte Züge leisten dürfen, wies ich ihren Wunsch umgehend ab.

»Nein, liebe Liandra«, sagte ich mit tiefernster Stimme, »erst wenn ich das Manuskript fertig habe, schicke ich dir die Seiten.«

Sie gab ein eigenartiges Geräusch von sich, das ich als das nahm, was es war: pures Misstrauen. Sicherlich hat sie meine Worthülsen durchschaut. Beide schwiegen wir beharrlich. Liandra kapitulierte zuerst. Sie verabschiedete sich mit Grant in der Stimme.

Blütenzauber, was für ein schönes Wort. Blütenzauber. Darauf wartet mein Garten. Aktuell ist er vor allem grün. Eine Farbe, die unterschätzt wird. Es gibt unendlich viele Spielarten davon. Grün in allen Formen, Farben und Klecksen. Weiße Muster auf Grün, grüne Muster auf Gelb. Vielfalt lässt keine Eintönigkeit entstehen. Mit grünen Pflanzenlieblingen kann sich ein Garten füllen, ohne das betrachtende Auge zu langweilen.

Wer Grün als ordinär begähnt, hat nichts verstanden. Ich will mich im Grünen verlieren, stolpere über meine Nonchalance-Rose, lehne mich nachdenklich an die von der Sonne gewärmte Hausmauer und sehe, dass die unbekümmerte Hübsche eine Blüte trägt.

In Erinnerung an meine ausgelaugte Liebe zu Ryszard werde ich die Rose an besonderer Stelle einsetzen. Ich möchte sie als Mahnung immer vor Augen haben.

- 76 -

Es ist interessant ihr zuzusehen, auch wenn ich vorsichtig sein muss. Nichts wäre mir peinlicher, als ein Beobachter zu sein, der bei seinem Spähen ertappt wird. Sie lehnt an der Hausmauer, genießt die Wärme im Rücken, während sich ihr Mund bewegt und sie offenbar ein Selbstgespräch führt. Schade, ich kann nicht verstehen, was sie sagt, einzig, dass ihre Stimme nicht glücklich, sondern wütend klingt, höre ich.

Valeria hat mein Geschenk in der Hand. Sie sucht einen Platz für die Rose, greift zum Spaten und gräbt. Die Grube scheint zu tief für die Rose. Schon will ich ihr zurufen, dass es nicht darum geht, die Rose zu beerdigen, da korrigiert sie die Tiefe. Nach vollendeter Tätigkeit setzt sie sich neben ihren neuen Zögling und wickelt das Band ab, das den Strauch zusammenhielt. Vorsichtig zupft sie die Blütenstiele in Form.

Nonchalance, was für ein schöner Name für eine Rose. Deswegen habe ich sie gekauft. Valeria scheint sich versichern zu wollen, dass dort, wo die Rose steht, der perfekte Platz ist. Sie rappelt sich hoch, tritt etliche Schritte zurück, umrundet die Rose und nickt zufrieden.

Ihre Knie, schmutzig von der Erde, sind es nicht wert beachtet zu werden. Es scheint ihr gleichgültig zu sein, wie sie aussieht. Handschuhe, Schaufel, ein knielanger grauer Rock, verziert mit zumindest einem schmutzigen Handabdruck, weil sie sich daran abgewischt hat. Ein grünes fadenscheiniges Shirt und dunkelgrüne Gummistiefel passen perfekt zu ihrer schäbig wirkenden Gesamterscheinung. Dennoch ist sie eine attraktive Frau. Auf ihre Art. Erst bei genauer Betrachtung wird ihre Sinnlichkeit sichtbar. Volle Lippen. Ihr häufiges Stirnrunzeln, das bereits Linien verursacht. Lachfalten. Mit Bestimmtheit geht sie Dingen auf den Grund. Ich mag ihre Verblüfftheit, wenn sie unerwartet Neues entdeckt. Sie hat eine angenehme Art. Nichts Gekünsteltes, Derbes oder Aufdringliches. Ihr Humor funkelt und wird begleitet von einer Traurigkeit, die Spuren hinterlassen hat.

Valeria greift nach dem leeren Blumentopf. Sie stellt ihn zu den anderen an die Hausmauer und blickt sich suchend um. Schließlich wählt sie einen der großen Töpfe aus. Ein gut zwei Meter hoher Baum wird der Gruppe der wartenden Topfpflanzen entnommen und in den südlichen Gartenteil gebracht. Ich werde sie nicht länger bespitzeln, denn ich habe genug gesehen.

Paul ist Social Media Fan. Das gibt Auftrieb. Ich schicke ihm eine Freundschaftsanfrage. Innerhalb weniger Minuten bestätigt er die. Und schon stalke ich ihn. Eifrig scrolle ich mich durch sein Profil, finde die blonde Tussi und natürlich Lilly. Sie posieren mit ihm. Mit Lilly am Foto könnte ich leben. Die blonde Schönheit dagegen stört mich gewaltig. Sie sehen glücklich aus. Leider.

Ich durchforste seine Fotos, nehme an seiner Entwicklung der letzten Jahre teil. Bewundere Mode, Urlaube und Frisuren und lache über manches Bild. Es ist, als säße er neben mir, als würden wir zu zweit in einem echten Fotoalbum blättern.

Ein Porträt Pauls lade ich mir aufs Handy. Ich will es jederzeit ansehen können. Auf diesem Bild sieht er mich direkt an. Er lächelt. Ich fühle mich angesprochen. Es braucht nur ein wenig Vorstellungskraft, um mir einzubilden, dass er mir seine Liebe gesteht.

Im Anschluss beschließe ich, meinen Account aufzumotzen. Meine Netzfreunde sollen erleben, wie sich in meinem Garten alles zum Besseren wendet. Sie sollen dem Wachsen und Gedeihen Applaus spenden können. Ich werde zeigen, wie ich mich genüsslich meinem Gartenleben hingebe.

Meine Beobachter sollen aber auch mitleiden, wenn etwas schiefgeht. Und sie dürfen mir ruhig Vorschläge machen. Schließlich soll bei meinen Followern das Gefühl entstehen, etwas auf dem Weg von der grünen Rasenlandschaft zum blühenden Paradies beigetragen zu haben.

Ein bisschen habe ich das Empfinden, in Größenwahn abzudriften, beginne dann aber mit etwas Geheimnisvollem: mit der Beschreibung und einem Foto meiner *Nonchalance*-Rose. Außerdem bitte ich den edlen Spender, sollte er meinem Profil folgen, sich zu melden. Innerhalb weniger Minuten erhalte ich zahlreiche Geständnisse, wofür ich mich bedanke. Unter Ausnutzung alle Emoticons, die dafür in Frage kommen.

Wenig später poste ich aus Testzwecken eine Aufnahme, die neben einer Pflanze, deren Namen ich vergessen habe, auch mein Dekolleté zeigt. Für die Pflanze interessiert sich nur eine einzige Person. Für meinen Ausschnitt hingegen begeistern sich gleich mehrere Mitleser. Die Anzahl der Likes steigt. Offenbar habe ich einen Nerv getroffen. Sogar Paul hat einen Smiley daruntergesetzt sowie den Namen der Pflanze, Johanniskraut *(Hypericum calycinum)*, wofür ich mich artig bedanke.

Mit einem knallroten Herz bestätige ich den durch Paul ergänzten Pflanzennamen. Ein einfaches Däumchen-nach-oben wäre zu wenig gewesen.

- 78 -

Big John heizt mir ein. An einem ohnehin warmen Junitag findet die Premiere statt. Mein Kachelofen darf für Schweißperlen sorgen. Natürlich habe ich gewusst, dass Big John irgendwann kommen wird. Sogar Schnitzelfleisch habe ich in meinem Gefrierschrank aufbewahrt. Allerdings war nicht zu erwarten gewesen, dass er frühmorgens mit einer jungen Katze auf dem Arm erscheinen würde. Mit einer Selbstverständlichkeit, die beinahe an Dreistigkeit grenzt, betritt Big John mein Vorhaus, drückt mir das flauschige Tierchen, das er als Katzastrophsky vorstellt, in die Hand und fragt nicht lange nach Brennholz. Er hat sein eigenes mitgebracht.

»Einstandsgeschenk«, verkündet er und ich weiß nicht, meint er die Katze oder das Brennholz. Big John schlichtet Holz in den Ofen, zündet an und verkündet nach wenigen Minuten die unumstößliche Tatsache, dass der Ofen hervorragend atme. Wie ein Kachelofen zu beheizen sei, wisse ich, immerhin hätte ich es erfolgreich geschafft, den Winter über ein warmes Haus zu haben. Er bedankt sich höflich für die bereits eingegangene Zahlung und überlässt mir die Entscheidung, ob der Name Katzastrophsky für das kleine schwarz-weiße Flauschhäufchen angebracht ist.

Katzastrophsky versteckt sich, bevor ich sie Big John zurückgeben kann, unter einem meiner Fleckerlteppiche, die vermutlich ihren hervorragenden Zustand bald aufgeben werden. Außerdem habe ich mich prompt in das Jungkatzerl verliebt. Sie ist eine Hübsche. Sie wird sich ihren Namen verdient haben, wie ich insgeheim fürchte.

- 79 -

Katzastrophsky ist stürmischer als jeder Wirbelsturm und launischer, als jede Frau es sein könnte. Das kleine Knäuel mit einem Kampfgewicht von etwa zwei Kilo stellt meinen Tagesablauf vor eine Herausforderung und mein Leben auf den Kopf. Katzastrophsky hat ihren Namen nicht umsonst erhalten, ist sie doch wie jede andere Katze in ihrem Alter: aufgedreht, übermütig, voller Flausen und ständig hungrig, was kein Wunder ist, denn das etwa vier Monate alte Fellhäufchen ist immerfort unterwegs und endlos auf den Beinen. Nur erscheint sie mir deutlich aktiver als Katzen ihres Alters. Nur ein bisschen. Ein bisschen viel. Die Zeiten, in denen sie schläft, nutze ich nicht etwa, um meinen Garten weiter zu bepflanzen, denn viel gibt es gerade nicht zu tun. Ich nutze Katzastrophskys Ruhezeiten, weil sie dann nicht sehr an mir hängt. Und das meine ich nicht im übertragenen Sinn.

Während also mein Hausmonsterchen schläft, schreibe ich tatsächlich so etwas wie meine Memoiren, wobei das zu hoch gegriffen wäre, denn ich bringe nur die letzten Monate zu Papier. Eine Art Lebensgeschichte. Etwas, das mir Spaß macht, weil ich Wahrheit und Erfindung wild mischen darf. Ohne Anspruch auf Korrektheit. Ein Lebensabschnittsroman soll es werden. Und wieder hat sich der Manuskripttitel meines Buches verändert.

Wortewandel, Wertewandel habe ich verworfen. Jetzt heißt mein Manuskript *Seelengarten*, was ich hinreißend finde, denn mein Garten tut meiner Seele gut. Katzastrophsky tut meiner Seele auch gut, was ich Big John niemals gestehen würde, denn ich habe Ehrfurcht vor lebenden Geschenken. Eigentlich bin ich furchtsam in dieser Hinsicht. Big John versprach mir hoch und heilig, mich nicht noch ein weiteres Mal zu besuchen, war aber augenscheinlich glücklich, festzustellen, dass sich Katzastrophsky ab der ersten Sekunde bei mir wohlzufühlen schien.

Eine furchterregende Löwin in Kleinformat ist sie. Gerade aufgewacht, hängt sie jetzt an einem sorglos über meine Sofarückenlehne drapierten Halstuch und zuckt zustimmend mit ihrem schwarzen Schwanz. Das Halstuch, das noch nichts von seinem baldigen Ableben weiß, ist kein Lieblingsstück. Tatsächlich gehört es nicht einmal mir, sondern Felicitas, die es als Geschenk von Tom erhalten und es vermutlich sogar mit Absicht bei mir vergessen hat.

Das Tuch riecht nach Felicitas. Es riecht verführerisch. Findet jedenfalls Katzastrophsky und wühlt sich tiefer in den Stoff, nur um mit einem einzigen Pratzenhieb für völlig aufgelöste Fäden zu sorgen, die nie wieder an ihren ursprünglichen Platz in Schuss und Kette finden werden.

Ich werde mich bei Felicitas für das rüde Vorgehen meiner Katze ihrem Tuch gegenüber entschuldigen. Formvollendet. Mit Umtrunk und appetitlichen Häppchen, die nicht nur für Ablenkung sorgen sollen, sondern auch unsere Freundschaft weiter vertiefen. Daniela und Anton werden auch kommen. Eingeladen habe ich auch Paul, der, mein Herz tat einen Freudensprung, zugesagt hat. Seine Freundin könne nicht kommen, verkündete er anlässlich meiner Einladung, was mir wirklich wirklich wirklich leidtut.

Der schöne Juni-Abend sorgt dafür, dass wir es auf meiner Terrasse, deren romantischer Waschbetonplattenstil noch verbessert werden muss, sommerlich warm haben. Ein Kellerfund der noblen Art, der von Anton sandgestrahlt wurde, um mir Freude zu machen, steht etwas abseits. Ein Feuerkorb ist es, der heute eine Hauptrolle spielen wird, weil wir uns einen echten Zuckerschock gönnen wollen. Gegrillte Marshmallows.

Felicitas wirft ihre anfänglichen Bedenken über Bord. Ihre ohnehin makellose Figur bedürfe einer Wandlung, verkündete sie nach mehreren Gin Tonic, und steckte sich jeweils fünf Stück der schaumigen Zuckerbomben auf zumindest drei Spieße. Daniela und ich beweisen Zurückhaltung und gönnen uns nur je einen Spieß, platzieren aber eine Mordstrummanzahl an Schaumzuckerdingern auf diesem einen. Anton verdreht die Augen.

Paul ist bisher noch nicht zu uns gestoßen. Anfangs halte ich bei jedem Geräusch, das nicht in meinen Garten gehört, nach ihm Ausschau. Viele Lachanfälle und ausgetrunkene Gläser später, Stunden sind vergangen, hat sich meine Anspannung gelöst. Ich denke nur noch alle zehn Minuten an Paul und nicht mehr in Fünf-Minuten-Abständen.

Entspannt liege ich in einem alten Liegestuhl, der schon bessere Zeiten gesehen hat, diesen Sommer jedoch noch eine letzte Chance auf gute Dienste bekommen soll. Anton ruht auf einer Yoga-Matte und schnarcht. Daniela sitzt neben ihm, auf einem dicken Bodenkissen, und trällert zum etwa zehnten Mal *Losing my religion* von *REM*. Sie ist gut darin. So gut, dass ich sie nicht stören will. Außerdem kann ich ohnehin nicht mehr besonders gut hören.

Der viele Alkohol hat sich wie ein dicker Wattebausch in meinen Ohren niedergelassen und dämpft die Umgebungsgeräusche hervorragend. Auch meine Motorik habe ich nicht mehr unter Kontrolle. Kichern dagegen, ja, das kann ich gut. Über alles Mögliche, vor allem aber auch über nichts. Ich stelle fest, dass ich auch Gelsen nicht mehr hören kann.

Jene Viecher, deren irres Gesumme die Nerven strapaziert, die mir das Blut aus den Adern saugen, beeindrucken mich nun nicht mehr. Energisch zerre ich an einer Decke, lege sie über meine Beine und genieße die Wärme, während die Stechmücken vermutlich protestieren, weil ich ihnen weniger Angriffsfläche biete.

Felicitas hält sich als Einzige noch aufrecht. Mit einer Flasche in der Hand verkündet sie, dass sie nun die Bürgschaft von Friedrich Schiller vortragen werde. Von Anfang bis zum Ende. Felicitas' Anfangssatz, in dem Damon zum Tyrannen schleicht, um diesen mit dem Dolch zu ermorden, dabei von den Wachen gestellt und vom Tyrannen gestreng befragt wird, gelingt nicht nur inhaltlich, sondern auch theatralisch hervorragend. Dennoch verwirrt mich folgende Textstelle, in der Damon hemmungslos über seine künftigen Pläne plaudert.

»Ich bin«, spricht jener, »zu sterben bereit
und bitte nicht um mein Leben,
doch willst du Gnade mir geben,
ich flehe dich um drei Tage Zeit,
bis ich die Schwester vom Gatten befreit.«

Der frech rezitierte Text löst bei Felicitas herzhaftes Gelächter aus. Sie scheint nicht verwirrt, sondern absolut sicher, dass ihr eigener Text mit jenem des Originals übereinstimmt. Schließlich geht sie in die Knie, hockt plötzlich vor mir am Boden, kriegt sich kaum ein vor Lachen, dreht sich elegant auf den Rücken und liegt nun neben Anton auf der dicken Matte, nur um wenige Sekunden später eingeschlafen zu sein.

»Sex. Drugs. Rock 'n' Roll«, höre ich eine tiefe Männerstimme sagen. Kerzen und die rotglühenden Holzreste im Feuerkorb erhellen die Dunkelheit nur noch mäßig. Spielt aber keine Rolle, denn diese Stimme erkenne ich auch so. Paul hebt ein Kissen vom Boden auf, bringt es zur Liege und setzt sich zu mir.

»Tut mir leid, bin nicht rechtzeitig weggekommen.«

Seine Stimme vibriert sich rau in meine Ohren. Mein Unterleib spricht sofort darauf an. Ich habe Mühe, meine Mimik unter Kontrolle zu halten: ein offener Mund, eine sabbernde Valeria. Gut, dass es finster ist.

Paul öffnet die mitgebrachte Weinflasche, greift nach meinem Glas und füllt es großzügig. Ich unterdrücke ein Rülpsen und seufze. Im selben Augenblick bemerke ich erschrocken, dass ich laut geächzt habe, dass mein Ton einer der erotisch angehauchten Sorte war. Laut und deutlich und sexy.

Paul sieht mich durchdringend an. Er runzelt die Stirn und nippt an meinem Glas. Erst nachdem er den Pegel reduziert hat, gibt er es mir zurück. Sinnloserweise nehme ich es an, obwohl ich ohnehin schon voll bis oben bin. Mein Hirn wälzt lustvolle Gedanken. Ich überlege ernsthaft, ob ich mich in seine braungebrannten Arme werfen soll. Ihn hemmungslos küssen. Ihm sein Shirt vom Leib knabbern, an seinen Lippen reißen. Oder so ähnlich jedenfalls.

Ich bemühe mich um Klarheit. Meine Fantasie spielt mir Streiche. Ich ertappe mich bei intensiver Betrachtung seiner Lippen. Bewundere seinen Adamsapfel. Notiere mir geistig, dass Adamsapfel ein schönes Wort ist, und vergesse diesen Anflug einer Idee umgehend. Ich wünsche mir, seine Brust zu streicheln und an seinen Ohrläppchen zu lutschen. Ich weiß, dass ich mir Mühe geben würde, das gesamte, absolut sexherrliche Programm an ihm zu üben. Ich bin sicher, dass es viele Stellen an seinem Körper zu entdecken gibt, die auf meine Zunge, meine Finger, meine Lippen, meinen Unterleib, meine Brüste warten.

Ich sauge mich erneut an seinen Lippen fest. Nur mit den Augen. Schließlich weiß ich, was sich gehört. In Gedanken stecke ich ihm die Zunge in den Mund, will in seine Schultern beißen, will mich nach unten arbeiten, bis ich seinen besten Freund kennenlerne. Will seinen Rücken zerkratzen, seinen Hintern mit meinen Fingern kneten, mich auf ihn setzen und einen Wahnsinnsorgasmus erleben. Gerne auch zwei. Oder mehr. Ich merke, dass ich ihn anstarre.

Er beugt sich vor und dann passiert das, was ich mir gewünscht habe. Er nimmt mir das Weinglas aus der Hand, stellt es irgendwo ab, sieht mich durchdringend an, beugt sich vor und küsst meinen Hals. Ich stöhne heftig. Er presst seinen Mund auf meinen, legt seinen Arm um meine Taille, zieht mich an sich, was in dieser erbärmlichen Liege nicht bequem, aber herrlich fantastisch ist.

Seine Finger bewegen sich unter meiner Bluse nach oben, streicheln die Wölbung meiner Brust. Berühren meine Brustwarzen. Mich überwältigt pure, herrliche Lust. Ich lehne mich in meiner Liege zurück, möchte ihn auf mich ziehen. Es ist mir völlig gleichgültig, dass meine Freunde anwesend sind.

Daniela ist längst still geworden. Ihr Gesang ist verstummt. Die Kerzen flackern. Sie mögen die Dunkelheit nicht mehr durchdringen. Ich lehne mich weiter zurück. Paul rutscht zu mir auf die Liege, die das tut, was alte Liegen machen, wenn sie der Belastung nicht mehr standhalten. Sie bricht zusammen. Mein Hinterkopf knallt hart auf dem Boden auf. Nur die dünne Stoffschicht der Liege dämpft den Aufprall meines Kopfes.

Ich habe nur Lidschläge Zeit für die erschütternde Erkenntnis, dass ich während ersehnter, höchsterotischer Sekunden bewusstlos werde. Was hilft es in diesem Augenblick, dass der Mann, den ich begehre, in aller Pracht auf mir liegt?

80

Mein Kopf schmerzt. Hinter meiner Stirn finden Explosionen statt. Richtig verwundert bin ich darüber nicht, denn die Mengen, die ich getrunken habe, tragen ordentlich zu meinem Unwohlzustand bei. Ich mag nicht denken. Denken schmerzt. Meine Liege und ich liegen auf dem Terrassenboden. Beide fühlen wir uns gebrochen. Mir ist eiskalt. Mein Körper fühlt sich an wie der einer Schlange am Ende ihrer Winterstarre. Zumindest vermute ich, dass sich eine Schlange so fühlt, wenn erste wärmende Sonnenstrahlen nach einem langen Winter ihre Haut kitzeln, sie aber noch nicht weiß, ob sie jemals wieder in Bewegung kommt. Erste Sonnenstrahlen kitzeln auch meine Haut. Ich erinnere mich nicht, jemals einen derartigen Aussetzer gehabt zu haben. Schmerzgeplagt blicke ich in den Himmel. Dazu muss ich mich nicht bewegen, nur die Augen öffnen. Die grausame Helligkeit des frühen Morgens ist das Letzte, was ich jetzt brauche. Ein warmes Bad hingegen wäre himmlisch.

Eine schmerzgeplagte Kopfdrehung später weiß ich, dass ich nicht allein versumpft bin. Anton liegt auf meiner Yoga-Matte. An ihm kleben zwei Frauen, eine am Rücken, die andere an seinem Bauch. Eine verzweifelte Decke versucht sich gerecht zwischen den dreien aufzuteilen, doch nur Anton ist der Profiteur aus dieser Situation.

Ächzend drehe ich mich zur Seite. Mir wird übel. Es gelingt mir nicht mich zu beherrschen. Ich scheitere kläglich. Das bisschen flüssiger Mageninhalt nimmt die falsche Richtung. Eine Funkie freut sich bestimmt nicht über die unerwartete Düngung, doch für Ausweichmanöver bleibt keine Zeit. Im Aufstehen verheddere ich mich in meiner dünnen Decke. Freistrampeln ist anstrengend. Ob meine bereits zur Arbeit gefahrenen Nachbarn die Köpfe über uns Terrassenleichen geschüttelt haben?

Klägliches Miauen erinnert mich an gewisse Verpflichtungen.

Katzastrophsky lauert hinter geschlossener Terrassentür und will nicht nur Futter, sondern muss auch mal dringend. Die Drohung, mich auch noch mit Katzenhinterlassenschaften zu beschäftigen, lässt mich in Schwung kommen. Ich stemme mich hoch und flehe meinen Magen um Rücksicht an. Es befindet sich ohnehin nichts mehr darin, was es herzugeben wert wäre, also kann er auch gleich Ruhe geben. Steif und instabil bewege ich mich auf die Terrassentür zu und drücke sie auf. Katzastrophsky saust an mir vorüber. Ich glaube, dass sie mir die Zunge gezeigt hat. Würde mich jedenfalls nicht wundern.

Anton, den ich aufzuwecken versuche, knurrt. Daniela und Felicitas ignorieren mich.

Fünf Schmerztabletten und eine halbe Stunde später, brummt mein Schädel nicht mehr außerordentlich, sondern nur noch beträchtlich. Allerdings helfen die Schmerztabletten nicht gegen die Übelkeit, auch nicht gegen die Kälte, die nicht aus meinem Körper weichen will.

Ein Bad soll mir beim Auftauen helfen. Behutsam tauche ich in meiner Badewanne unter, wasche meine Haare, befühle die schmerzhafte Beule am Hinterkopf. Das muss beim Zusammenbruch der Liege geschehen sein. Unter Qualen wasche ich mich, freue mich aber gleichzeitig über die Wärme, die meinen Körper flutet.

Der Weg aus der Wanne ins Leben ist ein grausamer. Jede Bewegung tut weh. Jede Berührung empfinde ich als zu intensiv. Nicht nur das Trockenreiben mit dem Handtuch, sogar das Reiben der Kleidungsstoffe auf meiner Haut ist kaum erträglich.

Wenig später kriecht Anton ins Haus. Er ächzt und berichtet mir von einem wilden Gelage, einer Mordsgaudi und seinem schweren Kater. Das ist das Stichwort für Katzastrophsky, die in die Küche stürmt und lautstark ihre längst überfällige Futtergabe einfordert. Ich habe Verständnis, brauche aber dennoch zu lange und muss mich vom Fellknäuel ermahnen lassen, schneller zu machen. Sie verhungert neben mir.

Anton starrt vor sich hin. Mein Konzentrationsmangel bewirkt, dass ich eine Weile vor der Küchenanrichte stehe, ohne zu wissen, was ich hier eigentlich wollte.

»Kaffee«, raunzt Anton unterstützend, »Katzenfutter«, fügt er hinzu. Weil ich mich immer noch nicht bewege, schreitet er selbst zur Tat. Wobei die Bezeichnung schreiten die Übertreibung des Jahrhunderts ist, denn er ist käseweiß im Gesicht und kaum zu ordentlicher Koordination fähig. Taumelnd ist er sich selbst im Weg.

Zusammen schaffen wir es, Kaffeepulver auszuschütten. Eine passende Dosis davon gelangt immerhin in den Filter. Einer von uns zweien hat den Wasserkocher unter Kontrolle, was einfach ist, denn der erhitzt sich ohne unser Zutun.

Anton füttert meine Katze. Er holt mit einer Gabel das Futter aus der Dose, füllt es in Katzastrophskys Futterschüssel und leckt die Gabel danach ab. Mir graust. Ich bemühe mich, meinen Magen davon zu überzeugen, sich nicht zu entleeren. Anton dagegen scheint nicht einmal zu bemerken, was er getan hat. Im selben Augenblick überkommt mich ein massiver Schwindelanfall. Ich gleite entlang eines Küchenkastens zu Boden, bleibe sitzen und murmle: »Lass mich sterben!«

Mindestens zehn Mal erzähle ich mein neues Credo abwechselnd Anton und der Katze. Die eine schmatzt und ist zufrieden, dass sie endlich Futter bekommen hat. Der andere schlürft Kaffee.

Katzastrophsky nutzt schließlich meine momentane Hilflosigkeit schamlos aus. Sie macht es sich schnurrend auf mir bequem. Ihr Brummen ist so laut, dass ich mir die Ohren zuhalten möchte, was nicht möglich ist, denn meine Arme verweigern mir den Dienst.

Ich schlafe am Boden sitzend ein.

81

Felicitas grinst. Ihr Verhalten ist unmöglich. Hat sie doch genauso viel getrunken wie ich, verfällt aber nicht in denselben hoffnungslosen Zustand wie ich. Anstelle sich solidarisch zu erklären, ist sie unanständig fit.

»Alkohol«, sagt sie, »konnte mir noch nie besonders viel anhaben.« Dann erzählt sie mit verschmitztem Lächeln und hochgezogenen Augenbrauen, dass sie sicher sei, dass ich gestern noch Besuch von Paul bekommen hätte. Ganz sicher. Und, er hätte sich sehr um mich bemüht. Mein verwirrter Blick lässt sie hell auflachen. Der hohe Tonfall ihrer Stimme foltert sich in meinen Gehörgang, erreicht mein Gehirn und beschert mir einen neuerlichen Übelkeitsanfall. Felicitas' Lautstärke gehört unbedingt korrigiert.

»Bitte«, hauche ich verzweifelt, »Ruhe!«, bevor mein Körper auf den Boden fließt und in stabiler Seitenlage liegen bleibt. Ich verfalle in einen meditationsähnlichen Zustand, allgemein als Totenstarre bekannt.

»Ich kann mich nicht erinnern«, flüstere ich und ertrage meine eigene Stimme nicht. Sie vibriert unangenehm in meinem Kopf. Dieses Mich-nicht-erinnern-Können macht mir Sorgen. Was ist gestern geschehen? Warum ist mein Blackout dermaßen black? Und wenn Paul wirklich zu Besuch war, wie muss er sich inmitten unserer Sauforgie gefühlt haben? Wie habe ich mich benommen? Wie hat er sich benommen? Hat er sich benommen? Haben wir uns benommen?

Mein Gehirn bestürmt mich mit Fragen, was meine Kopfschmerzen nicht verringert. Ich wische meine Gedanken zur Seite, hebe mühsam mein Haupt und trinke angestrengt einen Schluck Kaffee aus meinem Lieblingshäferl, das Anton fürsorglich neben mir am Boden abgestellt hat. Ein Strohhalm wäre toll. Nach dem zweiten Schluck beschließe ich spontan, erst einmal tagelang zu schlafen. Meine Gedanken brauchen Pause. Sie müssen sich totschlafen. Später wird mich ohnehin zermürbende Nachdenklichkeit überfallen.

Am Abend befördere ich meine Wäsche in die Waschmaschine. Verwirrt stelle ich fest, dass meine Unterhose fremd riecht. Sie riecht nicht nach mir. Sie verströmt einen eigenartigen, aber bekannten Geruch. Ausfluss, den ich schon lange nicht mehr an mir gerochen habe. Seit Ewigkeiten nicht mehr. Meine Unterhose riecht nach Sperma. Mir wird heiß. Wieder steigt Übelkeit in mir auf. Ich übergebe mich in den Wäschekorb. Ich hege Mordgedanken. Ich rede mir ein, mich zu irren.

- 82 -

Er hat Geburtstag. Ich weiß es, weil er sein Geburtsdatum auf Facebook hinterlegt hat. Ich gehe davon aus, dass das eingetragene Datum stimmt. Männer sind in dieser Hinsicht nur wenig eitel, zumindest bis zu einem gewissen Alter. Ganz im Gegensatz zu Frauen. Am Abend vor seinem Geburtstag werfe ich ihm eine Postkarte in den Briefkasten. Heimlich. Ohne Unterschrift. Ich wage es nicht, mich zu outen. Soll er doch ruhig raten, wer die heimliche Verehrerin ist. Handgeschrieben ist sie, die Karte. Bemüht habe ich mich. Meine Schrift ist jedoch ungelenk, da ich nur noch selten mit der Hand schreibe.

Lieber Paul!
Ich wünsche dir alles Gute zum Geburtstag.
Du bist klug, erotisch, besitzt Ausstrahlung, bildest dir jetzt hoffentlich nix darauf ein, bist ein attraktiver Mann, wenn auch grausam, zumindest mir gegenüber. Fast bin ich versucht zu schreiben, dass du arrogant bist. Du bist aber auch interessant. Eine aufregende Mischung aus Versuchung

und Herzklopfen. Wäre ich Kannibalin, würde ich dich aufessen wollen. Du bist die Karotte vor der Nase der Eselin, die sich dafür begeistert, aber es nicht schafft, das begehrenswerte Gemüse zu erwischen.
Herzliche Grüße!

Mein im Hinterkopf herumschwebender Nachsatz, ich bringe dich um, wenn ich dich in die Finger bekomme, weil mich der Geruch meiner Unterhose nach meinem Blackout argwöhnen lässt, dass du ein Mistkerl bist, findet sich nicht in meinem Geburtstagsgruß.

Immer noch verdränge ich den Gedanken an Sex, an den ich mich nicht entsinnen kann. Ich rede mir ein, mich geirrt zu haben. Bei der Menge an Alkohol, die ich getrunken habe, ist es kein Wunder, dass alle meine Sinne verrücktspielen. Die Erinnerung ist sowieso beim Teufel. Warum sollte mir nicht auch mein Geruchssinn übel mitgespielt haben?

Seit Tagen versuche ich, den betreffenden Abend zu rekonstruieren. Erfolglos. Bis auf meine schmerzende Beule am Hinterkopf rücken meine Gehirnwindungen nichts Sachdienliches raus.

Will ich Paul tatsächlich eine solche Tat unterstellen? Das hat er nicht nötig. Er doch nicht. Ich muss mich getäuscht haben. Zweifel nagen an mir. Ich bin verunsichert.

- 83 -

Es wird gefeiert im nachbarlichen Garten. Ich wurde nicht eingeladen, was mich traurig stimmt. Um es deutlich zu formulieren: Ich bin wütend auf Paul, der mich mit einem kühlen Hinweis darauf, dass es morgen lauter als üblich werden könnte, über seine Feier informierte. Mir ist klar, würde er meine Gesellschaft schätzen, hätte er mich eingeladen.

Ich denke an den Geruch meiner Unterhose.

Während ich schwitzend und grantig ein Apfelbäumchen umkreise, das heute noch in die Erde soll, geht es in Nachbars Garten hoch her. Der heutige Tag ist nicht der beste Tag, um einen Baum zu pflanzen. Aber ich schwöre dem Bäumchen hoch und heilig, dass ich es liebevoll gießen, betreuen, den Sommer über verhätscheln, in den Herbst hineinretten und erholt in den nächsten Frühling schicken werde. Das Bäumchen, das einmal ein großer Baum werden soll, habe ich aus einem Pflanzenflohmarkt losgekauft, wo es mir sehnsüchtig hinterhergeblickt hat.

Nun stehe ich hier und versuche den perfekten Platz für den Baum zu finden. Ich rieche Grilldüfte vom nachbarlichen Anwesen, höre Frauen lachen und sehe, wie sie Paul schöne Augen machen.

Hart ramme ich die Schaufel in den Boden. Jedweder Versuch, Anknüpfungspunkte mit Paul zu finden, scheitert bereits nach kurzer Zeit. Wir haben nichts gemeinsam. Nicht einmal Gartenarbeit. Spöttische Stimmen zischen durch mein Gehirn, wispern mir zu, dass es wunderbar sei, dass ich mich einsichtig zeige. Dass Frau eben nicht alles haben kann, wir erkennbar nicht zueinander passen. Dass es besser sei aufzugeben. Ich könne meinen irren Wunsch gleich jetzt zwischen den Wurzeln des Apfelbaums begraben. Verächtlich spucke ich auf den Boden und ärgere mich im nächsten Atemzug über mein Verhalten. Nicht, weil es sich als Frau nicht gehört zu spucken, sondern weil mir aufgrund der Hitze ohnehin Feuchtigkeit fehlt. Meine Zunge klebt am Gaumen. Ich habe vergessen, mir eine Flasche Wasser zur Grabungstätigkeit mitzubringen. Ich ärgere mich und betrachte die Schaufel, die nicht recht in die Erde will, weil die Frau am anderen Ende des Schaufelstiels lieber zornig ist als arbeitsam.

Während ich die Schaufel neuerlich in den Boden ramme, sehe ich aus Augenwinkeln, wie Paul von den Frauen flüchtig berührt wird. Sie umkreisen ihn, genauso begierig wie ich meinen Apfelbaum. Wie blutsaugende Insekten ihr Opfer. Mit gepflegten Händen liebkosen sie seine Oberarmmuskeln. Sie betatschen ihn. Streicheln ihn. Er lässt es sich gefallen.

Steine knirschen unter meinem Schaufelblatt. Steine, wären sie Lebewesen, hätte ich mich gerade des vielfachen Mordes schuldig gemacht, so gnadenlos fährt mein Spaten in den Boden. Nach erfolglosen Versuchen, den knochentrockenen Boden zu lockern, stütze ich mich auf der Schaufel ab, wische mir den Schweiß von der Stirn und beobachte verstohlen die Partygesellschaft. Die hübsche Blonde spielt Gastgeberin an Pauls Seite.

Röcke und Kleider flattern. Kurze Hosen zeigen behaarte Männerbeine. Einer hat sogar rasierte Beine. Muss ein Rennradler sein. Sieht hässlich aus. Ein anderer Typ trägt eine Hose in elendiger Länge. So ein Ding, das nicht weiß, ob es lang oder kurz hätte werden sollen. Die unglücklich gewählte Beinlänge lässt den Kerl wie eine zu kurz geratene Spaghetti aussehen, die unsicher ist, ob sie sich zu den langen Kollegen oder zu den Suppennudeln gesellen oder lieber gleich zerbrechen soll. Endlich erbarmt sich seine Begleitung. Sie krempelt ihm die Hosenbeine hoch. Willig lässt er sich diese Kleidungskorrektur gefallen.

Jeder Seitenblick zu den Feiernden hin quält mich. Mein Neid gleicht feinen Nadelstichen. Kurze Röcke bieten schlanken, braungebrannten Frauenbeinen eine Bühne für den perfekten Auftritt. Enge Shirts berichten von Fitnessstudiobesuchen und den daraus resultierenden, wunderbaren Proportionen. Ich dagegen schwitze, bin schmutzig, quäle meine Schaufel in den trockenen Boden, um ein Pflanzloch auszuheben, trage Arbeitsschuhe, die noch nie einen Laufsteg gesehen haben, höchstens auf einer Präsentation für Sicherheitskleidung und auch das niemals während einer Abendveranstaltung. Meine ziemlich wunderbaren Proportionen kommen in meinem durchgeschwitzten Gartenkleid nicht richtig zur Geltung. Ich biete keinen verlockend reizvollen Anblick. Meine Hände stecken in Handschuhen, sind aber dennoch schmutzig, weil ich zwischendurch mit bloßen Fingern in der Erde herumwühle, um ein Gefühl für den Boden zu bekommen und um Steine aus dem Pflanzloch zu entfernen. Meine Knie tragen keine Lederhaut und erdbraune Abdrücke, weil es schneller geht, sich im entscheidenden Augenblick hinzuknien, als die knieschonende Unterlage aus ihrem Versteck zu holen. Mein Kleid ist alt, wird an vielen Stellen von kleinen Löchern verziert, die von dornigen Rosen stammen, die sich zornig am Kleid festgehalten haben. Außerdem ist es zu kurz, was mich dazu nötigt, mir Gedanken zu machen, welche Haltung ich bei meiner Grabungstätigkeit einnehme. Mich elegant zu bücken, ist ein Ding der Unmöglichkeit, würde ich dadurch doch Einblicke gewähren, die ich nicht erlauben will.

Endlich ist mein Pflanzloch perfekt. Tief genug. Breit genug. Ich klemme den Blumentopf zwischen meine Beine und heble den Baum aus seinem engen Gefäß. Ich schwöre, ich kann das selige Aufseufzen seiner Wurzeln hören. Ebenso zufrieden seufze ich, bevor ich meinen Apfelbaum erleichtert in seine perfekte Grube stelle. Ich drehe ihn, richte danach den Stamm kerzengerade aus und verteile Erde im Pflanzloch, die ich energisch festtrete. Mit Hilfe meiner Gartenschere befreie ich die Äste aus dem umschlingenden Netz. Schließlich trete ich zurück, um die Optik der sich ausbreitenden Äste zu betrachten.

Mein Apfelbaum. Eine weitere Zierde im Garten. In meiner Betrachtung werde ich unterbrochen durch: »Auch ein Bier?«, was mich verwirrt, denn ich spreche zwar mit meinen Pflanzen, auch mit Bäumen, aber bisher hat mir noch keiner meiner grünen Pfleglinge ein Bier angeboten. Das ist eine echte Premiere. Eine Premiere, die noch hinzufügt: »Das Kleid bietet Einblicke, die mir gefallen, aber keinesfalls züchtig sind.«

Die Stimme kenne ich. Erschrocken fahre ich herum, streife rasch mein Kleid über meinem Hintern glatt, fühle mit Entsetzen, dass dort, wo ich normalerweise Stoff haben sollte, nackte Haut ist und werde knallrot. Hektisch bedecke ich meine Blöße, zupfe am Gewebe herum. Die mir entgegengestreckte Flasche Bier würde mich nur über diesen Fauxpas hinwegtrösten, hätte ich bereits zuvor zwei oder drei Flaschen konsumiert. So jedoch befinden sich in meinem Körper keine Promille, um mich über die delikate Situation hinwegzulächeln.

Der Mann grinst, hebt eine Flasche, tritt näher und drückt mir die kalte, mit Feuchtigkeit beschlagene Flasche in die Hand.

»Prost!«

Ich trinke gut die Hälfte des Inhalts in beinahe einem Zug aus. Mein »Danke!« kommt keuchend aus meiner Kehle. Kälte und Geschmack eines Getränks, das ich sonst nicht als erste Wahl betrachte, trösten mich über die vorangegangene Peinlichkeit hinweg.

»Was ist das für eine Sorte?« Er blickt meinen Apfelbaum mit gerunzelter Stirn an.

»Berner Rosenapfel. Schönes Fruchtfleisch. Guter Geschmack und angenehmer Duft nach Rosen«, stelle ich meinen Hochstamm mit Freude vor und lasse mich dort nieder, wo ich gerade noch gestanden bin.

Die Wärme des trockenen Bodens ist angenehm. Ich wische Feuchtigkeit von der Flasche und reibe mein rechtes Knie sauber. Die in meiner Handinnenfläche gesammelte Restfeuchte der Glasflasche verschmiert den Dreck am Knie allerdings nur noch mehr. Es macht mir nichts aus. Es ist, wie es ist. Schöner geht gerade nicht.

»Ich kenne den Garten gut von früher. Als das alte Paar noch im Haus wohnte. Endlich fängt der Garten an zu leben.«

Der Mann lässt sich neben mir nieder. Seine olivfarbene Hose wird schmutzig. Es ist ihm offenbar gleichgültig. Entspannt stellt er die Bierflasche in eine Grube zwischen seinen Füßen. Das weiße Hemd ist ein schöner Kontrast zu seiner braunen Haut.

Am liebsten würde ich Knopf für Knopf öffnen, um nachzusehen, wie weit die Bräune reicht. Verlegen reiße ich mich vom Anblick des neben mir sitzenden Mannes los, befürchte ich doch, dass er meine Gedanken lesen kann. Grillfeuergeruch hüllt uns ein. Mein Magen knurrt. Er lacht, weil das Geräusch laut und deutlich kam.

»Sie werden dich vermissen.« Ich nicke in Richtung Grillgeruch. Eine lästige Ameise hat sich mein Bein für ein Bissattentat ausgesucht, und nun juckt es ausgiebig an der Innenseite meines Oberschenkels. Ich leide still und spüre, wie mindestens eine Handvoll Ameisen der Tat der ersten folgen. Einen halbherzig ausgestoßenen Fluch später (»Ihr verfressenen Kleinkannibalen!«), der weder Ärger noch Schmerzen lindert, springe ich auf, verlasse den unglücklich gewählten Sitzplatz und betrachte ungeniert die Innenseite meines heftig geröteten Oberschenkels, dankbar für den Kommentar meines Bierträgers, »nette Unterhose«, und ebenso dankbar für seine Hilfe beim Abstreifen der lästigen Viecher, die sich inzwischen überall auf meinen Beinen verteilt haben. Gerne würde ich noch einen Schluck Bier trinken, doch meine Bierflasche ist umgefallen. Der verbliebene Inhalt hat die Erde getränkt. Soll das bissige Kleingetier doch einen Rausch und einen schweren Kater erleiden.

Leises Lachen holt mich zurück in die Wirklichkeit. Hatte ich doch tatsächlich seine Berührung genossen und brav stillgehalten. Ganz so, als wäre ich ein Kleinkind, dem der Sand aus der Kleidung geklopft wird, putzt er mich ab, streichelt mich beinahe zärtlich. Besonders lästig sind die Ameisen in meinen Socken, sodass ich schließlich auch die Schuhe ausziehe, während der Mann meine feuchten Arbeitssocken von den lästigen Beißern befreit. Er tut mir leid, denn es gibt sicher Schöneres, als sich mit meinen müffelig-verschwitzten Socken zu beschäftigen.

»Hallo!«, tönt es von Pauls Feier her. »Stören wir euch bei etwas?«

Nun seufzt der Mann, brummt »Idioten!«, greift sich meine umgefallene Bierflasche, steht auf und baut sich vor mir auf. Er deckt mich mit seinem Körper vor neugierigen Blicken ab. Dann dreht er sich zu mir um und nickt mir aufmunternd zu.

»Valeria«, stelle ich mich ihm vor, strecke ihm die Hand hin und warte auf das, was schon vor Monaten hätte kommen sollen. Dass er meinen Namen kennt, weiß ich. Für mich dagegen ist der Mann noch immer namenlos.

»Alexej. Alexej Wolf. Meine Mutter ist Polin. Mein Vater Österreicher. Alex geht auch«, erwidert er und schüttelt meine Hand, die dreckig und feucht und rau ist. »Du kannst aber auch Süßer zu mir sagen«, fügt er hinzu und grinst breit.

Ich betrachte ihn ungeniert, während er sich durch die Thujen zurück auf die höhergelegene Terrasse schummelt. Das Gelächter seiner Freunde ignoriere ich. Er hat sich die Hand nicht an seiner Hose abgewischt. Seine Hand, die ich mit meiner dreckig-verschwitzten Hand gedrückt habe. Jedem anderen hätte gegraust. Ihm nicht.

Eine hübsche dunkelhaarige Frau nimmt ihn in Empfang. Sie wirft mir einen kritischen Blick zu und schüttelt missbilligend den Kopf. Meint die mich oder mein abgekämpftes Aussehen? Im selben Augenblick hat sie mich offenbar für zu leicht befunden. Sie wendet sich mit verächtlichem Grinsen ab. Ich wurde geschätzt, gewogen und gedanklich verworfen, als Konkurrenz nicht wahrgenommen. Das ärgert mich. Lilly Augenstern schließt sich der Meinung der Dunkelhaarigen an. Sie kläfft in meine Richtung.

»Alles wie immer«, flüstere ich meinem Apfelbaum zu.

Die Versuchung, den Wasserstrahl aus meinem Gartenschlauch auf die gegnerische Terrasse auszurichten, ist nur schwer zu bändigen. Entschlossen schaufle ich die übrige Erde in die Apfelbaumgrube, stampfe sie fest und forme mit den Füßen einen Gießrand.

»Wasser marsch«, vertraue ich dem Bäumchen an und freue mich über das kühle Nass, das ich zuerst über meinen Kopf, dann über meinen Körper, schließlich aber in den zurechtgetretenen Erdwall fließen lasse.

Mein Gartenkleid klebt nass an mir, meine Haut ist angenehm gekühlt. Diese Erfrischung ist das Beste, abgesehen vom Bier und den liebevoll entfernten Ameisen, was mir heute passiert ist.

- 84 -

Julidrama.

Ich frage Anton, ob er es inzwischen bereut, dass er seinen Laptop auf unbestimmte Zeit an mich verliehen hat. Er zuckt mit den Schultern und verkündet, dass er ohnehin schon bemerkt habe, dass es mit meinen schriftstellerischen Fähigkeiten nicht besonders weit her sei. Er übe sich also in Geduld, was die Rückkehr seines Leihgeräts betreffe.

Pure Provokation.

Anton ist beweglich, er duckt sich rechtzeitig. Der Erdklumpen, den ich in seine Richtung geschmissen habe, verfehlt ihn nur um Haaresbreite. Hätte er sich nicht gebückt, hätte ich einen Volltreffer gelandet.

Meine Treffsicherheit, die sonst zu wünschen übriglässt, hat sich also verbessert, ganz im Gegensatz zur Länge des Inhalts meines Manuskripts.

»Dafür«, ergänzt Anton mit charmantem Lächeln, »sieht dein Garten prächtig aus. Nicht mehr glatt und langweilig, sondern wild und üppig. Vielleicht«, fügt er mit einem Blick auf meine Finger hinzu, die nach einem neuen Lehmklumpen suchen, »vielleicht solltest du dein Berufsbild überdenken.«

Ich schmeiße. Er springt zur Seite.

»Wenn du mich weiter so beleidigst, lasse ich dich bei mir nicht mehr den Rasen mähen«, verkünde ich übermütig, worauf er in Gelächter ausbricht und sich winkend verabschiedet.

Ich hoffe, er nimmt meine Drohung nicht ernst.

Juligarten.

Meine Kletterrose hat einen Platz im Garten gefunden. Clematis und Wilder Hopfen werden mit der Rose um die Wette ranken. Sorgen bereitet mir die *Rose der toten Königssöhne*. Ihre Stacheln beeindrucken mich schmerzlich. Hinterhältig streckt sie ihre Ranken aus. Nehme ich den Weg um meine Hausecke unüberlegt, krallt sie sich im Vorbeigehen in meiner Kleidung fest und sorgt für grausige Verletzungen. Wollte ich mein Haus mit einer Alarmanlage sichern, würde es genügen, diese Rose in üppiger Anzahl rundum zu pflanzen. Mir reicht das eine Exemplar.

Ich nähere mich der Verteidigerin von Haus und Garten mit Respekt, Rosenhandschuhen, einer Bindeschnur und zusammengekniffenen Augen. Am Schluss bin ich Besitzerin blutiger Kratzer, habe es jedoch geschafft, die Ranken zusammenzubinden und kann mich nun daran machen, die Stacheldrahtrose aus ihrem Topf zu befreien und in die Erde zu versenken. Als den perfekten Platz für die wilde Grazie habe ich mir Lilly Augensterns Lieblingsweg in meinen Garten ausgesucht. Exakt an jener Stelle, an der die Hündin mit Vorliebe mein Grundstück betritt, wird in Zukunft diese Wächterin stehen. Vielleicht werden Lilly dadurch die Buddelei in meinem Garten und ihre Düngergaben verleidet. Meine Erwartungen sind hoch angesetzt. Ich wünsche meiner Stacheldrahtrose viel Erfolg bei der Abwehr des sich nur wenig ladylike verhaltenden Kläffers. Ich will die halbhohe Wadenschnapperin schmerzvoll aufjaulen hören, vor allem, da Paul keinerlei Anstalten macht, in das Verhalten seines Augensterns einzugreifen.

August.

»Petersilie, Pfefferminze, Ranunkel, Sauerampfer, Schafgarbe, Schlüsselblume, Seidelbast, Schneeglöckchen, Schwertlilie, Sonnenblume«, lese ich halblaut.

Die Namensgebung dieser Pflanzen lässt Bilder und Geschichten in meinem Kopf entstehen. Ich lasse Schafe umherspringen, sehe Hirten mit Schwertern ihre Tiere schützen, jeder einen Schlüsselbund am Gürtel, während ein Wolf zwischen Sonnenblumen lauert und sich ärgert, weil ihn Pfeffer im haarigen Hintern juckt, möchte er sich doch gerne ein Schaf zum Mittagessen einladen. Über der von mir erschaffenen Szene scheint die Sommersonne, Minze wiegt sich im Wind, die Luft riecht trocken, die Schafe blöken.

»Tollkirsche, Wegwarte, Winterling«, flüstert das Verlangen in meinem Kopf, während ich in der Auflistung nach unten gleite. »Ich will euch alle in meinem Garten haben. Alle.«

Ich schlage das Buch zu. Das laute Geräusch ärgert Katzastrophsky. Sie setzt sich auf und miaut grantig. Sie will nach draußen, dabei regnet es seit einer Woche in Strömen. Da draußen tobt nicht etwa ein Sommergewitter, auch kein warmer, hochsommerlicher Regenguss sorgt für kurzfristige Abkühlung. Der Sommer ist keiner. Es ist ungewöhnlich kühl, nass-feucht und damit kein toller Tag für Katzenpfoten, die sich im Freien an Mäuse anschleichen wollen. Kein toller Tag für eine Katze, die Regen auf ihrem gepflegten Luxuskörper nicht leiden kann. Der August lässt zu wünschen übrig. Ich friere beim Anblick des niederprasselnden Regens, der die Landschaft in frühherbstliches Grau taucht. Um sommerliche Wärme zu imitieren, bin ich versucht, meinen Kachelofen anzuheizen.

»Völlig lächerlich«, erkläre ich Katzastrophsky und gehe um Pullover und Socken. Es ist nicht nur für meine Katze ein Schlaf- und Fresstag, auch für mich gilt das. Es ist ein toller Tag für Faulheit. Kein Tag für Gartenarbeit. Es ist das perfekte Wetter, um sich an den Tisch zu setzen und zu schreiben.

Ich sitze also vorm Laptop und warte auf wunderbare Einfälle. Vielleicht helfen mir stichwortartige Notizen weiter oder die Erstellung einer Liste. Meine Agentin würde die Übersicht mit Neugier, vielleicht sogar mit Freude betrachten. Vermutlich aber nur, wenn sie meine Kritzeleien aus der Entfernung sähe, denn aus der Nähe besehen, befinden sich darauf Pflanzennamen. Es ist eine Einkaufsliste, nicht etwa ein *Seelengarten*-Eintrag, der mein Buch vorantreiben würde. Es gibt nichts voranzutreiben. Die Inspiration fehlt.

trrrrrrrrrrrrrrruuuuuuuucx … das war Katzastrophsky, die mich gelangweilt an der Tastatur unterstützt. Wir sind beide unzufrieden, wollen ins Freie. Unser Dschungel wartet auf Eroberung. Außerdem ist noch mehr zu erledigen. Ich muss Paul über den Weg laufen. Ein Verhör steht an. Eine Befragung zu jenem Abend, an dem mein Liegestuhl den Dienst aufsagte. Mir liegt daran, die Geschehnisse zu klären. Je weiter sich der Tag aus meiner Erinnerung entfernt, desto unwahrscheinlicher erscheint mir, dass tatsächlich etwas vorgefallen ist. Desto mehr schäme ich mich meiner Wahrnehmungen und Gedanken. Ich zweifle, ob Paul zu einem derartigen Übergriff überhaupt fähig wäre. Vielleicht weil ich zweifeln will. In Wahrheit habe ich Angst vor der Frage, weiß nicht, wie ich sie formulieren soll. Hinzu kommt die Angst vor der Antwort, außerdem die Furcht vor Pauls Gesichtsausdruck, wenn ich ihn mit meinem Verdacht konfrontiere. Es fehlt mir klar an Mut.

Mein Lauern auf Paul bleibt erfolglos. Ein Gutes hat es allerdings auch, denn genauso wie Paul hält sich auch Lilly Augenstern meinem Garten fern. Die Stacheldrahtrose ist zur perfekten Wächterin geworden. Teppich-Wacholder, den ich als Pflanzpartner seitlich der stacheligen Schönheit gesetzt habe, sorgt für unangenehmes Pfotengefühl. Lilly hält gebührenden Abstand. Zudem hat sie erst kürzlich von Katzastrophsky eine Derartige gescheuert bekommen, was an jammernder Hundewinsellautstärke kaum zu überhören war. Eine gelungene Aktion. Ob die Hündin meinen Garten nun als Sperrzone betrachtet?

Ich streichle Katzastrophsky, die es sich auf mir bequem gemacht hat, und lobe sie. Meine äußerst tapfere Kampfkatze lässt sich die Streicheleinheiten schnurrend gefallen. Sekunden später ist Schluss mit Schmeicheleien. Sie springt auf, weist mir den Weg in Richtung Küche und bittet nachdrücklich um eine Futtergabe. Ihr Miauen klingt, als würde eine Krähe in meiner Küche um Futter betteln. Absolut unmissverständlich wird mir von meinem Fellknäuel klar gemacht, dass ihre künftige Kampfstärke von meinem Fütterungsverhalten abhängt.

- 87 -

Eine Regenpause und schon saust Katzastrophsky ins Freie. Sie will sich mit ihren Vogelfreunden unterhalten, und die tägliche Mäusezählung steht auch an.

Meine Katze ist leidenschaftliche Ornithologin. Minuten später sehe ich, wie sie den verlockenden Duft einsaugt, der aus einem Mauseloch aufsteigt, während sich die Vögel totlachen. Wenn Katzastrophsky Glück hat, fällt dabei einer vom Himmel oder vom Ast, auf dem er sich niedergelassen hat, und ihr vors Maul. Bis es so weit ist, stoßen die gefiederten Gartenbesucher laute Warnrufe aus, die dafür sorgen, dass die Kuscheleinheiten zwischen haarigem Hausmonster und gefiederten Gartenbesuchern nicht intensiviert werden. Die Mäuse dagegen haben schlechte Karten, denn Katzastrophsky ist hinterhältig, wenn es darum geht, sich bodennah anzuschleichen.

Wenig später stehe ich in Gummistiefeln im Garten. Zentimeterdick Lehm an den Sohlen, arbeite ich in Grenznähe zu Pauls Thujen. Astern, Flieder und Geißblatt sind an der Reihe. Unbedingt will ich meine Pflanzen in die Erde befördern, bevor der nächste Regenguss mein Vorhaben boykottiert. Zwischen meinem Keuchen und den energischen Versuchen, die Lehmpatzen vom Schaufelblatt zu streifen, sowie dem Streben, den perfekten Platz für den Flieder zu finden, halte ich Ausschau nach Paul. Ich blinzle verstohlen zum nachbarlichen Grundstück hin.

Wo ist Paul nur? Ich würde es verstehen, wenn er sich aus dem Staub gemacht hat. Das Wetter begünstigt jede Flucht. Ein Urlaubswunsch, verbunden mit einem Aufenthalt in einem sonnigeren Land, ist jedenfalls nachvollziehbar. Aber: Warum hat er mir nichts davon erzählt? Ich hätte auf sein Haus und den Garten geachtet und die Blumen gegossen, was in den letzten Tagen hinfällig gewesen wäre. Allerdings besitzt Paul Zimmerpflanzen, die Zuwendung brauchen. Das weiß ich, denn ich kann das Grünzeug sehen, weil es mir im Weg ist, wenn ich mit dem Fernglas die Vögel beobachte, die zufällig an Pauls Panoramafenster vorbeifliegen.

Wo ist Paul also? Soll ich anläuten? Kann es sein, dass er sich verletzt hat, hilflos irgendwo herumliegt und nur darauf wartet, von mir gerettet zu werden?

»Blödsinn!«, entfährt es mir laut.

Entschlossen ramme ich meine Schaufel in die aufgeweichte Erde und setze ein, was gesetzt werden muss. Energisch trete ich die Lehm-Mutterboden-Pampe zurück in die Pflanzgrube, matsche den Untergrund fest. Herrlich klingt dieses Geräusch. Ich habe kein Mitleid mit meinen Gummistiefeln, genau dafür wurden sie erschaffen.

Selbstkletternde Jungfernrebe und Geißblatt pflanze ich an die Mauer, die meine Grundstücksgrenze zum anderen Nachbarn markiert. Eine Betonmauer, die mich täglich optisch beleidigt. Knapp zwei Meter hoch und etwa fünfzehn Meter lang, trennt sie unsere Grundstücke. Sie ist grau und bei jeder Betrachtung bekomme ich Gefängnishofgefühle. Ich habe sogar schon überlegt, sie auf meiner Seite zu bemalen. Die nachbarliche Erlaubnis dazu habe ich eingeholt und ein Schulterzucken geerntet.

»Ist nicht meine Seite«, meinte der alte Mann damals. »Mach doch, was du willst. Dir muss die Schmiererei gefallen.«

Ich habe die farbenfrohe Bemalung wieder verworfen. Dazu hätte ich mir talentierte Sprayer einladen müssen, denn ich kann nicht malen.

Kurzentschlossen wird also nun die nachbarliche Barriere begrünt. Auf diese Weise soll sie sinnvolle Verschönerung erfahren. Zumindest während dreier Jahreszeiten werden sich Kletterpflanzen an ihr üben, und irgendwann übernimmt Efeu die vierte Jahreszeit, wenn er sich erfolgreich an der Mauer hochgerankt hat. Im Herbst plane ich noch weitere Verbesserungen in diesem Bereich. Ich werde Zierlauch setzen. Im kommenden Frühling wird er mit seinen langen Stielen und den großen weißen, blauen und violetten Blütenkugeln für Furore sorgen. Pfingstrosen, Ehrenpreis, Fetthennen, Katzenminze und Storchschnabel werden im Fußbereich Auflockerung bieten. Um hübsch in den kommenden Vorfrühling zu starten, werde ich Hyazinthen, Krokusse und Tulpenzwiebel kaufen und verbuddeln. Das ist zumindest der Plan. Ich bin zufrieden damit.

Prompt versetzt mich meine farbenfrohe Zukunftsversion in Sektlaune. Sektlaune, was für ein schönes Wort. Weil mich bereits die nächste Regenfront im Visier hat, trete ich den Rückzug an, streife meine schmutzstarrenden, kiloschweren Gummistiefel sorglos in der Garage ab, nur um mir Minuten später ein Bad zu gönnen.

Badewanne, warmes Wasser, ein Glas Sekt. Perfekt. Katzastrophsky hockt am Wannenrand und rührt mit einer Pfote begeistert im Badewasser um. Sie muss eine Wasserratte im Stammbaum haben, wenn auch äußerlich keine Ähnlichkeit besteht. Es ist wohl ein verwegenes Gen, das sie dazu verleitet.

Mucksmäuschenstill, mit angehaltenem Atem lausche ich dem Aufprallen der Regentropfen, die vom Wind gegen die Fensterscheibe geworfen werden. Es dämmert. Die Tage sind bereits erkennbar kürzer. Das gleichmäßige Prasseln der Tropfen auf die Scheiben trägt dazu bei, dass ich schläfrig werde.

Ich beobachte Katzastrophsky, die gerade den neben der Wanne stehenden Sessel erobert hat, es sich auf dem dort abgelegten Handtuch bequem macht, indem sie sich mehrmals dreht und eine Grube zurechttritt. Das Fellknäuel legt sich gemütlich zurecht und schlummert ein. Eine schlafende Katze ist Zufriedenheit pur.

Ich lausche dem Platzregen. Wie einfach Harmonie doch ist.

- 88 -

Mein Handy bringt die Welt ins Haus. Ein Blick aufs Display, auf den Namen des Anrufers, lässt mein Herz einen Zwischentakt schlagen.

Ich denke an braune Haut, an freundliche Augen, an ein schönes Hemd, an Ungezwungenheit. Es ist der Mann. Nicht, dass ich seine Nummer auswendig kenne, aber ich habe ihn immer noch unter DER Mann in meinem Speicher. Es wäre angebracht, den Eintrag auf Alexej Wolf umzubenennen, aber mir gefällt DER Mann.

Er hätte sich verwählt, sagt er, aber wenn er mich schon am Apparat hat, dann will er doch zumindest wissen, wie es um die Ameisenpopulation in meinem Garten bestellt ist. Er bietet mir an, einen Grünspecht vorbeizubringen, denn der würde sich hervorragend für die Reduzierung von krabbelnden Plagegeistern eignen.

Meinen Einwand, dass ich die Schnabelhiebe eines Grünspechts auf meinen Oberschenkeln als nicht besonders angenehm empfinden würde, überhört er und kündigt sich für Samstagvormittag an. Er hätte noch eine Kleinigkeit in meinem Keller zu überprüfen. Was er überprüfen will, ist mir ein Rätsel, denn mein Keller sieht ordentlich aus. Kein Vergleich zu früher. Sicherheitshalber unternehme ich einen Kontrollgang, überprüfe die Deckenlampen auf ihre Funktion und räume Asche aus dem Ofen. Das wollte ich ohnehin schon vor Monaten erledigen. Zum Ende der Heizperiode. Beinahe ist wieder Anfang der Heizperiode.

Mein Keller ist sauber und außerdem beinahe leer, denn das eine Regal nahe des Treppenabgangs, in dem Dosen, Flaschen, Kunststoffe und Papier auf ihre Entsorgung warten, zählt nicht als Einrichtung.

Da ich keine gute Wirtschafterin bin, gibt es auch keine Gestelle, die sich entlang der Wände reihen und die mit eingelegten Produkten aus meinem Garten befüllt sind. Nur im kühlsten Kellerraum brummt ein Gefrierschrank leise vor sich hin. In einem anderen lagern Gartendinge, die ich selten benötige, sowie Werkzeug. Davon wenig. Der intensive Holzgeruch wiederum verrät, dass ich davon genug besitze. Das Holzlager im Heizraum ist voll. Einen langen Winter werde ich problemlos überstehen.

Am Samstagvormittag fährt Alexej vor. Er kommt in Begleitung dreier Riesen, die eine Werkbank aus den Tiefen eines Transportfahrzeugs holen und sich damit auf meine Haustür zubewegen.

Die herbeigeschleppte Werkbank wundert mich. Erstaunt und neugierig gewähre ich den Männern Einlass. Gleichzeitig bin ich froh, dass der morgens fabrizierte Gugelhupf gelungen ist, denn ich habe den Eindruck, dass die vier grinsenden Männer Lust darauf haben könnten. Unheimlich finde ich, dass sie aussehen, als wollten sie mir ein Geburtstaggeschenk überreichen, das ich mir seit Jahren wünsche.

Mein »Guten Morgen!« wird umgehend erwidert. Danach erklärt mir Alexej, dass in jeden Keller eine Werkbank gehöre. Für gewisse Erledigungen. Welche Erledigungen er damit meint, weiß ich nicht. Mein Argument, dass ich kaum Werkzeug besäße, das ich dekorativ auf der Werkbank ablegen könne, geht im Keuchen der Transporteure unter.

Der Kellerabgang erweist sich als wahre Herausforderung. Eine der letzten Herausforderungen offenbar, die es für echte Männer noch zu bewältigen gilt. Am Schluss der erfolgreichen Schlepperei bin ich unheimlich froh darüber, Bier im Haus zu haben.

Es ist zehn Uhr vormittags. Ich habe nichts im Magen außer schwarzem Kaffee und einer ordentlichen Menge Bier. Das wird eine lustige Angelegenheit. Schon bin ich versucht, meinen Gugelhupf ins Bierglas zu tunken, in der Hoffnung, meinen Magen mit Saugfähigem zu füllen und dieser kritischen Situation ohne erheblichem Rausch zu entkommen. Die Männer gönnen sich meinen Gugelhupf ohne Gedanken an Betrunkenheit zu verschwenden. Sie denken sicher auch nicht darüber nach, den Kuchen ins Bier zu tauchen, was schon deswegen absurd ist, weil sie aus ihren Flaschen trinken. Die bereitgestellten Gläser haben sie ignoriert.

Wir genießen unser Bier rund um die Werkbank, die tatsächlich eine ausrangierte Hobelbank ist, wie mir Alexej erklärt. Ich darf mich, meint einer der Hünen, auf die Werkbank setzen. Die hält das aus. Prompt hebt er mich hoch und platziert mich mittig auf die Bank, was mir peinlich ist. Meine Beine baumeln ein Stück weit überm Boden. Ich komme mir vor wie ein kleines Kind. Alexej verschwindet und kehrt wenig später wieder zurück. Hinter seinem Rücken verbirgt er etwas, das er mir wohl gleich präsentieren will. Er macht es spannend. Die Hünen lassen anerkennende Laute hören, wissen sie doch offensichtlich bereits, was mir übergeben werden soll.

Wenn das Foto stimmt, das auf dem Karton abgebildet ist, bin ich jetzt glückliche Besitzerin eines Akkugeräts. Auf dem Karton steht die fachmännische Bezeichnung *Akku-Bohrschrauber*.

Alexej erklärt mir, dass das Set an Bohrern, das sich im Karton befindet, hilfreich sein wird, wenn ich alle Bilder aufhängen will, die jetzt noch lustlos an den Wänden lehnen. Er kann nicht wissen, dass ich die vielen Bilder testweise an die Wände gelehnt habe, weil deren finaler Platz noch nicht fixiert wurde. Zu viert erklären sie mir, womit ich vorbohren muss. Sie zeigen mir den Unterschied zwischen einem Holz- und einem Metallbohrer. Dann folgt eine Einschulung, wie ich es schaffe, dass der Putz an den Wänden und die Schäden gering bleiben, die ich beim Anbohren einer Wand verursachen kann. Ich nicke, höre andächtig zu und biete an, mit einer Probebohrung zu beginnen, was mit Gelächter quittiert wird.

Fünf Schrauben später hängen fünf Bilder an der Wand. Kein einziges Loch habe ich selbst gebohrt. Ich durfte andächtig dabei zusehen. Alle Hünen blicken Alexej an. Der lächelt vielsagend, und Minuten später rauschen drei von vier im Lieferwagen ab.

Der Vierte beschließt, noch ein Bier zu trinken und meinen restlichen Gugelhupf zu verschlingen.

»Sieht schön aus«, sagt Alexej und deutet mit seiner Bierflasche an die Wohnzimmerwand, an der nun sepiafarbene Aufnahmen aus meinem Garten hängen. Makroaufnahmen einer Löwenzahnblüte, der hübsche Blütenstand einer wilden Karotte sowie Margeriten. Von unten fotografiert. Direkt hinauf in den blauen Himmel, der auf dem Fotopapier hellbraun ist. Ein weiteres Foto berichtet von der Schönheit von Sonnenblumen, ein anderes zeigt detailliert die vielen Stacheln meiner Stacheldrahtrose.

Ich betrachte Alexej, während er meine Fotos ansieht. Plötzlich nehme ich aus dem Augenwinkel eine Bewegung im Garten wahr. Lilly Augenstern ist wieder einmal unterwegs. Hintendran befindet sich Paul, der seine Hundedame wieder einfängt, und dann einen neugierigen Blick in mein Wohnzimmer wirft. Erst als er die Hand zur Entschuldigung hebt und mir zuwinkt, weiß ich, dass er mich trotz der Reflexionen der Scheiben gesehen hat. Ich winke halbherzig zurück.

»Gutaussehender Nachbar«, verkündet Alexej, »lästiges Fellknäuel«, fügt er hinzu und reicht mir mein Bierglas.

Ich finde sein Zitat passend, nehme einen Schluck. Umsonst, die Flasche ist leer.

»Ein Flasche steht noch im Kühlschrank. Sollen wir teilen?«, frage ich.

Alexej nickt. Ich hole den Nachschub und setze mich neben ihn.

»Woher kennst du Paul?« Ich überfalle ihn mit meiner Frage. Er ignoriert sie und sieht ins Freie.

»Dein Garten ist schön. Hast du noch viele Pflanzen, die in die Erde müssen?« Alexej greift nach meinem Akkubohrer und betrachtet ihn, als hätte er ihn nie zuvor gesehen. Ich bezweifle, dass ich eine Antwort auf meine Paul-Frage erhalten werde.

Doch dann kommt zu meiner Überraschung eine Erklärung, die mir die Peinlichkeit meiner Frage aufzeigt.

»Paul ist der Freund einer Freundin. Meiner Ex-Freundin«, fügt Alexej hinzu. Es wirkt, als würde er laut über eine Online-Bewertung des Akkubohrers nachdenken und nicht kundtun, dass seine Ex eine Beziehung mit meinem Nachbarn hat. Er betrachtet dabei weder mich noch sein Bier oder den Garten, dafür das Gerät in seiner Hand.

»Schöne Farbe. Nennt man Blau mit Tendenz zu Petrol«, ergänze ich, um der Sinnlosigkeit des Gesprächsverlaufs die Krone aufzusetzen.

Langsam hebe ich mein Glas, um mit Alexejs Flasche anzustoßen, und stelle fest, dass meine Motorik bereits unterm Alkoholkonsum leidet, denn ich treffe die Flasche nicht. Zusammenhanglos erkläre ich, »Autofahren darf ich bestimmt nicht mehr!«, und kassiere einen verständnislosen Blick. Kein Wunder, der Gedankensprung von der Farbe des Akkubohrers zum Fahrverbot ist nicht nachvollziehbar. Ich vertrage Alkohol eben schlecht. Muss am Trainingsmangel liegen.

Der Mann legt den Bohrer auf meine Couchtruhe und nimmt mir das Glas aus der Hand. Er beugt sich zu mir her und zieht mich an sich, was nicht schwierig ist, denn inzwischen lehne ich beinahe an seiner Schulter. Vermutlich schwärme ich ihn gleichzeitig dümmlich an.

»Ich mag deine Art«, sagt er.

Dieser einfache Satz versetzt mich in helle Aufregung. Weit mehr, als hätte er meine Augen als schön oder meine Beine als unendlich lang bezeichnet.

Dann küsst er mich. An diesem Punkt werden alle meine Zellen mit einem Adrenalinstoß zur Ordnung gerufen. In einer Hundertstelsekunde bin ich nüchtern und genieße den Hormonrausch, der durch meinen Körper schießt. Am liebsten möchte ich Alexej anfallen. Über ihn herfallen.

Tut Frau das?, funkt mein Hirn an meine Libido.

Unbedingt!, erklärt eine übermütige Gehirnzelle und will die anderen motivieren, in ihren Befehl einzufallen.

Ich dränge mich an Alexej, spüre seine Hände auf meinem Rücken und bin erfreut darüber, dass sie weiterwandern in Richtung meines Hinterns. Erst als er meinen Rock hochschiebt und fest zugreift, überkommen mich Hemmungen.

Die Fensterscheiben meiner Terrassentür sind schmutzig, aber doch sauber genug, um uns in der Auslage zu präsentieren. Mein Zögern sorgt für Ernüchterung. Er entlässt mich aus seiner Umarmung, nimmt seinen Arm aber nicht von meiner Taille. Alexej sieht mich an. Sein Gesicht ist so knapp an meinem, dass seine Augen zu einem einzigen werden. Ein einzelnes blaues Auge, direkt an seiner Nasenwurzel, wie jenes eines Zyklopen, sieht mich an. Er küsst meine Nasenspitze. Das eine Auge wird wieder zu zwei Augen, weil er sich ein Stück von mir entfernt.

In diesem Augenblick werfe ich alle Konventionen über Bord. Wem bin ich Rechenschaft schuldig? Ich muss mich nicht erklären. Mich interessiert nicht, ob Alexej eine Freundin hat und ich im Begriff bin, mich in eine Beziehung zu drängen.

Er räuspert sich und greift nach seiner Bierflasche. Ich nutze seine Bewegung, drehe mich zu ihm hin, schiebe mich in seine Arme und blockiere dadurch den Zugriff auf die Flasche. Dann küsse ihn ich, zerre meinen Rock hoch und lege seine Hände zurück auf meinen Hintern.

Ich denke keine Sekunde daran, mich zu benehmen, und ignoriere, dass sich Frau nicht auf diese Weise anbieten sollte. Ich genieße es, sein Stöhnen zu hören, und dass er sich an mir reibt. Deutlich fühle ich, wie seine Erregung wächst. Ein bisschen möchte ich Alexej quälen. Soll er doch ruhig leiden, während seine Erregung noch weiter zunimmt, so lange, bis er sich Erlösung wünscht.

Ich flüstere ihm ins Ohr: »Küss mich. Umarme mich. Streichle meine Haut. Leck mir das Salz vom Leib, den Pfeffer auch, und hoffe auf Gnade.«

Er sagt: »Pst!«

Sich mangelnde Willensstärke vorzuwerfen ist schrecklich. Manchmal ist es aber auch schön. Mir lag nicht daran, Alexejs Qualen zu verlängern. Seine Qualen waren auch meine Qualen. Ich ergab mich. Es war herrlich.

Später erinnere ich mich dunkel an meine geplante Enthaltsamkeit. Sehr dunkel. Ich fühle mich wie die goldene Elizabeth, Königin von England, die ihr liebstes Schlachtschiff einem Drachen anvertraute – Sir Francis Drake – und erkennen musste, dass sie sich einem Räuber ausgeliefert hatte. Allerdings ruht mein Blick mit Wohlgefallen auf meinem Freibeuter.

Auch wenn uns Jahrhunderte trennen, in dieser Hinsicht sind uns die glorreiche Lizzy und ich einig: Schurken haben etwas Anziehendes.

- 90 -

Was ich an seinem Körper liebe, weil ich diese Stellen an den Körpern all meiner Männer mochte?

Den Übergang zwischen Gesäß und Oberschenkeln. Diese Hautfalte, in die man einen Finger legen kann, die man herrlich nachzeichnen kann, ist einfach wundervoll.

Die Mulden an den Schlüsselbeinen.

Diese Fläche Haut zwischen Bauchnabel und Schambehaarung, die wegweisend ist.

Jenen Bereich am Hals, an dem das Pochen der Halsschlagader spürbar wird.

Lenden, ebenso Knie. Beine generell. Bitte unrasiert.

Ich bewundere die Form von Achillessehnen, und natürlich gibt es noch augenscheinlichere Stellen, die ausgiebig bestaunt werden müssen.

September in Aufregung.
Seine Hände umfassen sein Gerät mit festem Griff. Er stößt zu. Ich stöhne erfreut auf. Er ist begabt. Alexej hat ein Gespür für die richtige Vorgehensweise, ein Gefühl, wie tief er rein muss.

Er grinst. Sieht mich fragend an. Wartet.

»Tiefer!«, fordere ich. »Nur noch ein bisschen. Ich sag dann schon Stopp. Vielleicht will ich noch mehr von dir.«

Er runzelt die Stirn, rammt sein Handwerkzeug fester hinein. Sieht mich wieder an.

Dieses Mal grinse ich. »Genau richtig!« Überrascht bemerke ich, dass meine Stimme nach Bettelei klingt. Rasch nehme ich mich zurück. Keinesfalls will ich devot erscheinen.

»So?« Er sieht mich fragend an, wartet in aller Ruhe ab.

»Das ist perfekt«, seufze ich zufrieden, und schiebe die Scheibtruhe mit der Moorbeeterde an den Rand der Grube, die Alexej für mich ausgehoben hat, damit mein Wunsch nach einem Moorbeet endlich in Erfüllung gehen kann.

Natürlich hätte ich das auch allein geschafft, aber zu zweit macht die Gartenarbeit mehr Spaß. Am Schluss werden wir beide verschwitzt, dreckig und zufrieden sein. Vielleicht werden wir ein Bad nehmen. Meine Badewanne ist wie geschaffen für gemeinsame Aktivitäten. Ich werde ihm den Rücken waschen und mehr. Er darf mir die Haare waschen und mehr. Jetzt aber müssen Heidelbeeren in die Erde. Moosbeeren und Rosmarinheide auch. Als Überraschung hat mir Alexej eine Hortensie mitgebracht. In der Moorbeeterde sollten sich ihre runden Blütenköpfe bläulich verfärben. Ich freue mich darauf.

Er schmunzelt und sieht mir dabei zu, wie ich Topf um Topf leere und die Pflanzen in die Erde setze. Er hilft mir beim Einsetzen, klopft die Erde fest und holt Wasser, um die Pflanzen zu gießen.

»In den kommenden Wochen möchte ich hier einen kegelförmigen Steinhaufen bauen.« Ich zeige ihm die Stelle unter einem Strauch. »Der Steinhaufen soll dafür sorgen, dass sich Insekten, Käfer und Ohrwürmer darin wohlfühlen. Ein zweiter Steinhaufen soll an einem sonnigen Standort in meinem Garten entstehen«, erkläre ich weiter, deute mit großen Armbewegungen an, wo der zweite Steinhaufen hinkommt und wie hoch er etwa werden soll.

Alexej schmunzelt, beugt sich zu mir und flüstert: »Willst du ein Grabmal bauen? Eine Pyramide für einen Pharao?«

Liebevoll streicht er mir eine Strähne aus dem Gesicht, glättet mit dem Zeigefinger meine gerunzelte Stirn.

»Mach ruhig!«, kommentiert er mein Vorhaben, während Katzastrophsky interessiert das neue Beet begutachtet und überlegt, ob sie ein Düngerhäufchen hinterlassen soll.

Es scheint, als würde sich Alexej darauf einstellen, hier Gartenarbeit zu leisten. Als würde er sich auf mich einstellen. Das bedeutet Arbeitslosigkeit für Anton. Ob er mir das verzeiht?

Ich konzentriere mich auf Katzastrophsky und denke an Paul, der sich nie wieder sehen lassen wird. Seit einer Woche ist der Kerl unauffindbar. Sein Verschwinden hat bereits für beträchtliche Aufregung gesorgt. Zuerst bei seiner Blondine, beim Vierbeiner sowieso, dann bei seiner Kundschaft, deren Arbeiten seitdem unerledigt bleiben, in weiterer Folge auch bei der Polizei.

Katzastrophsky hat es sich zwischenzeitlich in den Heidelbeeren bequem gemacht, reibt ihren haarigen Rücken mit Erde ein und lässt sich den Bauch kraulen.

Alexej betrachtet mich. So sehr ich es mag, von ihm angesehen zu werden, empfinde ich seinen Blick in diesem Augenblick als unangenehm. Kann es sein, dass er etwas weiß? Kann es sein, dass er seinen Freund Paul, der ihm immerhin die Freundin abgenommen oder die abgelegte Freundin aufgesammelt hat, ganz ist mir die Situation zwischen den drei Beteiligten nicht klar, … kann es sein, dass Alexej Paul vermisst?

Ein Geräusch aus Pauls Garten lässt uns beide aufblicken. Gespannt verfolgen wir das Geschehen. Pauls Freundin geht unruhig auf der Terrasse hin und her. Sie wirkt verzweifelt. Beobachtet wird sie nicht nur von uns, sondern auch von zwei Uniformierten. Besonders einer der beiden hat seinen Blick fest auf die Frau geheftet. Sein Gesichtsausdruck ist konzentriert. Es wirkt, als würde er jede Regung der Frau analysieren.

Pauls Freundin tritt an das Terrassengeländer, sieht uns und hebt zaghaft ihren Arm. Wir nicken ihr grüßend zu. Sie wirkt niedergeschlagen. In ihrem Gesichtsausdruck findet sich nicht mehr viel vom prallen Leben, das sie sonst zur Schau trägt.

Ich achte unauffällig auf Alexej. Keinesfalls möchte ich, dass er bemerkt, dass ich sein Verhalten belauere.

Pauls Freundin blickt Alexej mit waidwundem Blick an und ignoriert mich völlig, was ich zum Anlass nehme, die Polizisten zu fragen, ob sie etwas trinken möchten. Beide schütteln ablehnend den Kopf. Pauls Freundin frage ich nicht.

Wieder stößt sie einen tiefen Seufzer aus und gibt einen Klagelaut von sich, der derart erbärmlich klingt, dass auch ich einen Hauch Mitleid empfinde. Meine Anteilnahme hält jedoch nur kurz an, denn sie schwebt von der Terrasse, läuft tatsächlich auf Alexej zu, nimmt denselben Weg, den Lilly zuvor schon häufig genommen hat, heult dabei laut auf und stürzt sich energisch durch die Lücke im Zaun. Sie fällt in Alexejs Umarmung, der ihren Rücken mit verschmutzten Händen tätschelt, als hätte er ein Kleinkind in seinen Armen.

Die Uniformierten heben synchron ihre rechten Augenbrauen. Das würde ich auch gern können. Weil ich das aber nicht kann, zucke ich einfach mit den Schultern und warte, obwohl ich der Blonden liebend gern meine Schaufel über den Kopf ziehen möchte.

Die Beamten betrachten mich prüfend, was mir nun doch ein Stirnrunzeln abnötigt. Sollen sie sich doch bitte ihren inquisitorischen Blick für andere Anlässe aufbewahren. Mir ist nicht danach, erklärt zu bekommen, dass es nicht normal ist, dass sich eine Frau neben einer anderen Frau in die Arme des – ja was nun eigentlich – Gärtners, Liebhabers, zufällig anwesenden Mannes stürzt.

Pauls Ex wischt sich, was mir ein belustigtes Grunzen abnötigt, was wiederum die beiden Polizisten zu interessieren scheint, an Alexejs schmutzigem Hemd die Nase ab. Die ist zwar nun rotzbefreit, dafür aber mit etlichen Bröckchen Moorbeeterde verziert. Hübsch sieht das aus, finde ich, was ich auch sage. Dabei deute ich auf die Nase der Blondine und reibe an meiner eigenen, um ihr zu zeigen, wo sich der Dreckfleck befindet. Der Schmutzfleck wird von ihr daraufhin gründlich verrieben und sieht damit noch schöner aus. Auf feuchte Erde ist Verlass.

»Die Suche nach Paul wird beendet«, haucht sie und hebt ihren tränenverwässerten Blick aus schmachtend-blaugrauen Augen zu Alexej empor, worauf der seufzt und sie ein Stückchen von sich schiebt.

Mir ist in diesem Augenblick nicht klar, will er Distanz schaffen oder sind ihm die anwesenden Augenzeugen peinlich, die dieser eigenartigen Szene beiwohnen dürfen. Oder würde er gern Tröster spielen und hält sich nur meinetwegen zurück?

»Lilly kommt mit mir, solange Paul verschwunden ist«, sagt sie dann und wischt sich elegant wie ein mondäner Filmstar in einem melodramatischen Hollywood-Schinken Tränen von den Wangen. Sehr ladylike.

Ob sie die Handlung einstudiert hat? Ich sehe es geradezu vor mir, wie sie vor dem Spiegel steht, sich Krokodilstränen aus den Tränendrüsen quetscht und Männer mit verwässerter Eleganz reihenweise in die Knie zwingt. Mit einem derartigen Verhalten wird Beschützerinstinkt geweckt. Das ist unumgänglich. Es gibt für einen Mann sicherlich nichts Schöneres, als eine schwer leidende Frau aufopfernd zu trösten. Eine Frau, deren Emotionen sich außer Kontrolle befinden, die auf ihren starken Helden hoffen darf, der sie unter vollem Körpereinsatz beschwichtigt. Gleichzeitig gestehe ich der Blonden eine Portion echter Trauer zu, lasse mir jedoch keinesfalls nehmen, dass sie eine hervorragende Schauspielerin ist. *And the Oscar goes to* flammt in meinem Gehirn auf.

»Lilly ist mir ein Trost«, wiederholt sie und fügt leise hinzu, »sie wird mich immer an Paul erinnern. In ewigem Gedenken. Wo er wohl ist?« Dann schluchzt sie erneut laut auf und wirft sich noch einmal in Alexejs Arme.

Lilly, die inzwischen auch herbeigewuselt ist, winselt und stößt ihre Schnauze in die Kniekehle der weinenden Frau. Alexej wagt nicht, in meine Richtung zu sehen. Er gibt eigenartige Töne von sich, während die Polizisten dem Theater fasziniert folgen.

- 92 -

Wo man Paul finden könnte?

Ich kenne die Wahrheit, werde aber nicht gefragt und vorauseilender Gehorsam liegt mir nicht. Freiwillig werde ich den Polizisten jedenfalls nicht Rede und Antwort stehen.

Allgemein bekannt ist, dass die uralten Gemeindewasserleitungen in manchen Ortsteilen Ternbergs mehr als nur porös sind. Zuletzt gab es gehäuft Probleme mit Rohrbrüchen, sodass sich im Gemeindegebiet einige Baustellen an Straßenrändern auftaten, die kurzfristig mit Absperrband gesichert wurden und bald darauf wieder erledigt waren. Es war nicht schwierig, eines dieser ausgebaggerten Löcher zu finden, an dem die Arbeiten unmittelbar vor dem Abschluss standen. Eine Wirtshausbar ist der perfekte Ort, um derartige Informationen in Erfahrung zu bringen. Die Wahrscheinlichkeit, dass innerhalb kurzer Zeit an derselben Stelle erneut aufgegraben wird, ist gering.

Dass in einer dieser Gruben Paul liegt, dafür trage ich die Verantwortung, denn ich habe nachgeholfen. Nicht nur bei seinem vorzeitigen Ableben, auch bei seiner übereilt stattfindenden Beerdigung. Auf seinem toten Körper befand sich bereits ein halber Meter Schutt in Form von Erde, Schotter, Kies, Lehmbrocken und Steinen, als der Bagger den Rest übernahm. Die nächtliche Schaufelei war jedenfalls eine echte Herausforderung für meine Oberarmmuskeln.

Gut war, dass der straßenseitig an der Baustelle abgestellte Bagger meine illegale Handlung hervorragend verbarg. Auch der nebenstehende Kompressor war für meine Heimlichkeiten eine recht ordentliche Tarnung.

Ob es Pauls Freundin ein Trost wäre, zu wissen, dass er nicht leiden musste?

Ob es sie interessieren würde, dass sein Tod ein schneller, wenn auch verdienter war?

Ich gebe zu, ich hatte mich, was Paul betrifft, in eine Fantasie verrannt, hatte die Realität beschönigt. Eine bittere Erkenntnis, die mich traf, wie dieser schwere Stein, der in Pauls Garten dazu diente, den Haustürschlüssel aufzubewahren. Das verborgene Wissen um den Schlüssel bescherte mir ungehinderten Zutritt zum Haus. Für Augenblicke erwog ich sogar, diesen Stein als Tatwerkzeug zu missbrauchen, denn Paul sollte, auch wenn ich ihm einiges vorzuwerfen hatte, nicht unnötig leiden. Mit einem Schlag wäre alles aus gewesen, denn mir lag nicht daran, ihn unnötig zu quälen.

Und Lilly Augenstern?

Einem Tier, so lästig mir diese Hündin auch ist, kann ich nichts zuleide tun. Ein mit Schlafmittel gespicktes Stück Fleisch, das sich Lilly bereits Stunden zuvor einverleiben durfte, sorgte dafür, dass mein Zutritt zu Pauls Haus unkommentiert blieb. Kein lästiges Bellen. Keine unerwünschte Aufmerksamkeit. Kein Paul, der rechtzeitig vorgewarnt wurde. Vor allem deshalb nicht, weil sich auch in Pauls Bier eine großzügige Dosis Schlafmittel befunden hatte. Kein Wunder, dass er unmittelbar nach seinem letzten Besuch bei mir, der einer dringlichen Gartenfrage galt, erschreckend schnell müde wurde, sich gähnend und unsicher torkelnd auf den Heimweg machte.

Die Entsorgung seiner Leiche will ich nicht schildern müssen, nur so viel: Es war schwierig, seinen leblosen Körper ungesehen in seinen Pick-up zu verfrachten. Ihn in die zuvor sorgsam ausgewählte Grube zu werfen, war dagegen ein Kinderspiel. Blutspuren, die von meiner grausamen, jedoch gut umgesetzten Tat in seinem Haus zurückblieben, sind nicht erwähnenswert, haben sie doch hauptsächlich eine alte Decke getränkt, in die ich Paul eingewickelt hatte.

Der Stein spielte bei Pauls Ermordung keine Rolle, denn als ich ihn in der Hand hielt, wusste ich, dass dies nicht meine Art zu töten war. Zu brutal. Zu grobschlächtig. Meine Waffe musste feiner sein. Eleganter. Um nicht zu sagen: schnittig.

Das Werkzeug der Wahl war ein scharfes, stilettartiges Messer, das sich wunderbar in Pauls Herz bohrte und dafür sorgte, dass dieser schöne Muskel, symbolisch für die Liebe zuständig, für immer seine Tätigkeit einstellte. Ich hätte ihm während des Herzstichs gern in die Augen gesehen. Vielleicht hätte ich darin Verwunderung über die unerwartete Tat wahrgenommen. Es hätte mich auf einzigartige Weise befriedigt. Diese Befriedigung war mir nicht vergönnt, denn als ich sein Wohnzimmer betrat, schlief Paul bereits tief und fest. Das Messer drang sanft durch

Haut und Fleisch. Am Ende befand sich das scharfe Ding dort, wo es hinsollte: tief in seinem Herzen. Wenn es ein Jenseits gibt, dann soll dieses Messer seine Seele im Fegefeuer weiter quälen.

Ein wichtiges Detail soll nicht unerwähnt bleiben. Eine Postkarte mit einem Hund, der einen Knochen in einem gepflegten Blumenbeet vergräbt, nahm ich mit. Hatte er doch tatsächlich die von mir erhaltene Grußkarte an seiner Pinnwand befestigt. Ich war froh, das schnulzige Ding wieder an mich gebracht zu haben und verinnerlichte einen Schwur, der mich künftig abhalten sollte, jemals wieder verhängnisvolle Karten zu schreiben. Keine verräterischen Schriftstücke, keine Rückschlüsse auf mich und mein Seelenleben. Keine Hinweise auf eine verlorene Liebe.

Der Grund für Pauls vorzeitiges Ende ist rasch erklärt. An besagtem Tag eröffnete er mir, dass er meine Hilflosigkeit am Abend der rauschhaft verlaufenen Juni-Gartenparty ausgenutzt hätte. Nachdem mein Liegestuhl unter unserer Last zusammengebrochen war, hatte er mich nicht nur liegen lassen, sondern meine Bewusstlosigkeit zu seinem Vergnügen ausgenutzt. Immer schon hatte er die Fantasie gehabt, mit einer Frau ein besonderes Spielchen zu spielen. Durch meine Ohnmacht war ich zum Opfer von Pauls psychischer Störung geworden. An mir hatte er seine pseudo-nekrophilen Neigungen ausleben können.

Zum Zeitpunkt seines Geständnisses wirkte Paul tatsächlich reuig. Wäre da nicht dieser eigenartige Ausdruck gewesen. Seine Mikromimik und der lockere Plauderton gaben mir zu verstehen, dass er die Erinnerung daran genoss.

Entsetzen über meine Erkenntnis wäre wohl noch der mildeste Ausdruck für meine Empfindungen gewesen.

Pauls Tod war in jener Sekunde beschlossene Sache, in der ich diesen einen Funken sah, der auf Sadismus hinwies, begleitet von einer wahrnehmbaren Portion Erregung, die ihn offensichtlich beim Gedanken an die begangene Tat überkam.

Danach, gestand er, hatte er mir nicht mehr ins Gesicht sehen können. Er sah sich gezwungen, mich zu meiden, bis er sich schließlich jemandem anvertraut habe. Alexejs Ex habe ihn getröstet und ihm geraten, Stillschweigen zu bewahren.

Pauls Blondine weiß nicht, was ich weiß. Es genügt mir, dass sie nie erfahren wird, was mit ihrem Freund geschah. Sein Grab befindet sich in einem unübersichtlichen Bereich. Beinahe täglich fahre ich an der Stelle vorüber. Ein blaues Straßenkilometerschild markiert sie wie ein Grabkreuz. In ewigem Gedenken.

Mein Blick fällt hinaus in meinen Garten. Der Herbst treibt die Blätter vor sich her. Im Kreis. Auf. Ab. Als wären die Blätter fliegende Mäuse, die sich übermütig im Wind herumwirbeln ließen, einem wilden Tanz gleich.

Eine Weile sehe ich versonnen zu. Stelle belustigt fest, dass das Windspiel der trockenen Blätter meine Stimmung ebenso leicht werden lässt und sie sogar hebt.

Oktober: Blumenzwiebeln und späte Brombeerernte.

Bereits kürzer werdende Tage begleiten die Blumenzwiebeln an ihren Bestimmungsort. Äußerst erfolgreich ist auch die späte Brombeerenernte. Immer noch befinden sich dicke, runde Beeren an den langen Ranken.

Alexej hat blaue Lippen, weil er reichlich davon gegessen hat. Sein Kuss färbt auf mich ab. Dieses Abfärben tut mir gut. Wir arbeiten vom frühen Morgen bis zum späten Nachmittag. Der kühle Abend riecht bereits nach dem Ende des Jahres. Pechschwarzer Nachthimmel bezaubert mit Sternenglanz. Eingehüllt in Decken sitzen wir auf der Terrasse, die nächstes Jahr erneuert werden soll, und genießen schweigend die Wärme des Feuerkorbs. Ich breche die Stille.

»Bleibst du bei mir?«, frage ich zögernd und streiche sanft mit meinem Zeigefinger über seinen Nasenrücken. Ich lehne mich zu ihm hin, warte auf seine Antwort. Die Frage hat mich Überwindung gekostet. Seine Lippen mit meinen Lippen zu berühren, war dagegen einfach.

»Solange du willst«, antwortet Alexej.

Dennoch bin ich irritiert. Sein Blick gleitet im selben Augenblick über meinen Rasen zum Nachbarhaus. Hinter den Fenstern brennt Licht. Pauls blonde Hinterlassenschaft hat das Haus mit Beschlag belegt. Leider ist auch Lilly wieder regelmäßig in meinem Garten zu Besuch.

»Ich kümmere mich um alles«, hat die Blonde verkündet, »bis Paul wieder nach Hause kommt.«

Was nie der Fall sein wird.

Hörbar öffnet sich eine nachbarliche Terrassentür, und Lilly wird ins Freie befördert. Sie bellt fröhlich. Schließlich springt sie elegant durch die Thujenlücke, landet in meiner Wiese, stürmt auf Alexej zu und begrüßt ihn schwanzwedelnd. Ich höre die Stimme der Frau. Ich will nicht daran denken, dass sie Alexejs Ex ist, die in diesem Augenblick nach Lilly Augenstern ruft.

Alexej wirft mir einen verstohlenen Seitenblick zu, während ich teilnahmslos in den Sternenhimmel sehe und mich verhalte, als hätte ich nichts bemerkt. Schließlich schickt er Lilly zurück. Die gehorcht ihm aufs Wort, was ich interessant finde.

Sekunden später teilen sich die Thujen. Die Gestalt der Frau wird sichtbar. In der Dunkelheit ist ihr Gesicht ein heller Fleck. Sie ruft Alexej ihren Dank zu. Ihre Stimme ist tief. Erotisch angehaucht. Neid flüstert mir boshaft ins Ohr, dass ich niemals so attraktiv sein werde wie diese Frau. Und dann sehe ich das, was ich nicht sehen will. Im flackernden Licht der Kerzen leuchten Alexejs Augen. Sein Gesicht bekommt den weichen Ausdruck, von dem ich möchte, dass er mich damit betrachtet. Doch sein Blick gilt nicht mir.

Lilly Augenstern wedelt und springt beherzt zurück hinter die Hecke. Eifersucht wogt wellengleich über mich hinweg. Missgunst spielt mit meinen Gefühlen, als würde Brandung an einen Küstenbereich prallen. Sie zerrt und reißt und quält mich. Lass es gut sein, rüge ich mich. Es ist nicht gut, raunzt eine Stimme in meinem Kopf.

»Magst du Salat?«

Irritiert über meine Frage, wendet sich Alexej wieder mir zu. Sein Blick ist unruhig. Er hat mir nicht zugehört.

»Ich komme gleich wieder«, sagt er und steht auf. Wenig später höre ich ihn telefonieren. Er lacht fröhlich. Seine Stimme klingt verliebt.

Ich habe es befürchtet, aber nicht wahrhaben wollen. Schließlich schwappt meine Trauer über und Tränen fließen. Als er wieder zu mir auf die Terrasse kommt, nehme ich all meinen Mut zusammen und frage Alexej, ob er mich liebt. Er reagiert mit einem Schulterzucken.

Tränen schießen mir in die Augen und rollen über meine Wangen. Rasch wende ich mich ab und wische sie verschämt mit dem Handrücken ab. Im nächsten Augenblick empfinde ich pure Wut. Heftig jagt sie durch Körper, Geist und Seele. Es ist gut, dass es rundum finster ist, denn im Schutz der Dunkelheit lässt sich gut nachdenken. Zumindest jene wichtigen Minuten lang, in denen eine Entscheidung gefällt wird.

Alexej weiß nicht, dass die getrockneten blauen Blüten und die würzigen Nadeln, die ich morgen über seinen Salat streuen werde, nicht die Blüten von Vergiss-mein-nicht und Rosmarin sind, sondern jene von Eisenhut und Eibe. Außerdem weiß ich eine gute Stelle, die von Gemeindearbeitern kürzlich aufgegraben und demnächst wieder zugeschüttet wird.

Während ich meinen Morgenkaffee trinke, klagt mich die Tageszeitung an. Ich fühle mich sofort angesprochen.

Skelett in Ternberg gefunden!, steht als Schlagzeile auf dem Titelblatt.

Auf Seite vier folgt eine weitere reißerische Überschrift: *Grauenhafter Anblick!*

Der Waldbesitzer, ein Forstwirt, berichtet im Artikel über die Verbreiterung seiner Straße im Wirtschaftswald. Ein Foto von ihm, wild gestikulierend, setzt seine Erzählung ins rechte Licht. Meine Erinnerung trügt mich nicht. Die auf dem Foto abgebildete Felsformation, damals etwas abseits der Straße, ist Siegfrieds letzte Ruhestätte.

Später am Abend verfolge ich das Geschehen bei Daniela und Anton im Wohnzimmer weiter. Die Fernsehnachrichten lassen sich über den Knochenfund aus. Wir alle dünsten genüsslich im Saft des Todes. Anton hat Gerüchte aus dem Wirtshaus nach Hause gebracht. Er erzählt viel und hat dennoch keine Neuigkeiten.

»Die Felsen waren offenbar hinderlich bei der Verbreiterung des Forstweges«, berichtet er, »der Sprengmeister stolperte regelrecht über die Knochen.«

Es können nur Siegfrieds Überreste sein, die nun nach Jahren gefunden wurden. Aber bestimmt wird es dauern, das gefundene Skelett mit den Vermisstenmeldungen der vergangenen Jahre abzugleichen.

Und am Ende braucht es natürlich auch noch einen DNA-Treffer bei der Zuordnung der knöchernen Fundstücke. Jedenfalls sollte ich auf Besuch gefasst sein.

Alexej zog tatsächlich während des Mittagsmahls einen offiziellen Schlussstrich. Diese Grobheit hätte ich ihm nicht zugetraut.

Mein Stück Rindfleisch liegt kalt auf meinem Teller. Mir graust plötzlich beim Gedanken an Fleisch. Alexej hingegen hat alles aufgegessen. Auch den Salat. Nur ein kleiner Rest davon ist noch übrig. Meine Hand hängt erstarrt in der Luft. Der Griff nach der Schüssel ist nur noch einen Augenblick entfernt. Ein Herzschlag, zwei Herzschläge, drei Herzschläge vergehen. Die Restportion Salat wartet. Die Entscheidung ist offen, als Katzastrophsky plötzlich auf meinen Schoß springt. Sie miaut und schnurrt. Das kleine Monster rettet mich vor einer unüberlegten Tat. Rettet mich nicht vor Eisenhut und Eibe, die ich schließlich doch nicht in den Salat gegeben habe. Aber sie rettet mich vor den Paternostererbsen.

Meine hübsche Kette habe ich geopfert, deren harte Samen in der alten Kaffeemühle zerrieben. Rot-schwarze Kügelchen, die das tödliche Gift Abrin enthalten. Das Gemahlene gab ich in den fast leeren Pfefferstreuer. Alexej mag Pfeffer.

Erst kürzlich berichtete eine Zeitung über einen ungewöhnlichen Todesfall. Die Schlagzeile lautete: *Vorsicht beim Gewürzkauf auf einem Basar, giftige Paternostererbsen in Pfeffermischung gefunden.*

Nun ja, leider geschehen immer wieder Unfälle, weil touristische Pfeffermitbringsel mit giftigen Samen verunreinigt sind.

»Es tut mir leid!«

Alexej steht abrupt auf. Sesselbeine schaben über den Boden. Er greift nach seinem Glas Johannisbeersaft. Trinkt den verbliebenen Rest gierig aus. Auch darin befindet sich Abrin. Deutlich feiner gemahlen als der Anteil in der Pfeffermischung.

Er trinkt sein Leben leer, bevor er mich für immer verlässt. Wenn er sich wenigstens die Mühe machen würde, seinen Weg zu verheimlichen, aber er quert meinen Garten, steuert auf die wohlbekannte Thujenlücke zu, zieht sich nach oben und verschwindet hinter dem verhassten Grün.

Sein Sterben wird in Stunden beginnen. Es wird unangenehm sein.
Nierenversagen.
Atemlähmung.
Herzversagen.
Ich werde nicht dabei sein.
Womöglich wird Alexej zum Zeitpunkt des Auftretens erster Symptome in ihren Armen liegen. Was für ein schöner Tod.

- 97 -

Die traurige Nachricht macht nicht vor meiner Haustür Halt. Anton überbringt sie schonend, zeitgleich mit dem leisen Hinweis, dass es vernünftig ist, den Suchverlauf eines geborgten und zurückgegebenen Laptops regelmäßig zu leeren.

Daniela blickt ihn verwirrt an, steht blass und mit rotverweinten Augen an seiner Seite, während mich Felicitas eine ganze Weile in ihren Armen hält. Ich verdrücke Tränen.

Und dann?

Dann gehen sie zurück in ihre Häuser, und ich gehe in den Garten und setze eine Ribiselstaude in die Erde. Ihre Früchte sind bittersüß. Sie ist wie die Liebe, die mir Alexej beschert hat. Für einen vergänglichen Augenblick süß, bevor sie schließlich bitter wurde.

Nachdem ich der frisch gepflanzten Ribisel angeraten habe, ordentlich zu gedeihen, wandert mein Blick durch meinen Garten.

Ein Jahr ist vergangen.

Ein ganzes Jahr, das ich ausgiebig für die Pflege meiner Seele nutzen wollte, ist verstrichen. Meine Heilung? Immer noch eine Frage der Zeit. Eines ist jedoch nachweisbar ersichtlich: Ich habe Blühendes erschaffen. Schönes, das mich jeden Tag begleiten wird. Meine Sehnsüchte sind in meinen Garten geflossen. In einer Straße, die nach der Sonne benannt wurde. Was für eine großartige Symbolik.

Ich ächze laut auf und stelle fest, dass Seufzen befreiend ist. Ich entledige mich stöhnend der emotionalen Last, die mir meine Männer aufgebürdet haben. Sie sind Vergangenheit, die Erinnerungen an sie können begraben werden. Marco, Stefan, Siegfried, Ryszard. Auch Paul war ein Missgriff. Ein Irrtum, den ich aus der Welt geschafft habe. An Tom denke ich nur selten. Vermutlich geht es Felicitas nicht anders.

Alexej dagegen, was soll ich sagen? Er wäre DER Mann gewesen. Am Ende DER Verräter. Bedingungslos habe ich ihm mein Herz geschenkt. Ein schwerwiegender Fehler, gerade noch rechtzeitig korrigiert.

Und am bittersüßen Ende: Dank und Anerkennung!

Ein Verleger hält viel aus. Ich weiß das, denn als ich im April 2023 die Leipziger Buchmesse besuchte und am Messestand von federfrei vorsprach, wusste Wolfgang Mayr noch nicht, was auf ihn zukommen würde.

Das Ergebnis aus dieser Bekanntschaft »Bittersüße Beute« ist nun fertig und auch schon wieder gelesen, wenn Sie bis zu dieser Seite gekommen sind.

Und ein weiterer Dank geht an Elke und Werner, die mir ihren Wald in Ternberg für mordsgemeine und hinterhältige Taten zur Verfügung gestellt haben.

Es ist stets fein, wenn eine Autorin das Gelände kennt, in dem sie ihre Leichen vergräbt, denn es muss wirklich nicht immer der eigene Keller sein.

Dunkles Waldviertel
von Max Oban

Georg Bloch führt ein zufriedenes Leben in Krems. Doch eines Tages wird er in den kleinen Ort Randstein an der Thaya versetzt. Vom ersten Tag an fühlt er sich nicht wohl. Gegen seinen Willen schlittert Bloch in eine Mordermittlung, die ihn nicht nur in die Mystik des Waldviertels, sondern auch weit zurück in die Vergangenheit führt. Bloch wird von einem geheimnisvollen Fremden verfolgt und er lernt den Schriftsteller Manuel Schröffl kennen, der am Rand des Dorfes lebt. Wer ist der mysteriöse Mann? Und welche Rolle spielt Jakub Fiala, der rätselhafte Detektiv aus Brünn in Tschechien? Als Bloch die tödlichen Zusammenhänge durchschaut, gerät er selbst in eine mörderische Falle.

Lust auf Krimi-Spannung?
Dann melden Sie sich zum
federfrei Österreich Krimi-Newsletter
an unter
https://krimi.gratis